講談社文庫

チーム・オベリベリ(下)

乃南アサ

講談社

チーム・オベリベリ（下）目次

利別川
トシペツプト
ヤムワッカ

北海道全図
稚内
オホーツク海
日本海
網走
旭川
十勝地方
小樽
根室
札幌
釧路
帯広
室蘭
奥尻島
襟裳岬
太平洋
函館

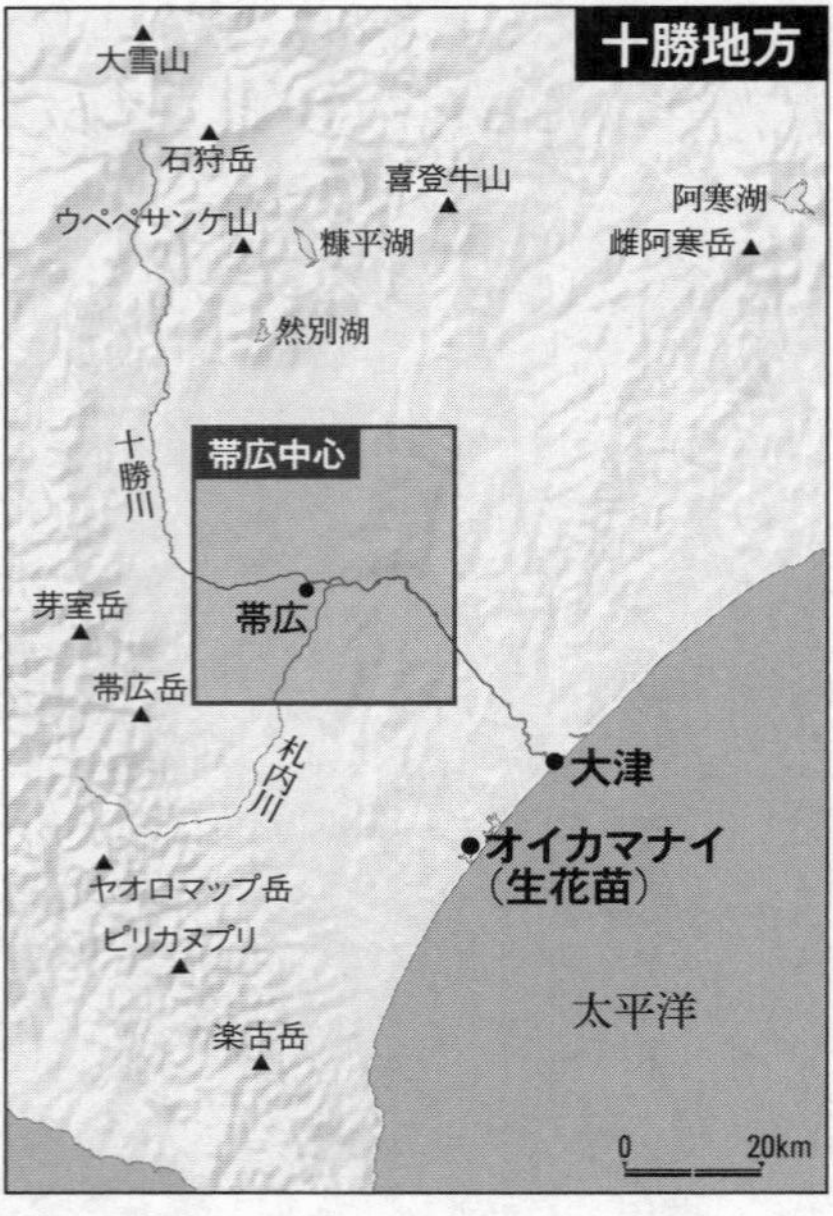
十勝地方
大雪山
石狩岳
喜登牛山
阿寒湖
ウペペサンケ山
糠平湖
雌阿寒岳
然別湖
十勝川
帯広中心
帯広
芽室岳
帯広岳
札内川
大津
オイカマナイ
（生花苗）
ヤオロマップ岳
ピリカヌプリ
太平洋
楽古岳
0
20km

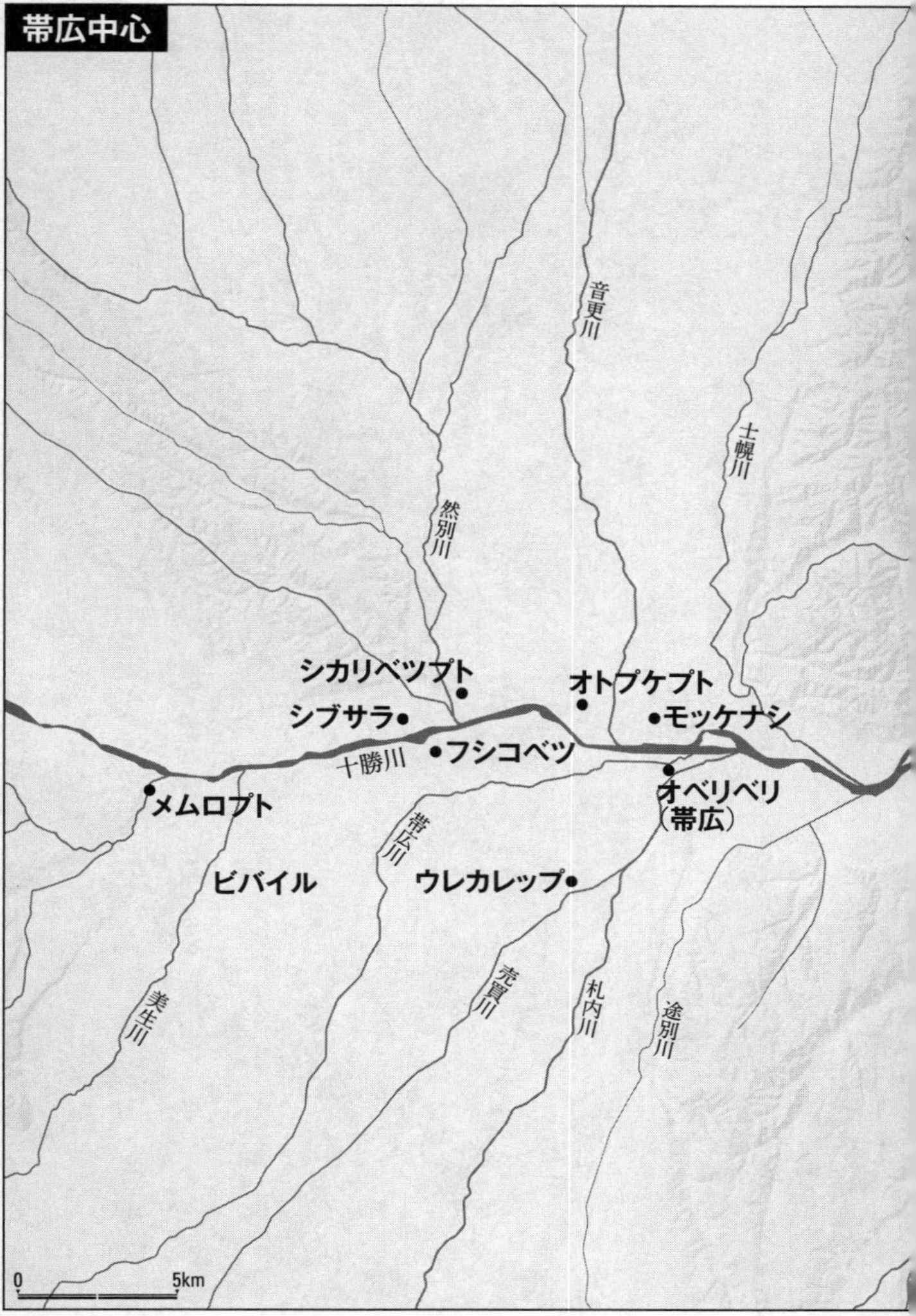

帯広中心
音更川
士幌川
然別川
シカリベツプト
オトプケプト
シブサラ
モッケナシ
フシコベツ
十勝川
メムロプト
オベリベリ
（帯広）
帯広川
ビバイル
ウレカレップ
美生川
売買川
札内川
途別川
0
5km

チーム・オベリベリ（下）

第五章

1

明治十九年の正月もオベリベリは変わらなかった。依田《よだ》さん夫妻の姿こそなかったものの、まず互《たが》いの家を行き来しては新年を祝いあい、酒を酌み交わして三が日が過ぎる。その後も勝《まさる》はアイヌの家に招かれてはカムイノミを楽しんで、時として帰りが翌日になることも珍しくなかった。一方、父上が例年通り「大学」を講義することになったから、そのときだけは欠かさず兄上の家に通って静かな時間を過ごし、また、読みかけだった「南総里見八犬伝」を開く日もあった。昼間はセカチらと狩りに出たり川に魚を獲りに行ったり、また冬場はフシコベツのコタンに預けている馬の様子を見にいったりして過ごす。そうやって一月が過ぎ、二月が過ぎていった。

カネの方はといえば、季節を問わず朝一番に欠かせない鶏の見回りから始まって、豚の餌《えさ》を絶やさないように鍋を火にかけ続け、ねずみを獲っていれば猫を褒めてやり、あとはいつものおさんどんと仕立物、そして子どもたちの授業に明け暮れて過ごした。無論、子育てもある。吹雪いてでもいない限りは、引っ切りなしに誰かが顔を出す。父上が二、三日、泊まっていくこともあった。次から次へと用事が出来るから、一日の大半は、まとまって何かを考えるということが出来ない。それでも、たとえば畑が始まったら着ることになる勝や兄上たちのシャツを縫っているときなど、ふと思うことがあった。

もしも、兄上がこのまま一生、嫁を迎えなかったら。

おそらくカネは、これから先もずっとこうして兄上たちの着るものを仕立て続けていくことになるだろう。場合によっては父上の世話だって引き受けることになるかも知れない。この先さらに子が生まれるようなことにでもなれば、カネは今以上に忙しくなり、家は賑《にぎ》やかさを増す一方。その傍らで、兄上だけがひっそりと一人で暮らし続けるのだろうか。この何もない土地で、頼るべき家族を手に入れることが出来ないとしたら、兄上は何を支えに生きていけばいいのだろう。

「どこかで兄上のお嫁さんになってくれるような人を見つけられないものかしら」

ある夜、食事の時に切り出すと、一人で茶碗酒を傾けていた勝は、いかにも意外な話を聞いたという顔になった。

「銃太郎《じゅうたろう》は、嫁が欲しいと言っとるのか」

「あなたには、言いません？」

勝は、そんな話は聞いたことがないと首を傾げた。

「今、銃太郎の頭の中は澱粉《でんぷん》工場のことで一杯やあだがや。それとアイヌのことでよう。最近はフシコベツだけじゃなゃあ、シブサラのアイヌも、銃太郎んとこに働きに来てらゃあすもんで、連中にどういう仕事を割り振りゃあええもんか、畑が始まるまでの間は何を覚えさせようか、そんなことばーっか言っとるがや。メノコにセカチと同じ仕事はさせられんもんでとか、もっとお互ゃあの気持ちをやり取りしたゃあと思うが、今さらカネんとこに勉強を教わりに来させるわけにもいかんし、とか。どえらゃあ忙《せわ》しのう動いとるもんで」

確かに、ここに顔を出すときでも、最近の兄上は昨年、旅から戻ってきたときの、あの夜の侘《わび》しげな表情が嘘のように、いや、むしろ以前よりも潑剌《はつらつ》として見えることがある。だが、それさえもカネには、兄上がどこか無理をしているのではないかと思えてしまう。

「あなたは何とも思わないのですか？」

「何を」

「ですから、兄上がいつまでも独り者でいることを」

「思うも思わなゃあも、これも縁だもんで」

「たとえば大津《おおつ》に行ったときなどに、誰かに頼んで下さるとか」

「前に吉沢竹二郎《よしざわたけじろう》が口をきいたでなゃあか。それを断ったのは銃太郎だろうが。あいつはああ見えて、なかなかに好みがうるさゃあとこがあるもんで」

確かにそんなこともあった。カネは思わず「選り好みをしている場合かしら」と自分の頬をさすった。

「まあ、どこをどう探したところで、カネみたゃあにあっさりとここに来るおなごなんぞ、そうはおらんわな」

「あら、あっさりだなんて」

カネが心外だというつもりで唇を尖らせると、勝は「違っとるか」と、いかにも驚いたという顔をする。今日はアイヌのカムイノミもなく、他に出かけるあてもなかったらしく、嬰児籠《えじこ》の中で機嫌良く笑っているせんの顔を眺めながら、勝は夕暮れから一人でちびちびと酒を呑んでいる。日中は雪の中を南に六キロほど離れたウレカレップという場所まで猟に行ったのだが、帰ってきて風呂にも入ったから、身体はほどよく温まっている様子だった。その証拠に、つやつやとした頬《ほお》のあたりに赤みがさしている。

「ほんで、迷ったのか」

「考えないわけがないじゃありませんか。母上は猛反対だったし、女学校の仕事も何もかもなげうって、しかもこれほど何もない土地に来るのですもの、簡単に決心できるはずがありませんわ」

茶碗をぐい、と傾けながら、勝は「ふうん」と唸《うな》るような声を出していたが、やがて、にやりと口の端で笑った。

「そんでも決心したってことは、だ。つまるとこ、そんだけ、この俺に惚《ほ》れたってわけだなも」

一瞬返答につまり、それからカネはつん、と澄ました顔をした。勝は「ほうだがね」と言って、一人でわっはっはと笑っている。

「そりゃあまぁ、仕方なゃあな、俺が、こんだけいい男だもんで」

自分の髭《ひげ》を撫《な》でつけながら、いかにも愉快そうに笑っている勝に向かって、カネはつい「それなら」と顎《あご》を突き出すようにした。

「あなたは、どうなのです」

意表を突かれたように、勝の笑顔がそのままになった。カネはその顔をあらためて見つめた。

「あなたは、どうして私を選んだのです？」

勝は宙に浮かせていた茶碗をゆっくりと口に運んでから「さあな」と首を傾げる。その白々しい態度に、今度は少しばかりむっとなった。

「あなただって、たった一度会ったきりの私に――」

「そらゃあ、親父どのが熱心にすすめるし、何といっても銃太郎の妹だし――第《だ》ゃあいち、北海道《ほっかいどう》に行くのに嫁がおらんとなると、そらゃあ何かと不便に違ゃなゃあと、周りからさんざん言われたもんで」

「それだけ？」

「他に何がある？」

「まあ、憎らしい」

　カネが本気で腹を立てかけているのに、勝はさも愉快そうにわっはっはと声を上げて笑っている。それにつられたかのように、嬰児籠の中でせんまでが笑い声を立てた。勝は、ここぞとばかりせんの顔を覗《のぞ》き込んだ。

「なあ、面白ぇなあ、せん。おまゃあのおっかさまが怒っとるぞ。おー、ほれ、怖ゃあ顔しとるがや。うん？　何だ？　なになに？」

　笑っているせんに顔を近づけ、耳を傾けてふん、ふん、と頷いていた勝は、ゆっくりと姿勢を戻した後で、にやりと笑った。

「せんが、言っとるがや」

「何をです」

「ハヤク、オトートガホチー」

　そのふざけた口調と悪戯《いたずら》っぽい表情に、カネは「知りません」とそっぽを向いた。それでも勝は大きく身体を傾けて、カネの顔を覗き込んでは「うん？」「どうした？」などとしつこく言うものだから、最後にはカネの方も根負けして笑い出してしまった。勝がこんなふうにカネの前だけでふざけて見せるのが、実のところ嫌ではない。普段は雄々《おお》しい姿を見せている勝が実に無邪気で愛らしくさえ見えるからだ。どれほど厳しい冬も、我慢を強いられる日々であっても、こんなひとときがあるからこそ乗り越えられるのだと思う。そんなことを感じるとき、やはり頭の片隅では、兄上のことが気にかかっていた。

天主さま、兄上に祝福をお与え下さい。

三月に入ると、兄上たちはいよいよ「澱粉同盟」を設立するために動き始めた。当初は村の全員に声をかけたのだが、最終的に兄上のもとに集まったのは、勝の他は五十を過ぎた山本初二郎《やまもとはつじろう》と、同世代の山田彦太郎《やまだひこたろう》、そして最年少の高橋利八《たかはしりはち》という顔ぶれだけだったという。

「そんでも工場さえ出来りゃあ、次の収穫から早速、機械を動かすことが出来るがや。澱粉を出荷出来るようにならゃ、そんだけ収入も安定してくる。それを見て、みんな飛びついてくるに違がゃあなゃあ」

まずは五人で工場を建てるための角材の伐り出しからだと、勝も張り切って毎朝、出かけていくようになった。ところが、始めて十日もしないうちに、もう山田彦太郎が姿を見せなくなってしまったと、午前のうちに帰ってくる日があった。

「ただでさえ少なゃあ人数で動いとるもんで、一人でも欠けたら、そんだけで物事がよう運ばんようになるのは重々、分かってらゃあすはずだなも。なのに、みんなで様子を見にいったら、『気が乗らん』とか『うまくいくと思われん』とかしか言わんもんで、とうとう呆れて帰ってきたわ」

「だって、あんなに前々から皆に説明して、誰もが十分に納得した上で、始めたことなのではないですか」

カネも、ここまで来て何を迷うことがあるのだろうかと思わず眉をひそめた。それでも勝は「この村の連中は」と、ため息をつくばかりだ。

「最初っからそうなんだわ。まず皆でまとまろうって考え方がなゃあわな。開墾が進んでそれぞれ軌道に乗るまでだわ、とにかく皆で力合わせて、何をするにも協力し合っていこまゃあと、さんざん言っとるのに、小屋建てるだけでも、もう手伝わん奴は出てくるわ、勝手に休むわ。そんで余計に歩みが遅くなるばっかりでなゃあかって、どんだけ言って聞かしても、まるで効き目があれせん」

囲炉裏《いろり》端に腰を下ろし、がっくりとうなだれる格好で、勝は「まったく」と低く呟《つぶや》いた。そういえば、これまでにもそんなことがあったと、カネも一つ一つを思い出していた。だからこそ、依田さんも皆の気持ちを一つにしようと聖書の朗読会を思いついたことさえあった。だが、あれも三回ほどで続かなくなってしまった。

翌日も、やはり山田彦太郎は作業に顔を出さず、それにつられるように、山本初二郎も迷うような素振《そぶ》りを見せ始めて、澱粉工場は建て始める前から早くも頓挫《とんざ》しそうな気配が漂ってきた。

「見事にやる気を殺《そ》いでくれるよ」

その日、午後になって顔を出した兄上も、半ばお手上げだという表情で肩をすくめていた。

「これは皆のための事業なんだと、何度繰り返し言っても、『どうして俺が他人のために働く必要があるんだ』とか『他にもやらなければならないことがある』と、こうだ。他人のためではなく、結局は自分のためだと、どれだけ説明しても分からん。それに、ここにいる全員が一つのことにかかりきりでなんていられないのが、オベリベリでの暮らしじゃないか。そんなの、とうに分かりきっているはずだ」

「今日は、初二郎さんまで言っとったがや。『おまやあら馬鈴薯《ばれいしよ》ばっか作れ作れと言っとるが、その馬鈴薯がようけ穫れなんだら、どうしてくれるんだ』とな」

「確かに、この土地の性質が、まだ分からん部分はある」

「ほんでも、去年も一昨年も、他のもんが駄目でも馬鈴薯だけは何とかなったでなゃあかと、いくら言ってもそっぽ向きおって」

勝はしばらくの間、頭を掻《か》いたり髭を撫でたりしていたが、大きく一つ息を吐くと、「どうする」と兄上を見た。

「いっそ今回は、諦めるとするか。銃太郎と俺、それに利八の三人だけでぁ、どうにもならん」

だが兄上は、即座に「まさか」とかぶりを振った。

「そんなわけにいくか。機械だってもう買ってしまったんだぞ。おいそれと諦めるわけにはいかん。予算は晩成社《ばんせいしゃ》から出ておるんだし、それが一日も早く俺たちの暮らしを安定させる一つの方策だと、さんざん話し合ったではないか」

「それでも、皆さんの意見が一つにまとまらないのでしょう？　いくら兄上一人が一生懸命になったところで、多分、皆さんには余裕がないんだと思うのよ。時間も体力も、あと、気持ちの点でも」

思わずカネが口を挟むと、兄上は口を大きくへの字に曲げていたが、それでもやる意志は変わらないと言った。

「ほんでも今のままでぁ、おそらく晩成社としての事業にはならんだろう。依田くんも、『ほんなら止めだ』と言い出すかも知れんぞ」

兄上は、頭を整理するように口を引き結んで真っ直ぐに前を見据えていたが、それでも考えに変わりはないと言った。

「これが実際に利益の出る、自分たちにも都合のいいものだと分かりさえすれば、連中も涼しい顔をして後から乗っかってくるんだろうと思うんだ。言っては悪いが、そういうちゃっかりしたところがあるからな」

わざわざ札幌《さっぽろ》まで行って、機械のことから何から調べ上げ、ようやく工場を建てようというところまでこぎ着けた兄上にしてみれば容易に諦めるわけにいかないのも頷ける話だ。カネは兄上が気の毒でならなくなった。

「もしも私が男なら、『しっかりしろよ』って皆の前で言いたいくらい」

勝が「またお前は」と難しい顔をする。

「お前が言ったところで変わらんさ」

兄上も苦笑するから、結局カネは、その場で握りこぶしを小さく振ることくらいしか出来なかった。

「とにかく、あんまり、がっかりしないでね」

帰りがけ、兄上に声をかけると、振り向きざまに兄上はにっこり笑った。カネは、また「おや」と感じた。こんな状況になっているとも思えない、不思議なほど穏やかに見える笑顔だったからだ。

「兄上――何か、あった？」

戸口に向かいかけていた兄上は、「え」という表情で再び振り向く。

「どうしてだ」

カネは、前掛けで濡れた手を拭《ぬぐ》いながら兄上を見上げて小首を傾げた。

「何か、いいことでもあったのかなと思って」

「どうして」

「どうしてっていうこともないんだけど」

「――そんなことあるわけないだろう。工場を建てる件が早くもこんな状態で」

それはそうねとカネが頷く間に、兄上は「じゃあな」と帰っていった。その後ろ姿を少しの間、見送ってから、カネは勝の方に向き直った。

「ねえ、あなたは感じません？」

「何を」

「ですから、兄上」

「銃太郎が、なんだ」

「何か、雰囲気が違うような」

勝は「いつもの銃太郎だ」と言ったまま、鉄砲の手入れを始めている。それでは自分の気のせいだろうかと首を傾げていたとき、せんが泣き声を上げたから、そんなことも忘れてしまった。

兄上がいつになく改まった様子で顔を出したのは、さらに日がたった三月末のことだ。このところ晴れた日が続いたせいもあって雪もずい分と減ってきて、草の芽がぽつぽつと見え始めたし、陽射しばかりでなく小鳥のさえずりなどからも春を思わせる日だった。

「うちの人は今、薪《たきぎ》を採りに出かけてるのよ」

だから勝に用事があるのなら、と言いかけている間にも、兄上は家に入ってきて何となく手持ち無沙汰《ぶさた》な顔つきで土間をウロウロとしたり、嬰児籠の中のせんを覗き込んだりしている。

「なあに」

カネが声をかけると、兄上は黙って懐《ふところ》に手をやった。取り出されたのは、折り畳んだ紙だ。カネは、手紙のように見えるその紙を見つめていた。ひょっとして内地にいる家族の誰かからか、または横浜《よこはま》から来た手紙だろうかと思ったからだ。

「ちょっと、見てくれないか」

カネは差し出された紙を受け取って、兄上を一瞥《いちべつ》した後でそっと開いてみた。一見して兄上のものだと分かる几帳面《きちょうめん》な書体で、七言絶句の詩が書き連ねてある。

「なあに、これ」

よほど自慢の詩でも詠《よ》めたのだろうかと想像しながら目を通し始めてすぐ、カネは自分の心臓がとん、と跳ねるのを感じた。

「兄上、これ――」

見上げると、兄上はひどく緊張した顔で、髭に囲まれた唇を引き結んでいた。

2

郎吾妻男且搢紳　妾蝦夷女身殊貧
世評難逸従来在　速垂恩寵結親姻
雪浄胡天春尚寒　晩来小女吹笳嘆
老婆頑固都如鉄　遮莫有情意不安
白日尋思解語花　夢為胡蝶戯南華
無情昨夜蕭蕭雨　一朶紅桃含露斜

あなたはヤマトの身分のあるお方。
私はアイヌで貧しい身の上。
本当なら、世間に何を言われるか分からない。
それでも神のお恵みと共に、私はあなたのものになりたいのです。

雪は蝦夷地《えぞち》の空を清め
春になってもまだなお寒い。
日暮れどき、あの娘は嘆くような音色であし笛を吹く。
それにしても年老いた彼女の母親の、なんと鉄のようにかたくななことよ。
どれほどの気持ちがあったとしても、それが心を不安にさせる。

昼間は花のようなあの娘を思い続け
夢と現実の狭間が分からないような眠りに、荘子《そうし》の胡蝶《こちょう》の夢を思い出す。
無情にも、昨夜は雨がもの悲しく降った。
あの美しい娘にも似たひと枝の紅桃《こうとう》の花が、露を含んでさらに枝垂《しだ》れていた。

胸が詰まるような気持ちになった。これほど率直に飾り気なく人を想う詩を、かつて読んだことがあっただろうか。しかもこれは、目の前の兄上が作ったのだ。何と言ったらいいのか、咄嗟《とっさ》に言葉が思い浮かばなかった。
「これを——」
何度か繰り返し兄上の文字を追った後、ようやくそっと紙を畳みながら、カネはまだ自分の中で言葉を探していた。知らなかった。まさか、兄上の身にこんなことが起きていたとは。こんな形で兄上の気持ちを打ち明けられる日が来ようとは。

「──お相手には、見せたの？」

紙を返しながら何とも決まりが悪いというのか、気恥ずかしい思いで、やっと兄上を見上げる。兄上は「いや」と小さく首を振った。

「書いてある通り、相手はアイヌの娘だからな。文字は、まるで読めん。会話もごく簡単なものばかりだ」

「──ええと、どこの、何という人？」

「名はコカトアン。シブサラの惣乙名《そうおとな》、サンケモッテの娘だ」

「コカトアン──歳は？」

「十八だと言っていた」

十八歳のアイヌの娘に、この兄上が恋をしたというのか。そして詩を読む限り、彼女との結婚を望んでいる。立場の違いや周囲の風当たりは承知した上で、しかも相手の母親まで反対しているというのに。

「彼女の気持ちは本当に確かめたの？　簡単な話しか通じないのでしょう？　そのう──兄上の、勝手な思い込みなどではない？」

「それが、アイヌには、互いの思いを伝える方法があるのだ」

兄上は自分の手を差し出して見せる。そこには刺繍《ししゅう》を施されたアイヌの手甲《てっこう》が巻かれていた。少し前から同じものを使っているのは知っていたが、兄上のところに働きに来ている誰かが、親切心か何かの礼の意味でくれたのだろうというくらいに、簡単に考えていた。

「コカトアンが作ったものだ」

アイヌの女性は自分の思いを伝えるとき、こうして手作りの手甲を相手の男性に渡すのだと兄上は言った。男性がそれを身につけたとき、女性の気持ちを受け入れたことになる。対して男性からは、女性にマキリと呼ばれる小刀を贈る。女性が受け取れば、やはり男性の気持ちを受け入れたことになるのだという。

「そんな意味があるの？　兄上、よく知ってるわね」

「うちに来ているセカチらが、年がら年中そんなことを言っているからな。自分もいつかきれいな娘から手甲を贈られたいとか、誰それにマキリを贈ろうと思うとか」

「それなら、兄上も、コカトアンにマキリを渡したの？」

「アイヌのように上手には彫れんが、それなりに苦心して作ったよ」

兄上は、ほう、と息を吐き出して、ようやく緊張が解けたらしい表情で炉端に腰を下ろす。カネも囲炉裏の反対側に腰を下ろして、やはり同じように大きく息を吐き出した。

「つまり、二人はもう、お互いの気持ちを確かめ合ったんだ――将来も、約束したということなのね」

アイヌの娘と、と、カネはまたため息をついてしまった。別段、アイヌが悪いというわけではないのだ。横浜にいたときだって、西洋人と結婚する日本人は見てきた。人を好きになるのに、髪や瞳や、肌の色などは関係ないと、それらの人々の幸せそうな表情が語っていた。それは分かっているつもりだが、一方では、なぜよりによってアイヌの娘なのだという気持ちもこみ上げてくる。

「父上は？」

兄上は俯《うつむ》きがちのまま、ゆっくりと首を横に振った。

「まだ話していないのだ。この前来たとき、お前に『何かあった』と聞かれて、お前の勘の良さに内心ひやりとなった。それで、お前には隠しておけんと思ったから」

「――父上は、何とおっしゃるかしら」

兄上は手甲をした両手を祈るように組みあわせている。

「まず、鈴木《すずき》の嫡男という立場を、どう考えとるんだと、言われるだろうな」

「そう、でしょうね」

「だが、きちんと話せば分かって下さるはずだと思っている。これも主の思《おぼ》し召《め》しだと、最後には許して下さると思うんだ」

「確かに、少なくとも、分かろうとして下さるとは思うけれど——でも父上は、私が勝さんと一緒になる前に言っておられたわ。『こういうことには釣り合いが大事なのだ』って」

「釣り合い、か」

「そういう点では、相手がアイヌでは、どう思われるか。惣乙名の娘と聞けば、立派な家なのかとも思うけれど」

「まあ——そうだな。それで、おまえはどう思う？」

カネは「私？」と、返答に詰まった。このところずっと、どうにかして兄上にいい縁談がないものかと考えていた身としては、出会いがあったことを心から喜んであげたいとは思う。それでも、どうしても考えてしまう。人間そのものに変わりはないではないかと思う一方では、面倒なことになるのではないかという心配もあるからだ。暮れに聞いた「下等社会」の話とは違っていたとしても、やはり周囲から好奇の目を向けられることは間違いがない。この村の人たちが何かと新しいことを嫌うことは、もう分かっている。そして、頑《かたく》なだ。そんな人たちが、兄上の嫁取りを心から祝福してくれるものかどうか。

「私は——」

それに、オベリベリで生活するようになって初めてアイヌと身近に接することで、カネなりに学んでもいた。彼らには彼らの文化があり、生活があり、そして神がいる。これは良し悪しや優劣の問題ではない。それほど異なる環境で生まれ育った人を妻にして、果たしてうまくいくものなのか。一生、共にいられるか。そこが分からない。それでもカネは、兄上に味方したいと思った。この兄上が、初めて添い遂げたいと思う人と出会ったのだ。

「私は――兄上次第だと思う」

兄上が、どこまでその娘を守ってやることが出来るか、和人《わじん》の暮らしに馴染《なじ》ませることが出来るか、そして、天主さまの教えを理解させることが出来るか。

視界の片隅では嬰児籠に入っているせんが、すやすやと眠っているのが見えている。そう、生まれてくる子のことだって考えなければならないだろう。二人の間に子どもが生まれれば、その子は間違いなく「あいのこ」と呼ばれることになる。女学校にいたときに何人も見たように、ただ両親のいずれかが和人でないというだけで、生まれ落ちたときから重荷を背負わされて生きなければならないとも限らない。

「兄上が、相当の覚悟をしないと」

立ち上がって、竈《かまど》にかけてあった鍋を囲炉裏まで運びながら、カネは、「その人を守り切るだけの」と言葉を続けた。鍋を囲炉裏にかけ、ついでに薪《まき》を足していると き、ふと思いついた。

「その人、刺青《いれずみ》は？」

アイヌの女性たちの多くは、未《いま》だに口の周りに刺青をしている。御維新《ごいしん》のすぐ後に明治政府が禁止令を出したということだが、カネが見る限り、それが守られている様子は、あまりなかった。女性はある程度の年齢になったら刺青をしなければ神の怒りを買うと信じている人の方が多いからだ。カネの目から見ると、せっかくの美しい顔が刺青によって台無しではないかと思うような女性もいるのだが、彼女たちにとっては、それが文化であり、また誇りのようだった。兄上は、もちろんだというように頷いている。

「それでは、横浜などに行くことがあったら、さぞ目立ってしまうわね。横浜どころか、多分、函館《はこだて》だって」

「俺は、あいつをどこへも出すつもりはないんだ。あいつはここにいて、この土地で生きていく。それが一番の幸福だと思う」

そんなことを言ったって、もしも晩成社が立ちゆかなくなったときには、内地へ戻るより他どうしようもないのではないかと思ったが、それを口に出す前に、兄上が「俺は」と改めて前を向き、口を開いた。

「この地に根を下ろすと決めたのだ。鈴木銃太郎として、この地で生きて、生き抜いていく。どんなことをしても」

「コカトアンと？」

兄上は、今度はしっかりとカネを見つめて頷いた。滅多なことでは激することもなく、常に理路整然と物事を考えて、冷静に、生真面目《きまじめ》に生きてきた兄上だ。だがその一方では、一つのことに夢中になると、寝食も忘れて打ち込むところがある。一途になりすぎる。開拓しかり、澱粉工場しかりだ。だからこそ、ここは早まらずに、落ち着いてよく考えて欲しいとも思う。

「もしも一緒になったら、生まれてくる子どものことも考えなければならないのよ」

「分かってる」

「母上や、弟たちのことも」

「ああ、分かってる」

「特に母上が、このことを知ったらどうなさるか」

「よくよく考えた」

兄上は膝の上で握りこぶしを作っていたが、「あの娘は」と、今度は手甲をつけた両手のひらを上に向けて、大切な何かを捧げ持つような仕草をした。

「まるで長い間、土の中に埋もれたままになっていた、澄みわたった玉のような娘なんだ。都会も知らず文明も知らない代わりに、誰よりも純粋で、何一つとして手垢《てあか》のようなものがついていない。疑うことを知らず、どんなことも真っ直ぐに受け取る」

つい数カ月前には、いかにも侘しげな表情で、自分には女運がないのかも知れないと嘆いていた兄上だった。それが今こんな表情になっていることが、嬉しくもあり、また半ば信じられない思いでもあった。

それが天主さまの思し召しなら。

夕方になって勝が帰ってくると、カネは待ちかねたように兄上の話をした。

「何だって？　銃太郎が？」

手と足を洗いながら、勝も呆気《あっけ》にとられた表情で目をむいた。

「いつの間に、そんなことになっとったんだがや」

「お正月明けから手伝いに来てたシブサラの人なんですって。何とかいう惣乙名の娘さん——あなた、その人をご存じだった？」

「いや、知らん——知らんというか、知っとるかもしれんが、そんなつもりで見とらんもんだで、覚えとらんがや」

それからカネの話を一通り聞いた勝は、コカトアンの母親が承知していないらしいと知ると、「お互いに丈母《じょうぼ》では苦労するというわけか」と苦笑を洩《も》らした。

「まあ、俺の場合はこっちに来てまったから今となってはどうってこともなゃあが、銃太郎は、これが厄介だがや」

囲炉裏端であぐらをかく勝の前に、いつものように晩酌用の徳利と湯飲み茶碗を並べ、囲炉裏にかけてあった鍋から、これもいつもと変わらない鮭《さけ》と野菜の煮物を盛りつけながら、カネは「うまくいくものなのかしら」と、ため息をついた。

「出来ることなら周囲の皆から祝福してもらいたいのに」

「まずは本人がここぞとばかり気張らんことには、どうもならんがや」

とりあえずこの一杯を呑んだら、早速、銃太郎に会いに行ってこようと、勝は勢いよく茶碗酒をあおった。

「ついでに、そのコカトアンか、そのおなごにも会ってみたゃもんだ」

そそくさと出かけていった勝を送り、手早く夕食を済ませてしばらくすると、いつものように子どもたちがやってきた。その中には、兄上のところで働いているアイランケもいる。カネがオベリベリへ来た当初はまだあどけなさの残る少年だったが、最近は身体も大きくなって、目鼻立ちも男っぽく見えるようになった。兄上のところへはきちんと通ってきているようだが、勉強の方は前触れもなく姿を見せなくなって何日もそのままになったかと思うと、またしばらくしてひょいと顔を出すという具合で、今ひとつ集中しきれていない。

「パラパラ・ニシパのところには、セカチもメノコも増えたようね」

カネがさり気なく尋ねると、アイランケは面倒くさそうに頭を掻きながら「そんな感じ」と答える。

「ねえ、コカトアンというメノコを知っている？」

「ああ、シブサラの」

「どんな人？」

「よく、知らない」

「見た感じは？」

アイランケは、やはり頭を掻きながら「うーん」と考える顔をした後で、「きれい」と言った。

「そう、きれいなの。それから？」

するとアイランケはまた半ばふて腐れているようにも見える顔つきで、それでも一応は左右に首を傾げたりした挙げ句、「髪が長い」「笛がうまい」と言った。カネはアイランケに微笑《ほほえ》みかけて、その埃《ほこり》っぽい頭をぽんぽん、と軽く撫でてやり、いつもの授業に戻った。

「まあ、なるようにしかならんわ。あとは銃太郎の頑張り次第ゃあだわ！」

夜が更けてから酔って帰ってきた勝は、それだけ言うと「呑んだ呑んだ」と繰り返し、さっさと布団に潜り込んでしまった。それからはカネがいくら身体を揺すっても面倒くさそうな声を出すばかりで、じきにいびきをかき始める。いつものことだが、呆れるほどに寝つきがいい。せんも、とうに寝ている。しん、とした狭い家の中で、カネは聖書を開いた。
〈――あなたがたが、いろいろな試練に会った場合、それをむしろ非常に喜ばしいことと思いなさい。あなたがたの知っているとおり、信仰がためされることによって、忍耐が生み出されるからである――〉（ヤコブの手紙第一章二、三）
兄上も、この言葉を思い出しているだろうか。祈っているだろうか。この言葉の意味することを、いつか、コカトアンという人にも教えてやることが出来るだろうか。カネは一人で様々に思いを巡らせながら、天主さまに祈り、そして眠りについた。

3

四月に入って早々、兄上が中心となってせっかく結んだ「澱粉同盟」が解消されることになった。山田彦太郎は何があっても再びこの計画には参加したくないと言って譲らなかったし、それに引きずられるように山本初二郎もやる気をなくして、結局は空中分解のような格好になったからだ。
「せっかく工場を建てるための角材だって伐り出したのでしょう？」

勝からその話を聞いたとき、カネは自分までやるせない気持ちになった。

「これっぽっちの小さな村で、どうして一つにまとまれないのかしら、もう」

「そんでもやっぱり銃太郎だがや。この前言っとった通り、一人でもやる気だもんでね。これまで皆で伐り出した角材はぜーんぶ自分が買い取ると宣言しおった」

勝は「言い出したら聞かん」と諦め半分に笑っている。

「嫁さんももらうもんで、余計に張り切っとるわ」

「でも、それではまた晩成社への借金が増えるだけではないですか」

それに、兄上一人で引き受けるのだとしたら、もしかしたら澱粉製造の機械まで、兄上の借金になってしまうのではないか。カネは、いよいよ心配になった。

「分からんぞ。澱粉がたくさん出来さやあしたら、機械の借金なんかあっという間に返せるかも知れんわ」

そうなったら、勝もすぐに澱粉製造に加わろうと言って笑っている。

「そん時ぁ、他の連中も加わるに違がゃあなゃあ」

借金があるのは兄上の家だけではない。何しろ去年も一昨年も、ろくすっぽ収入がないままで、どうにか生きながらえてきたようなものなのだから、どの家も晩成社からの借金で、がんじがらめの状態だ。だからこそ、誰もが常にどこかで息苦しさを感じている。それが気持ちの余裕を失わせているとも考えられた。もっと畑が広がって、作物さえ順調に出来るようになれば、人々にも笑顔が増えるに違いないし、もっとゆとりが出てくるはずだ。今年こそ、その第一歩になって欲しい、澱粉工場は、その足がかりになるはずだったのではないかと、カネはまだ悔しい気持ちでいた。

翌日、兄上が雪道を跳びはねるようにやってきた。ちょうど外で指をかじかませながら洗濯をしている最中だったカネは、揃えた両手に息を吹きかけながら、肩を上下させて白い息を吐く兄上を「どうしたの」と見上げた。

「父上が、疝癪《せんしゃく》を起こした」

「えっ、お薬は？」

「百草丸《ひやくそうがん》を飲んでいただいたが、効いてこないのだ。それで、カネを呼んで欲しいと言っておられる。おまえに背中を押してもらうと楽になるからと」

こうしてはいられなかった。カネは大急ぎで囲炉裏の火の具合を見た後、せんを負ぶって兄上と一緒に家を出た。勝は朝から薪を採りに行っている。

「それで兄上」

真冬の頃と違って、降ってもすぐに解ける雪の中を歩きながら話しかけた。

「あれから、どうなった？　結婚の話」

「どうもならん」

「まるで？」

「父上には話をしたが」

思わず歩みが遅くなりかけた。だが兄上は、それにも気づかないように、すたすたと先を行こうとする。小柄なカネと比べて、長身な上にズボン姿の兄上は余計に歩幅が広いから、あっという間に置いていかれる。カネは慌てて小走りに兄上に追いつき、「それで」と兄上を見上げた。

「父上は、なんて?」

「何も」

「何も?」

「『そうか』と言われただけだ」

ところどころ雪解け水がたまっている場所がある。ささやかな音を立てて細い川が流れる脇の、ただ踏み固めただけのような小道を、泥濘《ぬかるみ》を避けて歩きながら、カネは、父上はどうお考えなのだろうかと心配になった。

兄上の家に着くと、父上は布団に横になって痛みに顔を歪めていた。せんを近くに寝かせて、カネは父上の背後に回り、父上の背中を撫でるようにしながら柔らかく押し始めた。父上がうめき声ともつかない息を吐く。

「ああ、少し楽になるようだ」

「百草丸が効いてくれるといいのですが」

しばらくそうして続けていると、父上は力のこもらない声で兄上を呼び、あとはカネがいるから大丈夫だと言った。

「仕事をすることだ。おまえがそこにいても、仕方がない」

「そうですが」

「こういうことは昔からカネが上手なのだ。だから、おまえはわしに構わんでいい。仕事をしなさい」

兄上が黙って外へ出て行った後もしばらくの間、カネは黙って父上の背中を押し続けていた。もともと疝癪の持病などないはずだが、考えてみれば御維新の後は、東京へ出てきて養蚕《ようさん》の仕事に失敗したときや、耶蘇《やそ》教の講義所に襲撃をかけられたときなど、父上はこうして苦しみ出すことがあった。その度に母上は「情けない」などと嘆きながら薬を煎じ、またカネは幼いながらも今と同じように、父上の背をさすった。

「――おまえは、聞いておるか」

やがて、うめき声のようなものが次第に収まって、心なしか、硬く強《こわ》ばっていた背中も少しはほぐれてきたように感じられた頃、父上の声が聞こえてきた。

「何をです？」

「銃太郎の――結婚のことだ」

「――何日か前に」

「昨夜、聞かされてな――わしはすぐに返事が出来なんだ。あれこれと考えておるうちに外が白んできたと思ったら、急に癪が起きたのだ」

ああ、では、これは兄上のことが原因なのか。いきなりアイヌの娘と結婚したいと言われて、臓腑に響くほどの衝撃を受けたのかと思ったら、父上が気の毒になった。気がつけば、五十五も過ぎておられる。もしかしたらカネが思うよりも老いてこられているのかも知れなかった。

「昨夜、銃太郎は言いおった。もし、わしがこの結婚に反対するようなら、自分はもう一生、誰と所帯を持つこともなく、この地で、ただ一人で生きて一人で死んでいく覚悟だと」

うーん、と呻《うめ》くような声を出しながら、父上は身体の向きを変えて仰向けになった。そして、また大きく息を吐く。すっかり数を減らした白髪交じりの頭髪が乱れていた。

「この地で生きていくと決めた以上、ここに根付いて、鈴木の家として栄えて欲しいに決まっておるのに、あれは、そう言ったのだ。一人で死んでいくと」

「――それだけ一途に思っておられるのでしょう、その人を」

「親として、そんなことをさせられると思うか。無論、この村はまだこんな状態じゃ。わざわざ内地から来て、この暮らしに耐え、共に汗を流してくれるおなごが、そうはおらぬに違いないことも分かっておる」

「その娘さんなら、もともとがこの人なのですから、苦労を苦労とも思わずに耐えてくれるのではないですか？　兄上の暮らしぶりだって、よく承知しているのでしょうから」

父上はちらりとこちらを見てまた天井に視線を戻す。それから、まだ痛みが残っているらしく、ぐっと眉根を寄せて目を閉じた。呼吸にもまだ多少の乱れがあって、その都度、布団の下で胸が上下するのが分かった。

「――そうかも知れん。だが、アイヌじゃ」

「天主さまが、お導きになったのではないでしょうか」

父上は眉間《みけん》の皺《しわ》をぎゅっと深くして、ただ深い息を吐くばかりになった。そしてカネを、さらにまた妹たちを耶蘇教へといざなったのは、もともとは父上だ。父上が聖書の教えに目覚め、自ら講義所を開いたり上田まで布教に行く姿を見ていなければ、子どもたちだって今とは違った道を歩んでいたに違いない。カネだって、勝と一緒になることもなかっただろう。そのことは、父上自身が一番感じているはずだった。

「それにしても、向こうのお母さまが、反対なさっているようですね」

「――それについては、とにかく真心を示すしかないと思っていると、そう言うておった。アイヌの世界では、結婚に関しては本人の意思がいちばんなのだそうじゃ」

「では、コカトアンの気持ちに間違いがなければ、一緒にはなれるということですね？」

「そうは言うても、出来ることなら親の許しを得たいに決まっておる。銃太郎も、そこはよく承知しておって、出来るだけの努力はするつもりだそうだ」

「兄上のことですもの、一生懸命にやるでしょう」

カネが微笑みかけたとき、父上がまたうめき声を上げた。

「向こうの母親は、何とか説得出来たとしても――」

「うちの母上、ですよね」

「おそらく、半狂乱になるじゃろう。直《なお》は耶蘇教も嫌いじゃ。北海道のこともアイヌのことも何一つ知らぬ。ただの思い込みで、どんなことを言うか分からぬ」

父上がまた横向きになったから、カネは再び父上の背を撫でたり押したりしながら、「ねえ、父上」と出来るだけ穏やかに話しかけた。

「兄上に味方をしてあげられるのは、私たちだけです」

「――分かっておる、分かっておる。だからわしは、もう、何も言うまいと思うておる。そう、決めた」

それが、父上が悩んだ上に出した結論のようだった。カネは、それ以上は父上に話しかけないまま、ひたすら背をさすり続けた。ずい分そうしていて、気がつくと、父上は眠りに落ちた様子だった。静かな寝息を確かめてから、カネはそっと布団から離れ、せんを負ぶった。しばらくはそばで様子を見ていたいと思うが、書き置き一つ残さずに出てきたし、洗濯も途中のまま、まだまだすることが山ほどある。

物音を立てないように外に出ると、雪がちらつく中で、兄上は薪割りをしていた。歩み寄って話しかけようとしたときに、その向こうで、小柴をまとめている若い娘の姿が目に入った。額にヘコカリプと呼ばれるアイヌの鉢巻きを巻いて、その下からは黒く艶《つや》やかな髪を波打たせ、はっきりとした濃い眉とすっと通った鼻をしている。遠目にも大きめに見える口もとは、刺青のために違いなかった。

「兄上」

カネが声をかけると、兄上と同時に、その娘も顔を上げた。カネはゆっくりと兄上に歩み寄りながら、視線はどうしてもその娘に向いていた。兄上が気づいて、自分も娘の方を振り返る。それから娘に向かって手招きをした。娘が、気後れした様子で歩み寄ってきた。

「コカトアンだ」

カネは、その娘を真っ直ぐに見た。彫りの深いアイヌらしい顔立ちをしている。何よりも二重まぶたの美しい目元が特徴的だ。薄茶色の瞳で彼女は少しの間カネを見つめ、すぐに長いまつげを伏せた。

「カネです」

カネが自分から口を開くと、コカトアンは俯いたまま、「私はコカトアンです」と小さな声で言った。それから、そっとこちらを見る。カネは、その瞳に向かってにっこりと微笑んで見せた。するとコカトアンも、半ば躊躇《ためら》うような表情のまま、ぎこちなく頬を緩める。

「コカトアン、前に言ったろう。カネは俺の妹だ。心配するな、怖い人ではないから」

兄上がコカトアンに話しかける。その表情を見ていて、カネはまた、「ああ」と思った。兄上の目つきが、この上もなく優しげに見えたからだ。兄上は本当に、この娘のことを思っているのだということが、それだけで分かる。むしろ愛おしくて愛おしくてたまらないのを、辛うじて表に出すまいとしているようにさえ見えた。そして、その視線を受け止めるコカトアンの方もまた、その大きな瞳一杯に、尊敬とも愛慕とも受け取れる、何とも言えない甘やかな表情をたたえている。カネは微笑ましいような気恥ずかしいような気持ちになりながら、改めてコカトアンに頷いて見せた。

「私は怖くありませんよ。安心してね」

どの程度の会話が出来るものかよく分からないから、とにかく微笑みかけながら彼女の二の腕の辺りにそっと触れて、それからカネは兄上に向き直った。

「父上、昨夜は一睡もなさらなかったみたい。今やっと少し落ち着いて眠っておられるわ」
二、三日は様子を見た方がいいだろうから、その間は毎日、顔を出すようにするとカネが言うと、兄上は安心したように「分かった」と頷いた。そしてまた、コカトアンと顔を見合わせて微笑みあっている。見ている方が照れくさくていたたまれないほどだ。カネは、最後に改めてコカトアンに微笑んで見せてから、早々に帰路につくことにした。
背中のせんの重みを感じて歩きながら、家までの帰り道、何度となくコカトアンという娘の顔を思い浮かべ、兄上の嬉しそうな顔を思い出し、そして、痛みに耐える父上の背中を思った。父上にだって言いたいことは山ほどあるのに違いない。だが、兄上のために口を閉ざすと決めたのだ。そして、あの娘の舅《しゅうと》となる。嫁となるコカトアンに、果たしてどう接していくだろう。そして、これまで続けてきた男二人の暮らしは、どんな風に変わっていくだろうか。とにかく、穏やかで安らかなものであって欲しい。正直なところ、遠く離れている母上のことは、この際二の次になっても仕方がなかった。

依田さんが戻ったという知らせがもたらされたのは、その日の夕方のことだ。知らせてくれた高橋利八は、「そんでよ、そんでよ」と意気込んだ表情になっていた。

「新しい小作人も一緒だに」

「小作人？」

「大人が四人に、あと、女の子が一人おる。伊豆《いず》から連れてきたらしいわ」

利八は、おそらく依田さんがうまいことを言ったのだろうと言う。

「それで、依田さんは？」

「今まだ、舟から荷を下ろすのを、あれこれやっとるわ」

「リクさんは？」

「おるわけねえら」

利八が吐き捨てるように言ったとき、ちょうど勝が帰ってきた。利八から依田さんの帰りを知らされて、すぐに「そうかね」と家を出て行く。カネは再び自分の仕事に戻りながら、果たして依田さんは、兄上の結婚話をどう思うだろうかと考えた。だが翌日になっても翌々日になっても、依田さんは姿を見せない。どうやら、新しく着いた小作人の住まいの準備などで忙しい上に、長い留守の間にたまっていた仕事もあるらしいということだった。

三日ほどして、父上の体調もすっかり戻った頃、兄上がやってきた。今日もまた、これまでになく興奮した顔つきをしている。

「父上の許しが出たのだ。それから、向こうのおふくろどのも」

「おう、そうかね！　よくやったな、銃太郎！」

勝は早速、祝杯をあげようと言って、カネに徳利と茶碗を持ってこさせる。カネも思わず胸のつかえが下りた気持ちで、いそいそと酒と肴《さかな》を用意した。

「おふくろどのはアイヌの言葉しか話さんのだ。コカトアンは、通訳出来るほど我らの言葉が話せるわけではない。だから、ここはモチャロクに頼んで一緒に行ってもらった。俺のこともよくよく説明してもらったよ」

「それぁ、モチャロクにはたっぷり酒を呑ませんといかんな」

「ああ、本当によくやってくれた。まず、コカトアンを嫁にしてもアイヌとのつきあいを断たせるつもりもないことを、何度も話して分かってもらった。それから、他に妻はとらん、コカトアンだけだということも。どうも、これまでの和人はアイヌの娘を無理矢理に犯したり、拐《かどわ》かしたり、ろくなことをしてこなかったようだ。それを、おふくろどのは最後には心配しておるのだ」

「ほんで、最後には納得したわけか」

「まだある」

「何だ」

「よくよく聞いてみると、向こうの心配は、要するにこの先、自分がどうやって日々、暮らして、食っていくかということなんだな。惣乙名だったサンケモッテは何年か前に死んでいて、おふくろどのは足が悪い。コカトアンにはタカサルという兄貴がおるが何しろ若いし、家の中のことは出来んだろう」

「つまり、頼りになるのはコカトアンだけというわけか」

兄上は大きく頷き、だからこれから先は、自分はコカトアンの家の長兄にもなったつもりで、まず畑の指導をすると約束したのだそうだ。無論、自分たちの畑で穫れたものも運んでやる。猟の腕前はタカサルにはかなわないかも知れないが、それでも川で魚が釣れれば魚を、猟で獲物があったときにはその獲物を、可能な限り運ぶつもりだと言って聞かせたという。もちろん、コカトアンも時間さえ出来れば家に帰らせるようにする。

「大丈夫なの？　そんな約束をして、私たちの暮らしだって、さほど安定しているとは言えないのに」

カネが口を挟むと、兄上はこちらを振り返って自信に満ちた表情で頷いた。

「そうやって頼りにされた方が、こちらも励みになるというものだ。俺は、あの人たちのためにも畑を拓《ひら》く。そう考えることにした」

カネは思わず勝と顔を見合わせた。

「愛だなも、愛！　アガペだがや」

勝は顔をくしゃくしゃにさせて茶碗を大きく傾け、一気に飲み干したところで、兄上に改めて乾杯しようと徳利を差し出している。兄上も即座に茶碗をあけて、新しい酒を注がれた。

「ほんなら、これからは益々やることが増えるでいかんわ。なあ」

「そうだとも。依田くんはプラウを馬に引かせる専門家を呼んだということだから、その人が着いたら、まず我々も使い方を教わらねばならん。その前に、フシコベツに預けてある馬を引き取りに行かねばな」

「すると、それまでに馬小屋をちゃんとせんといかんということだがや。豚や山羊《やぎ》と違っとるのは、連中はとにかく逃げるもんだでよう。こっちに連れてくるだけで、一仕事になるに違がやあなやあ」

「それに、雪が消えてきたところから、畑を広げなければならんしな。そういうときに何なんだが、なあ、カネ」

酒の肴を用意していたカネは、不意に名前を呼ばれて水屋で屈《かが》み込んだまま顔を上げた。

「これから、コカトアンには和人の妻として色んなことを覚えさせねばならん。俺の方は、まず『いろは』から教えるつもりでおるが、カネ、おまえ、あいつに裁縫を教えてやってくれないか」

兄上はまだ興奮した顔をしている。

「何も針仕事が出来ないわけではない。アイヌのものは仕立ててきたのだから、和人の着物や、シャツやズボンの仕立て方さえ分かれば、呑み込みは早いと思うんだ」

コカトアンが裁縫を出来るようになったら、カネがこれまで引き受けてきた兄上や父上の衣服に関しては、コカトアンに任せることが出来る。肩の荷が下りるような、少し淋しいような気持ちになった。

「義姉《ねえ》さんに、なるんだものね」

この数日、父上の見舞いに行くたびに顔を合わせたが、コカトアンはいつもはにかんだ笑みを浮かべるばかりで、自分からは話しかけてくる勇気もないように見えた。あの娘が安心して心を開き、カネにでも相談ごとをしてくれるようになったらいい。互いに針を動かしながらでも、少しずつ色々な話が出来るようになって、やがて必要以上に遠慮などせずにいられる親戚同士になれたら、どんなにいいだろうかと、カネは改めて考えた。

結局その日勝と兄上とは二人揃って呂律が回らなくなるくらいまで、互いに酒を酌み交わし、大きな声で笑い合って過ごした。

「分かっとるか、銃太郎！　この、カネらってよう、それから、俺もだがや！　ろ、ろんらけお前の嫁取りの心配ゃあをしとったか」

「分かっておる、分かっておるって」

「よおし、分ぁっとるんだな！　よおし！　ほんなら、銃太郎、コカトアンを呼べ！　俺からコカトアンに、銃太郎の嫁となる心得を説いてやるっ！」

「今、何時だと思っておるんだ。コカトアンは今ごろはもう、俺の夢を見ておる！」

「な、なんらとぉ。おまえの夢を見るのか、コカトアンは！　くそぅっ」

少しばかり晩成社の話をしたかと思うと、すぐにコカトアンの話題に戻ってしまい、次に依田さんの話を始めても、いつの間にかまたコカトアンの話になるという具合で、際限がない。カネは呆れたり笑ったりしながら、酔っ払っている二人を見ていた。こんなに嬉しそうで、また饒舌《じょうぜつ》な兄上を見るのは初めてかも知れなかった。

4

数日後の日暮れ時、今日も一日の仕事が終わって、勝が風呂に入ろうと川の水を運びに行っているとき、家の外で誰かの咳払《せきばら》いのようなものが聞こえた。夕食の支度をしていたカネは、一度は気のせいかと思ったが、少しして、今度はもう少し大きな咳払いが聞こえてきたから、腰を上げた。戸口から外を覗くと、少し離れたところに何人もの人影が見える。

「どなた？」

カネが声をかけると案の定、黄昏《たそがれ》の中から「チキリタンネ・ニシパはいるか」という声が聞こえてきた。アイヌは、人の家を訪ねるとき、決して最初から声を出したり戸を叩いたりということをしない。今のように咳払いをしたり、何かの物音を立てたりして、こちらが気づくのを待つのだ。

「チキリタンネ・ニシパに会いたい」

カネが返事をしようとする前に、家の裏手から勝の声が「おう」と応えた。ところどころに残る根雪がほの白く見える他は、薄闇に包まれようとしている中で、人影がわずかに動く。

「どうした、そんな大勢で」

風呂のある方から回り込んできた勝が、カネの前に立ち塞《ふさ》がる格好で彼らと向き合った。

「チキリタンネ・ニシパに話したいことがあって来た」

一歩、前に進み出てきたのは、胸まで届くほどの長い髭を生やした男だ。カネは顔を知らないが、勝の方はよく知っているらしく、いぶかる様子もなく「そうか」と頷いている。

「まあ、入りゃあったらええがや」

薄暗がりの中にいた男たちは、誰もがひげ面に加えて彫りが深い顔立ちのせいもあって、表情を読み取ることが出来なかった。彼らは無言で、ぞろぞろと家に入り込んできた。数えたら、七人もいる。

「みんな、シブサラのアイヌだ」

全員を家に招き入れたところで、最後に入ってきた勝が、耳打ちするように低い声で言った。カネは、それぞれに炉端に上がり込んでいる彼らと勝とを見比べながら、シブサラのアイヌたちが、どうしてこんなに大勢で押しかけてくるのだろうかと首を傾げそうになり、次の瞬間、これは兄上のことと関係があるのに違いないと思いがいたった。まさか、兄上の婚礼に反対するというのではないだろうなと、にわかに不安がこみ上げてくる。彼らはカネが顔なじみになっているセカチたちと違って、中には白髪交じりもいる大人たちばかりだから、ある種の威圧感とも取れるほどの重々しい存在感があった。

「まあ、まず一杯呑むか」

全員が車座になったところで、勝がカネに向かって「おい」と手招きをしかけたところで、七人の先頭に立っていた男が「いや」と制した。

「酒は、呑まない、ニシパ。俺たちは今日これから、まだすることがある」

「何だ、そうかゃあ。ほんでは、まず話を聞こうか」

勝が身を乗り出すようにした。髭の長い男は、まずぐるりと周りの仲間たちを見回した後で一つ、咳払いをした。

「話は、コカトアンの結婚のことだ」

「おう。それがどうした？」

「ニシパたちの神、俺たちのカムイとは違うな」

「そうだがぁ。違っとるわな」

男たちが全員で顔を見合わせている。カネは、話がどちらに進むものか、それはそれとして、白湯《さゆ》だけでも出してやった方がいいものだろうかと、落ち着かない気持ちで、彼らの話に耳を傾けていた。

「コカトアンは結婚するのに、アイヌのカムイに許しをもらう。これが決まりだ。ニシパ、アイヌの結婚式をするか」

勝が「うーん」と首を捻っている。その間に、男は「もう一つ」と言葉を続けた。

「コタンにトゥスクルがいる」

「トゥスクル？」

「俺たちとカムイをつなぐ。夢を見たら、トゥスクルに聞くとカムイの教え、伝えてくれる。コカトアンの婚礼の日、カムイが言う通りの日にしたら、コカトアンはずっと心配いらないで暮らせる。ニシパ、トゥスクルの言うこと聞くのは、どうだ」

「どうだかな。その辺は銃太郎とも相談せんことには」

「いや、パラパラ・ニシパの前に、チキリタンネ・ニシパだ」

「なんで」

「チキリタンネ・ニシパが『分かった』と言えば、俺たちはパラパラ・ニシパにそのことを言う。パラパラ・ニシパは『分かった』と言う」

勝が、必要以上とも思うほどの大きな声で笑い出した。

「何だ、そらゃあ。そんなこと、決まっとらんがや！　そらゃあ、我らは友でもあり、義兄弟《きょうだい》でもあるが、銃太郎には銃太郎の考えがあろうよ」

アイヌたちは上体を揺らすようにして互いを見合っている。太い眉の下の瞳に宿しているものが、怒りなのか困惑なのか、カネには判然としなかった。それでも、まったく動じている様子のない勝はよく響く声で「まず」と話し出した。

「ここは、忘れてもらってはいかんが、コカトアンは確かにアイヌの娘だ。ほんでも、銃太郎と結婚するということは、我ら和人、シサムの嫁になるわけだがや。なあ？」

男らは真剣な表情で大きく頷いている。

「ほんなら、婚礼の儀式については、シサムのやり方で行うのが、筋でなゃあか？　特に銃太郎は俺んとことおんなじ耶蘇教だもんで、あんたらの言っとるカムイとは違っとるが、俺らにとっての天主さま――カムイがおられる。俺や銃太郎が、あんたらのカムイのことも大切にしとるのは、知っとるな？」

男たちはわずかに躊躇う素振りを見せながらも、それぞれに頷いている。その目は揃って一心に勝を見据えていた。

「そらゃあ、たとえ俺たちのカムイとは違っとったとしても、友だちであるあんたらが大切だと思うもんは、俺らも大切にせないかんと思うからだ。そうだろう？　だから、カムイノミのときも、あんたらのしきたりを守る。熊送りに呼んでもらったときも、おんなじだがや」

「それは、知ってる」

髭の長い男が頷いた。勝が「そうだろう？」と身を乗り出した。

「だで、お互い様だがや。俺たちがそうするように、あんたらにも、俺らのカムイに頭を下げてもらいたゃあわけだわ。婚礼の儀式を挙げるということは、そのカムイに、だ、きちんと誓いを立てるということだがや」

髭の長い男が、ぎょろりと目をむいた。

「アイヌのカムイは駄目か」

「駄目なんぞと言うとらんがや。ただ、我らにも神がいることを分かってもらわんとならん」

「――パラパラ・ニシパも、同じことを言うか」

「おそらくな。それに、銃太郎の父上も、それを望まれるはずだなも」

アイヌたちはそれぞれに腕組みをして目を伏せ、中には大きくため息をついているものもいた。

「コカトアンは、アイヌのカムイには誓えないか」

勝は大きく背を揺らして「そんなこたはなゃあ」と顔の前で手を振ってみせる。

「まず、こっちのやり方で婚礼の儀式を執り行ったら、その後で、今度はシブサラに行ってやらゃあいいんでなゃあか？」

「コカトアンは、シサムの嫁になっても、俺たちのコタンに来るか？」

それまで口を噤《つぐ》んでいた別の男が、ぐっと身を乗り出してきた。すると、勝はまた必要以上に思えるほどの大きな声を出して笑った。よく響く大きな声が、目に見えない力となって男たちを押しとどめているように見える。

「当たり前ゃあでなゃあか！　俺らだって年がら年中、シブサラにでもフシコベツにでも行っとるだろうが、ええ？　べつにシサムの嫁になったところで、コカトアンはコカトアンだがや。それに、コカトアンにはおふくろさまがござるだろう？　ほんなら余計、ひっきりなしにシブサラに行くに違がゃあなゃあわ」

「パラパラ・ニシパは、それを許すか」

「もちろんだわ。もしも、だ、もしもだぞ、嫌だというようなことがあらゃあ、そのときは俺に言えばええがや。そんときは、俺が銃太郎に、ちゃあんと談判してやるもんだで」

男たちは、またそれぞれに身体を動かして互いを見合う。彼らの緊張が、わずかに和らいだようにも感じられた。勝が「ほんでな」と言葉を続ける。

「次に、婚礼の日取りだが、本当は、シサムにはシサムの暦ってもんがあって、それを気にする人は、やれこの日がいいだの、この日は駄目だのと、どえらゃあ言うんだわ。そんでも俺たちの神さまは、そこんとこは、あれこれこだわらなゃあもんで、そこは、あんたらの考えに従えばいいと思うわね」

「それなら、いつ婚礼するかの日は、俺たちのコタンのトゥスクル、カムイから聞いて決めるのは、いいか」

「銃太郎さえ承知するんなら、という意味だぞ。俺ぁ、ちっとも構わんと思う、というとるだけだがや」

男たちはうん、うん、と頷きながらまた互いに顔を見合わせていたが、低い声で何か呟きあったと思うと、もう揃って立ち上がろうとし始めた。

「何だ、せっかく来たんでなゃあか、一杯やっていかんか。支度は出来とるんだから、なあ、カネ！」

カネは「そうですとも」と、思い切り愛想良く笑って見せた。だが男たちは揃ってかぶりを振り、もう腰を上げて靴を履こうとし始める。

「俺たちはこれからパラパラ・ニシパの家に行く。チキリタンネ・ニシパが言ったこと、ニシパに伝える。パラパラ・ニシパのこころ、決めることに頼む」

男たちは、誰もが真剣そのものの表情をしている。自分たちのコタンの娘が和人のもとに嫁ぐということを、彼らは自分たち全体の一大事として捉えているのだということが、ひしひしと感じられた。カネは、一歩前に進み出て、男たちを見上げた。

「コカトアンはこれから私の義姉《あね》にもなるんです。私たちは家族になります」

男の一人がわずかに表情を変えた。何となく見覚えがあると思ったら、時々、手伝いに来るセカチの父親だと思い出した。

「奥さんは、コカトアンと家族になるか」

「そうですよ。パラパラ・ニシパは私の兄さんだから」

男たちはまた互いに小声で何か言い合い、改めてカネのことを見て、いかにも不器用そうに頭を下げた。

「奥さん、コカトアンを、見てやってくれ」

それだけ言うと、男たちはぞろぞろと一列になって家を出て行く。戸口に立って彼らを見送ったカネは、ふう、と思わず大きな息を吐いた。兄上は、コカトアンと結婚することで、彼女の母親だけでなく、シブサラのアイヌたち全員と関わりを持つことになるのだと、改めて思う。勝とカネのように、結婚しても遠くに来てしまって、両家の家族や親戚とほとんど関わらずにいるのとはわけがちがうのだ。

「やれやれ、せっかく風呂に入ろうと思っとったのに、もう真っ暗でなゃあか。腹も減ったし、風呂は明日にするか」

勝は「なかなか骨の折れることだなも」と、首の後ろを掻いていた。


本格的な春を迎えて、村はにわかに忙しくなった。今回の依田さんの手土産《てみやげ》で最大のものは、何といっても馬にプラウを引かせる方法を皆に伝授する人を手配したことだ。一年という約束でやってきた田中清蔵《たなかせいぞう》という人は、プラウの準備が出来た家から順番に、馬にプラウを引かせて畑を耕す手本を見せて回り始めた。勝たちが手綱《たづな》を引いても容易に思い通りにならず、フシコベツから連れてくるだけでもひと苦労した馬たちが、田中さんの手にかかると実におとなしく従順になり、黙々とプラウを引く様子を見て、カネばかりでなく村の全員が目をみはった。雪解け水を含んで黒々と湿っている畑が、みるみる掘り起こされていく。豊かな土の匂いが広がった。

「何とまあ、早えこと、早えこと」

「今まで、畑に這《は》いつくばるようにしてたのが、嘘んみてえだら」

互いの畑を行き来し合っては、村の人たちは感心した声を上げ、我も我もと競い合うようにして田中さんが回ってきてくれるのを待ち、耕された畑には早速、裸麦《はだかむぎ》や芋などを蒔《ま》いていった。そうこうするうちに、兄上の婚礼の日取りが五月八日に決まったと連絡があった。

「銃太郎の、あんな顔を見るのは、初めてじゃ」

数日おきに顔を出す父上が、ある日、複雑な表情で言うことがあった。

「別人ではないかと思うほどじゃ。気がつけば一人でにやにやしておる。男が、そんなににやけておって、どうするのじゃと言いたくなるほどでな」

確かに、カネのところに顔を出すときでも、最近の兄上は浮かれているとしかいいようのない顔つきをしている。一つ屋根の下で暮らしている父上としては、さぞ居心地の悪いことだろうと思わずにいられなかった。

「その上、コカトアンも最近は、わしのことを『おとうさま』と呼ぶようになってな。無論、銃太郎が教えたのじゃろうが、まったく、返事に困るわい」

「コカトアンも一生懸命なのでしょう」

父上は、いつものように腕組みをして何か考える顔をしていたが、そのうちに、実は兄上は、コカトアンを正式に嫁にしたら、彼女の名前を変えるつもりらしいと話し出した。

「名前を？」

「いくつか考えるから、わしにも一緒に選んで欲しいと言うてきた。和人の家に嫁ぐ以上は、名前も和人らしいものにして、和人として生きてもらうつもりだそうじゃ」

「でも――それで、コカトアンは納得しているのですか？　それに、シブサラのコタンの人たちだって」

訪ねてきた男たちを思い浮かべて、彼らがそんなことを許すものだろうかと、カネは不安にならざるを得なかった。だが父上は、兄上はその点をコタンの人たちとも相当に時間をかけて話し合ったのだと言った。

「銃太郎が宮崎濁卑《みやざきだくひ》くんや、役場の人たちから聞いてきたんじゃが、政府はもう大分前にアイヌたちにも日本人としての戸籍を作ったのだそうじゃ。そして、和人と同じ姓名を名乗るようにと命じておるんだと。この辺りではまだ改名しているものはおらんが、じきにアイヌの全員が和人と変わらぬ名前を持つことになるじゃろうということじゃった」

それは以前、勝も話していたことがあったかも知れない。戸籍云々《うんぬん》というものについてはカネ自身があまり気にしたことがなかったから、大して身を入れて聞いていなかった。

「コカトアンは、鈴木の家の嫁になる。じゃから、誰よりも早く和人の名前を持ったところで不思議ではないじゃろうと、そういうことじゃな」

そして今、兄上は夜になると半紙を広げて、思いつく名前をあれこれと書いては悩んでいるということだった。

「つまり、コカトアンは兄上のお嫁さんになった時から、鈴木コカトアンではなく、何か違う名前になるのね」

父上は腕組みをして、何とも複雑な表情を浮かべていたが、取りあえずは呼びやすい名前にしてくれれば、それ以上に文句を言うつもりはないと言って帰っていった。

五月に入ってすぐに、依田さんがまた大津へ出かけていった。やっと帰ってきたと思ったのに、カネはまともに顔を見ることもなかった。そればかりでなく、こんなときに行ってしまっては、兄上の婚礼までに帰ってこられないのではないかと思ったのに、依田さんは、それを承知で行ってしまったという。

「そんなに急ぎの用事だったのですか」

舟着場まで見送りに行ってきた勝に思わず不満を漏らすと、勝も今ひとつ合点《がてん》がいかないという表情になっている。

「俺も聞いたんだが、『そんならそんで、仕方なゃあ』みたゃあな返事だったがや。そらゃあ少しばっか情がなゃあでなゃあかとも思ったが、依田くんは、何しろ社務が第一だと言ってな」

もともと依田さんは、兄上の結婚話を聞かされたときにも、今ひとつ祝福しかねるという表情だったとは聞いている。縁談を探していたのなら、自分が伊豆からでも、または函館や東北や、旅の途中で立ち寄る土地からでも探してきたものを、と言って、決心を変えるつもりはないのかとも尋ねたのだそうだ。つまり、アイヌとの結婚には賛成しかねるということかと、その話を聞いたときにカネは思ったものだった。だとすると、その理由は何なのだろうか。別段、依田さんの顔に泥を塗るようなことでも何でもない。それより何より、依田さんの留守中も几帳面に帳簿などの記録を取り続け、澱粉工場を造ろうと奔走したり、晩成社のために働いている兄上に対して、たとえ相手が誰であろうと、人生の一大事である婚礼にも列席しないというのは、あまりにも友だち甲斐《がい》がないのではないかと思う。仲間なら、何よりも大切にしそうな日ではないのか。

「兄上が気の毒だわ」

「なあに、あいつは今は、コカトアンさえおればいいような心持ちに違がゃあなゃあんだから。まあ、気にするな」

いつもの通り、勝はけろりとした様子でそれだけ言うと、畑へと出て行った。カネは、何か今ひとつ割り切れない思いのまま、久しぶりに依田さんという人のことを考えた。

仲間じゃないの。チームじゃないの。

晩成社は依田さんと勝と、兄上との三人が揃ってこそのものではないのか。もしもその関係を大切にしたいと思うのなら、ここは少しくらい予定を変更してでも、兄上を祝ってくれてもいいものではないかと思う。相変わらずつき合いづらい人だ。

おそらく大津へ向かった依田さんの舟と、どこかですれ違ったに違いない。五月六日に大津から来た舟は、澱粉製造機を積んでいた。兄上は勝やセカチたちに手伝ってもらって機械を大八車に乗せて自分の家まで運んでいった。一人でも続けてみせると言い切った兄上は、結局、自宅のそばに澱粉工場を造ることにしたのだった。

「色んなことがいっぺんに起きるわね」

翌日、明日の婚礼のために必要だろうからと、家にある食器類などを兄上の家に運び込んだとき、カネが話しかけると、兄上は「そんなものだ」と笑った。

「人生の潮目が変わるときというのは、思いもしなかったものまでが、色々と変わるような気がするよ」

「そんなもの？」

「それまで見えていなかったものが、突如として見えたりな」

「何が見えたの？」

「まあ、色々だ」

　そうして五月八日土曜日の夜、兄上はコカトアンとの婚礼の儀に及んだ。村中の人々とシブサラのアイヌらが詰めかけて、狭い家になどとても入りきれず、細かい雨が降る中に人々が溢れた。婚礼と言ったって、紋付き袴《はかま》や晴れ着の用意などあるはずもなく、ましてや金屏風《きんびょうぶ》も何もない貧しい小屋の中で、兄上は野良着のまま、ただこの上もなく緊張した顔をしており、その隣のコカトアンはアイヌの服装に首飾りや耳飾りをして、目をみはるほど美しかった。

　ろうそくの火を灯《とも》し、勝が厳《おごそ》かな声で聖書を読み上げるのを聞きながら、カネは自分の婚礼の時のことを思い出していた。三年前の春の宵、今から思えば幻のように思える人々の集いの中には母上の顔があり、弟妹たちの顔があり、そして、確かに依田さんの顔があった。明日は北海道に旅立つという慌ただしさの中でも、依田さんは列席してくれていたのだ。今、遠く離れて暮らしている母上たちが来られないのは仕方がないにせよ、本来なら同じチームを組み、運命まで共にしようとしているはずの依田さんの姿までも見えないのは、何とも淋しいことだった。

5

　結婚を機に、兄上はコカトアンを常盤《ときわ》と改名させた。いつまでも変わることなく自分の妻であり続け、また今のまま美しくいて欲しいという願いを込めたことはカネにもすぐに分かったが、さらにもう一つの意味があると教えてくれたのは父上だ。

「常盤と言えば源義経《よしつね》の母じゃろう」

「ええ、常盤御前《ごぜん》」

父上は、白くなった髭を撫でながら、兄上は、常盤御前が幼い義経を手放してしまったことから「成長した義経を知らない」ことにかけたのだと言った。そして、カネが首を傾げているのを見て、義経のまたの名は何だと訊いてくる。

「牛若丸《うしわかまる》？」

「幼名はそうじゃな。他に」

「他には――義経は、九郎判官《くろうほうがん》、ですか」

「そう、九郎じゃろう」

兄上は義経の仮名である「九郎」と「苦労」とを掛け合わせたのだそうだ。「九郎を知らない」を「苦労を知らない」と転じて、つまり、常盤が苦労知らずの人生を送れるようにという願いもこめたのだという。

「よく、そこまで考えたものだわ」

それこそが兄上の真実の思いであり、また、妻となった女性への願いなのかと、カネは胸が熱くなる思いだった。それにしても我が兄ながら、何と純粋でひたむきなことか。コカトアンへの思いを詠んだ詩を見せられたときも、風流を飛び越えて大した夢想家だと思ったものだが、愛しい存在のためにはそこまで懸命に知恵を絞るのかと感心する。

「だけど、ここで生きていくのに苦労知らずなんて」

いつになったらそうなることかとカネが諦め混じりに呟くと、父上は「いや」と首を振る。

「あの娘にとっては今だって、わしらが思うほどの苦労ではないのかも知れん」

何しろ幼い頃から、こういう環境の中で育ってきた娘だ。飢えも寒さも貧しさも、決して特別なことではないのだろうと、父上はまた腕組みをする。

「現に今朝も『こうして食事のたびに米や麦の入ったお粥《かゆ》を食べられるのですか』と、目を丸うしておった。わしらにしてみれば、内地で暮らしていた頃からは想像もつかないほど粗末な食事でも」

それが婚礼翌日の、嫁の第一声だったと聞いて、カネも胸に迫るものを感じた。伝い歩きをし始めたせんが、ひっきりなしに動き回るから、父上が来ているときには孫娘を見守るのが父上の役割になっている。視線は絶えず孫娘に向け、いつでも手を伸ばせる準備をしながら、父上は、そんな嫁を「いじらしく思う」と言った。

「銃太郎が飯を作るのを手伝いながら、わしらの味付けを懸命に覚えようとしておる。あの娘は、ひょっとするとこの辺の女房連中より、よっぽど亭主に尽くして、よく働く嫁になるかも知れん」

まあ、ほんの少し見ただけのことじゃが、とつけ加えながら、それでも父上は存外、満足そうな顔をしている。

「それなら父上もひと安心ですね」

彼女が常盤と呼ばれることにも慣れて、やがて言葉も不自由なく交わせるようになる頃には、今よりも父上との関係も深まることだろう。この先、孫が生まれれば、家はさらに賑やかになるに違いない。

この村に広々とした畑が広がる頃、家々からは子どもたちの笑い声が響くようになって、きっと活気に溢れる村になる。その日は遠からず、きっと来る。その情景を思い浮かべると新たな力が湧いてくるようだ。明日のため、子どものためと、まるで念仏のように繰り返しながら、その日一日、カネは上機嫌で鶏小屋の掃除をし、畑に水を撒き、蘆《あし》を刈った。

すると翌日、依田さんが姿を現した。ちょうど、せんに粥を食べさせるために畑から戻って、鼻歌交じりで鍋をかき混ぜていたカネは、いきなり戸口に現れたその姿に、思わず声を上げそうになってしまった。

「ああ、びっくりした」

こちらが「いらっしゃい」と笑顔を向けているのに、久しぶりに顔を見せた依田さんは、相変わらず口の中で「ああ」という程度でまともな挨拶《あいさつ》の言葉もなく、いつもの難しい顔のまま、視線だけは嬰児籠に摑《つか》まって一人で遊んでいるせんに向けている。大きくなりましたでしょう、と言いかけて、ふと、この人は幼い息子を亡くした人なのだということを思い出した。しかも、リクは伊豆に帰ったままだ。それを思うと、難しい顔をしていればしているほど、哀れに見える気もしてくる。

「あの、お戻りになれなくて残念でした、兄の婚礼は一昨日無事に——」

「大津で」

カネの言葉を遮るように、依田さんが呟いた。

「——え?」

「うちの会社の塩倉が焼けてな」

「——まあ、火事ですか? 塩倉が?」

依田さんは口もとにぎゅっと力を入れて、わずかに顎を引く。

「俺が向こうに着いたときには、もうただの消し炭の山だら。吉沢竹二郎が駆け回ってくれたお蔭で、すぐに隣の家を買う算段がついたが、塩だけでねえ、味噌《みそ》やら醬油《しょうゆ》やら全部焼けたし、もしかすると火事場泥棒にやられた分もあるかも知れん——とにかく何もかも、のうなったもんで。急いで補充せんとならん」

そんなことがあったから帰ってくるのが遅くなったのだろうか、だとしたら気の毒なことだったと考えている間に、依田さんは我に返ったように「渡辺《わたなべ》くんは」と、初めてカネの方をまともに見た。

「畑におります。今日は田中清蔵さんが来て下さっていますから、一緒に馬を曳いて、ハロー掛けをしていて」

依田さんは、ふうんというように頷いて、今度は「鈴木くんは」と尋ねる。

「さあ——何か、ご用がおありですか？」

「二人に今夜、集まってもらいてえと思っとるんだが。ここを、使ってもええか」

「ええ——今日なら子どもたちも来ませんから。ただ、せんがいますから、途中で泣き出したりすると——」

「そんぐれえ、かまわん」

それから依田さんは「鈴木くんにも伝えといてくれや」とだけ言い残して、「そんじゃあ」と帰っていった。その後ろ姿をぽかんと見送って、少ししてから次第に腹が立ってきた。

「何だろう、あれ。婚礼に出られなくて済まなかったくらいのこと、言えないんだろうか。理由はなんであれ、それが礼儀というものじゃないのかしらね」

せんはまだ言葉が分からないし、他に聞いている人もいない。カネは、思い切り口を尖らせ、眉間に力を入れて「まったく」と大げさなほどに荒々しく息を吐き出し、手にしていた木杓《きじゃく》で鍋のふたをコツン、と叩いた。ひとつ叩くと、もうひとつ叩きたくなる。コツン、コツンとやりながら「まったく」と、また苛立《いらだ》った声が出た。こんなに腹が立つのは久しぶりだ。

「一瞬でも、哀れだなんて思わなけりゃよかった」

ああいう人だと分かっていながら、どうしても腹が立つ。こちらから嫌おうとしているつもりは、さらさらないのだ。それなのに依田さんという人は、どうしてこうも人を居心地悪く、不快にさせるのだろう。

「私はあんたの召使いでも何でもないんだから。それなのに、人を顎で使うみたいにして、『伝えといてくれや』ときたもんだ。どうなんだろう、あの態度。偉そうに。素封家《そほうか》の坊ちゃんだか何だか知りゃしないけど、こっちだって落ちぶれたとはいっても武家の端くれだ。そこまで小馬鹿にしてもらっちゃあ困るっていうのっ」

また鍋のふたをコツン、コツンと叩いていたら、その音が面白かったのか、せんがきゃっきゃと笑い始めた。コンコン、コツン、コンコン、コツンと調子を取ると、せんは頭を振って手足を揺らし、踊るような真似《まね》までする。

「ねえ、せんちゃん、お父さまは、どうしてあんなおじちゃんと仲良しなのかしらねえ。あんな、憎ったらしい人」

コンコン、コツン。せんの踊りは、つい笑ってしまうほど愛嬌があって可愛らしかった。しばらくそうして遊んでやった後、まだ笑っているせんに「いい子ね」と笑いかけ、頬を撫でてやってから、カネは、ようやく大きく深呼吸をした。せんのお蔭で多少なりとも気が紛れた。とにかく、この苛立ちを呑み込まなければ。何といっても依田さんはチームのリーダーで、勝や兄上の大切な仲間だ。カネがどう感じていようと、三人の関係にひびが入るようなことになることだけは避けなければいけない。

嫌ってはいけない。

嫌ってはだめ。

呪文のように自分に言い聞かせ、最後には天主さまにも「お守り下さい」と祈ってから、カネはコツンコツンと叩いていた鍋のふたを取って、せんに粥を椀《わん》によそってやった。

6

その晩、久しぶりに三人が顔を合わせた席で、依田さんはまず兄上に、結婚の祝いだと女物の反物《たんもの》を手渡した。

「これからは、和人の服も着るだろう」

兄上は嬉しそうに頭を下げて、ちょうどカネに仕立物を教わらせるつもりだったのだと言った。そのときだけ、依田さんがちらりとこちらを見るから、カネも愛想笑いを浮かべたが、依田さんは「ふん」と言うように、すぐに視線を戻す。その顔を見たら、また昼間の怒りが蘇《よみがえ》りそうになった。

「で、どうだら、新婚生活は」

「まだ二日だぞ。名前を呼ぶのにも慣れておらん」

兄上は照れくさそうに笑い、それから少しの間、婚礼のときの様子や新婚生活の話になった。三人でいつものように、和やかにひとときを過ごすのかと思いながら水屋に立っていたカネの耳に、依田さんの「そんでな」という声が聞こえてきた。

「俺は明日から、また大津へ行く」

「ほうかね。塩倉のことは、まだ片は付かんのか」

「とんだ災難だったな。すぐに新しい家を買えたというのはよかったが」

大津の塩倉が焼けたということはカネから話してある。依田さんは少しの間、塩倉が焼けた顚末《てんまつ》や吉沢竹二郎のことなどを二人に話していたが、やがて今回、大津へ向かうのは他の用事なのだと言った。

「以前も話したことがあったと思うが」

茶碗を囲炉裏端に置いて、依田さんは腕組みをし、少しの間、目を伏せ、それからぐっと顔を上げた。

「俺は、牧畜を始めることにした。今回は、その適地を探してくるつもりだもんで」

一瞬、間があってから勝が「牧畜？」と聞き返している。

「牧畜って――いきなり、そんなことを始めるっていうのかやあ。それに、適地って何だ。依田くん、つまり、おまゃあさんはこの土地を見捨てるつもりか」

「いきなりじゃねえ。社則でも牧場をやることは明記しとる」

「そんなことは知っとるっ。だが、なぜ今なんだがやっ」

狭い家の中の空気がいっぺんに凍りついたように感じられた。こんな時に泣き出されては困るから、カネは負ぶっているせんをそっと揺すりながら、小さな声で子守歌を歌い始めた。

ねんねんころりよ　おころりよ
せんちゃんは　いい子だ　ねんねしな
せんちゃんの　お守りは　どこへ行った
あの山越えて　里へ行った

狭い土間を右へ左へと歩きながら小声で歌っている間、カネの背で、せんは元気に手足を動かして、何か喋っている。意味になっている言葉は何一つないが、とにかく話したくて仕方がないのだ。

「うるさぁあっ」

そのとき突然、勝の破鐘《われがね》のような声が響いて、思わず全身がびくんと跳びはねた。背中から、火がついたように泣き声が上がった。

「黙らせろっ！」

勝の怒鳴る声がして、兄上が驚いたようにこちらを振り返る。カネは、慌てて家の外に飛び出した。せんが激しく泣いている。家の前で遊んでいたらしい仔猫たちが、驚いて走り去っていった。

「よしよし、びっくりしたね。泣かないのよ。泣かないの」

懸命に背を揺すり、せんの尻《しり》をぽんぽんと叩きながら、カネは何度も深呼吸を繰り返して気持ちを静めようとした。一瞬ぎゅっと縮んだように感じた心臓が、今は激しく波打っている。驚いたからか悲しいからか分からないが、涙がこみ上げてきそうになった。

これくらいのことで怒鳴るような人ではないはずなのに。

勝は、それほど苛立っている。依田さんは、いきなり何ということを言い出したのだろう。牧畜を始めると言っていた。このオベリベリ以外の土地で。せんが、身体を歩きまわった。

突っ張らせてひと際大きな泣き声を上げた。カネは、さらに身体を揺すって家の前を
「ああ、いい子だから、泣かないで。お母さまはあの人たちのご飯の支度をしなきゃ。ねえ、せんちゃんはいい子でしょう？　いい子、いい子」

涙を呑み込むようにしながら何度もせんに話しかけ、繰り返し子守歌を歌って、ようやくせんがおとなしくなったところで、そろそろと家に戻る。家の中の雰囲気はさらに険悪になっており、三人が三人とも、囲炉裏の火を見つめるように俯いていた。カネは自分の気配さえ消すようなつもりで、そっと竈の前に屈み込んだ。やがて依田さんの声が「だから」と聞こえた。

「伊豆に帰っとる間も、俺は株主の集まりで、何度も突き上げを食らったと言ったら。一体いつになったら利益が上がる、配当はいつになったら支払われるんだと、それは厳しいもんだった。そのことは、向こうから帰ってきたときに報告したら？　あんとき俺は悟ったんだ。要するに、このオベリベリだけでは見通しが立たねえってことだら」

勝が湯飲み茶碗を乱暴に囲炉裏端に置いた。

「ほんでも、この地で生きていこうと決めたのは、依田くん、おまゃあさんでなゃあかっ。俺ら、どんな思いでこの三年を生きてきた？　株主がごたごた抜かすからっ

て、ここで放り出したら、今までの苦労が全部、水の泡になるってことを分かってなやあのかっ」

「放り出すとは言っとらん！　ただ、他にも開墾の地を探すべきだと思うと、これは前にも言ったでねえか」

「そらゃあ、ここの目処《めど》がついたらっていう話だったがやっ。しかも、そんで、牧畜か。ええっ？　これだけの人数しかおらんのに、そっから割いて、連れてくっていうことか！」

「なあ、依田くん。一体、依田くんは、株主たちに何を吹き込まれてきたのだ」

兄上の口調にも厳しいものがあった。三人が集まって、ここまで重苦しく、また緊張した雰囲気になったことはない。カネは、一体どんな風に話が進んでいくのかと気が気ではなかった。

「何も吹き込まれてなんぞ、おらん。俺はいつでも、こっちの立場を株主に説明しておる。好きで借金を返せんわけでないことも、くどいほど言うとる。そんだけんど、株主らが言うことも、それはそれでもっともだら。晩成社の社則では、二年目からは地代を払うことになっとる。その約束を守れておらんのは、小作の方だに」

「だから、払えるもんなら払っとると、分かっとるはずじゃなゃあかっ」

怒りが渦を巻いているのが見えるようだ。特に勝の猛々《たけだけ》しい声が恐ろしく聞こえて、カネは、ほとんど耳を塞ぎたい気持ちになった。せんが怯えてはいけないから、とにかくひたすらあやし続けて、あとは身を縮めているより他にない。

「俺は、この晩成社を率いるものとして、村の衆に責任を感じておる。だが、それと同じように、株主にも申し訳ないと思うとるのだ。これまで、我らは株主の金を食い潰してきたようなものだからな」

「食い潰すだと？」

今度は兄上の方が声を荒らげた。

「依田くん、今の言い方は撤回すべきだっ。我らはまだ途上にあるというだけではないか。誰が食い潰したというのだ、そんなことを言う株主がおるのかっ」

重苦しい沈黙が続いた。しばらくして、依田さんがようやく「撤回する」と呟いたが、だからといって雰囲気は変わらなかった。料理はあらかた用意出来たものの、今それを出せるような雰囲気ではない。手が空いたらすぐにでも何か他の仕事をしたいと思うが、かといって部屋に上がって針仕事でも始めたら、また「邪魔だ」と怒鳴られかねなかった。結局、水屋の片隅に屈み込んで、カネは彼らの話に聞き耳を立てているより他なかった。やがて、勝の「なあ」という声が聞こえた。幾分、落ち着きを取り戻したようだ。

「依田くん。鈴木の親父どのが常日頃から言ってござることを、よもや忘れてはおらんわな？」

「――何のことだ」

「親父どのは、ことあるごとに言われとるだろうが。短気を起こしてはいかんと。我らは何のために『晩成社』という名前を選んだのかと。それこそ五年、十年と耐え忍ぶだけの覚悟がなゃあことなゃあ、開拓なんぞという事業はやっとられん、実りの時を迎えるまでは相当な年月を覚悟しまゃあと、その意味でつけた名前でなゃあか」

そっと見てみると、依田さんが難しい顔で黙り込んでいる。勝が、ぐっと身を乗り出した。

「それなのに、たった三年ぐらゃあで今度は牧畜か？　このオベリベリを捨てて？　そらゃあ、ちぃと短慮が過ぎぎはせんか」

すると、依田さんは唇をぎゅっと引き結んで「それは違う」と目をむく。

「何度も言うたら？　今のままでは尻すぼみになるばっかりだって。だもんで、ここは新しく適地を探して、そこで牧畜を始めて、この開拓事業の、晩成社の、だ、いいか、晩成社の、新たなる突破口にしようと、そう考えてのことだら」

依田さんは、自分の決断が、必ずや晩成社を救うことになるはずだと、ぐっと胸を反《そ》らせた。

「いいか、聞いてくれ。俺は、このオベリベリに見切りをつけるなんて言ってねえ。

そんな気もさらさらねえ。オベリベリこそが我らの本拠地と決めておる。そんでも我らが生き抜くためには、何でも構わん、とにかく見込みのあるものから始めるべきだと言っとるんだ。農業も牧畜も関係ねえ。一つ格好がつきさえすりゃあ、株主も納得するし、運営資金も殖やせて、そうなりゃここにいる連中にだって回せることになる。結局はそれが全体のためになる」

それから依田さんは、新たな土地を見つけて牛を飼うことについて、自分の考えを饒舌に語り始めた。

明治という元号に変わってから二十年近くが過ぎて、この国は今、変化の真っ只中にある。西洋の文化は日々、怒濤《どとう》のように流れ込んできていて、それが一般の日本人の生活を瞬く《またた》間に変えつつあるのは誰もが感じていることだ。その一つとして食文化がある。洋食は、これから先、日本人にもますます取り入れられていくことだろう。その勢い、速さというものを、依田さんは旅する度に東京でも横浜でも、また函館や札幌などでも感じるのだという。だからこそ、これが大きな弾みになると考えたのだそうだ。

「西洋人は肉を食うら。その風習が日本人にもどんどん広がって、日本人も肉を食うようになってきとる」

「肉か——」

「洋食、な――」

カネの脳裡に、女学校にいた当時の食事が思い浮かんだ。あの頃は、自分たちは特別なのだと思っていたが、ああいった食事風景が、やがて日本人全体にも広がっていくのだろうか。皆が当たり前にナイフとフォークを握って肉を切り、スプーンでスープをすくい、パンと生野菜を食べるようになるのだろうか。

「俺らの強みは、何というてもこれだけの広さがある土地に住んどるということだら。だからこそ牛が飼える。肉を出荷して、乳も搾《しぼ》って、そう、バターも作れる」

牛飼いならば、まず畑を拓いて土を耕す必要はないし、バッタの被害などを心配することもない。やれ霜が降りた、大雨が降った、いや干ばつだと、その度にオロオロする必要もないから安定的な収入が見込める。たとえ雪の季節であっても仕事を続けられるというのが依田さんの考えだった。

「だが、万一それが出来たとして、肉だのバターだのそんなものを、どうやって買ってくれる人のところまで運ぶ」

兄上がぼそりと呟いた。

「育った牛をまるごと運ぶのか？　舟賃はどれだけかかる？　さばいたとしたって、生肉なんぞ、そう日持ちはせんだろう」

依田さんが、大きな目をさらに大きくして身を乗り出した。

「そうだら？　なあ？　だもんで、ここよりもっと海に近い場所を探すと言うとるんだ。そんなら舟賃がかからん。出来たもんを大津から函館んでも東京んでも、すぐ出荷出来る場所で牧畜をやるわけだ！」

依田さんは、さらに意気込んだ様子で兄上たちを見ている。

「いいか、このオベリベリでの開拓を少しでも前進させるために、今、我が晩成社に必要なのは時間と金だら。何といっても役所が、この十勝《とかち》の開拓に二の足を踏んでおるからな。そんでも、こんだけ肥沃で広い土地を、お上が放っておくわけがねえ。遠からず、ここに目を向けるはずだに。だけんど、そんときまで、ただ指をくわえて待っとるというわけにはいかんのだ。そんな悠長なことをしとったら、わしら全体の顎が干上がる。だもんで俺は牧畜で、その時間と金を稼ごうと言うとるんだら。もちろん、こっちにもちゃんと目を向けるし、農業も諦めん」

勝が低く呟いた。

「言うことは分からんことはなゃあが――どっちつかずに、なるんじゃなゃあか」

勝が低く呟いた。カネも内心で同じことを考えていた。ただでさえ依田さんは、これまでも一年のうちの半分以上は留守にしていて、とてもではないが農業に対して本気で取り組んでいるようには見えない。無論、必要があって出かけていたのだろうとは思う。それでも、どうしても腰が落ち着かないように見えてしまうのだ。

その上、今度は牛を飼うという。

それもやはり大半は人任せにして、自分は函館だ、内地だと駆け回るのだろうか。そんなことで、簡単に牧畜が出来るのか。

南瓜《かぼちゃ》一つ、大根一本だって、手をかけ思いをこめて育てていかなければ絶対にうまくいかないし、それでもなお、天候や気候に左右されて失敗するのが現実だ。その都度おろおろしなければならないやるせなさを、わずかこの数年でも、カネは骨身に沁みるほど学んでいる。そんなにあっさりと、こちらの思うようになることなどどこにもないことを、依田さんはどこまで分かっているだろう。

「それで、人はどうする。今だって、たった九戸の家だけで細々とやっているのに」

兄上が聞いた。すると依田さんは、まず弟の文三郎《ぶんざぶろう》さんと山田喜平《きへい》を連れていくつもりだと答えた。落ち着いたら先日、伊豆から連れてきた新しい小作人たちも移すつもりだし、さらにオベリベリのアイヌも雇い入れて、もっと小作人を増やすつもりだという。

「ちょっと待ってちょうよ。文三郎は、まあ、あんたの弟だもんで言うことは聞くだろう。ほんでも喜平まで連れていく気かゃあ。あんな半人前の子を、また何もなゃあところに連れていくのか」

山田喜平は、まだ十四歳の少年だ。初めてオベリベリに来たときには十二歳になるかならないかだった。その頃に比べれば背も高くなったし顔も大人びてきてはいるが、それでもまだまだ一人前と言えるものではない。もともと親兄弟のいない子だそうで、それなら思い切って新天地で一花咲かせないかと誘われて晩成社に加わったと聞いている。今は親戚筋にあたる山田彦太郎さんの家に厄介になっているが、そんな子が一人でまた他の土地へ移っていくということなのだろうか。もしかすると彦太郎さんの家の居心地がよくないのだろうか。

「ここの連中は根っからの百姓だら。今になって牛飼いになれと言っても動くもんじゃねえ。そんでも文三郎は俺と同じで、もともと百姓仕事に慣れてるわけでもねえだに。それから喜平には、こないだ尋ねた。畑と牛と、お前はどっちを選ぶらってな。そうしたらあれは、とにかく腹一杯食っていけるんなら、どっちでも構わねえと答えた。だもんで、俺が来いと言えば、俺についてくる」

　身寄りのない子の哀しさを思わないわけにいかなかった。喜平は、カネがオベリベリに来た当初、勉強を習いに来ないかと誘ったときにも頑なに首を横に振った少年だった。自分の立場をよく分かっていて独立独歩の気持ちが強いように見えた。何度か重ねて考えを変えさせようとカネなりに努力してみたが、自分には学問は必要ないと考えていること、それより一日も早く一人前の百姓になって家を構えたいことなどを、ある種、挑戦的なほどの眼差しで答えたものだ。それでカネも無理には誘えないと諦めた。以来、どこかで顔を合わせるようなことがあっても、向こうも一向に打ち解ける気配がないし、カネも容易に話しかけられないまま、結局は何となく疎遠になっている。

「だから明日は、文三郎と喜平を連れて大津へ発つ。その足で、いい場所を見つけてくるつもりだら」

依田さんの表情からは、これは既に決まったことであり、何があっても翻意はしないという頑ななほどの強い意志が感じられた。ああ、これが依田さんだと、カネはまたも思い知った気持ちだった。この頑なさのせいで、リクが幼い我が子を連れてきたいと言ったときにも頑として受けつけなかったし、家財道具などの持ち物さえも制限したと聞いている。今だって、こうしてせっかく仲間が三人揃っているのだから、どうして皆の知恵を集めて、よりよい考えをまとめようとは思わないのだろうか。なぜこうも唐突なのか。

「——もう、決めたのだな」

「決めた。兄貴の了解も得てあるもんで」

「——佐二平《さじべい》さんも了解しておるというんなら」

少し間を置いてから、勝はため息混じりに「依田家の問題だがや」と呟いた。

「一銭の金も出しとらにゃあ我らには、何を言うことも出来はしにゃあわ」

それだけ言うと、勝は思い出したようにこちらを振り返り、「おい」とカネを呼ぶ。カネは黙って囲炉裏に鍋を運び、用意しておいた料理のいくつかを三人の前に並べようとした。ところが、それを制するように依田さんが腰を上げた。

「明日の支度があるもんで、俺は、これで帰るわ」

勝も、兄上も、依田さんを引き留めなかった。カネは和《あ》え物を盛った小鉢を手にしたまま、黙って依田さんを見送った。何か声をかけなければとは思ったのだが言葉が出なかった。

7

依田さんが牧畜をするために選んだのは、オイカマナイという場所だった。大津から少し南に下った海沿いの湿地帯だそうだ。その知らせを受けた日は五月も下旬だというのに霜が降りて、せっかく育っていた南瓜などがやられてしまったから、勝は朝から畑に出ずっぱりだった。そういうことに一喜一憂すまいと自分に言い聞かせながらカネが家の用事をしていると、大津から戻ったばかりだという文三郎さんがやってきて、その話をしてくれた。依田さんと喜平はまだ大津に残っているが、自分だけ先に帰ってきたのだという。

「オイカマナイ――どういう意味なのかしらね」

文三郎さんは、案内してくれたアイヌの説明によれば、もともとは沼だか川だかの名前らしいが、とにかく「流れ込む」というような意味らしいと言った。

「ここより、なんぼか大津に近いとこだら」

「道はあるの？」

「あるわけねえら。こっちみてえに大津から流れてる川もねえし、海沿いを歩くしかねえとこだらな」

大津の土産だと言って酒とマッチ、それに溜まっていた郵便物や新聞などを届けてくれた文三郎さんにいつものトゥレプ湯を振る舞いながら、カネはオイカマナイという、まるで馴染みのない名前を口の中で転がしてみた。

「それで、文三郎さんから見て、どんなところ？」

文三郎さんはトゥレプ湯の湯気を吹きながら「うーん」と少し考える顔をした後、「霧が深いところ」だと言った。

「大津からだと、長節湖《ちようぶしこ》だろ、湧洞沼《ゆうどうぬま》、オイカマナイ沼、その先にホロカヤントウっていう沼もあってよう、とにかく沼だらけだら。で、日によってはどこもかしこも霧が立ちこめて、周りが真っ白で何にも見えねえようになるに。大津だってそんな日はあるけんど、何たって人なんか全然いねえとこだし、海が近えからかなあ、何とも言えん、ひっそりしてるとこだら」

「牛は飼えそう？」

文三郎さんは、また「うーん」と首を傾げる。考えてみれば文三郎さんだって、牛飼いなど初めてどころか、本物の牛を見たことだって、ほとんどないかも知れなかった。そのオイカマナイという土地が牛飼いに適しているかどうかなど、分かるはずがない。

「だけんど、兄貴は『ここだ！』って言ってたもんでね。大津で道案内に雇ったエトマップっていう親父も、それから、湧洞に入ってる佐藤嘉兵衛《さとうかへえ》って和人のおじさんも首傾げてたけど、兄貴はもう自信満々だったら」

「どうしてかしら。依田さんの、勘？」

「そんだけでもねえだろうな。オイカマナイ沼ってえのは、もう、すぐ前が海なんだ。海と沼の仕切りになってる砂地を取っ払っちまえば、沼はそのまんま港になるって、兄貴は言ってた」

「港に？」

文三郎さんは、まるで自分の手柄のように得意げな顔になって、依田さんは、そこに新しい港が出来れば、育てた牛でもバターでも、すぐ目の前から出荷出来るようになるし、もしかすると大津以上に開けた町が生まれるかも知れないと言っていたと教えてくれた。

「へえ、港ねぇ」

「だもんで、きっと今ごろは大津で地所の貸付願の手続きをしているはずだら」

つまり、もう決めてきたということだ。カネはふうん、と大きく息を吐いた。港を作るだなんて、依田さんは一体どれだけ先の風景を思い描いているのだろう。そんな夢のような話が本当に実現出来るものなのか。無論、もしも実現したら、それほど素晴らしい話はないとは思うが。

「それで、文三郎さん、本当に向こうに行くの？」

「俺も喜平も、向こうに籍を移すようにって言われたもんで」

「籍まで移すの？　じゃあ、こっちからはすっかり引き払うということ？」

文三郎さんは、土地を拓くに当たっては、おそらく誰かがその場所に住んでいることを証明できないと駄目なのだろうと思うというようなことを言った。

「淋しくなるわ」

何しろ文三郎さんとは横浜から同じ船に乗って、父上と三人でここまで旅をした間柄だ。貴重な思い出を共にした仲間意識のようなものがカネにはあった。だが、まだ二十歳を過ぎたばかりの文三郎さんは案外けろりとした様子で「いつでも戻って来られるもんで」と笑っていた。

それから二、三日すると依田さん自身も帰ってきて、勝と兄上をはじめ村の男たちを集めて、新規事業への着手について説明会を行った。

「こっちで飼っとる豚も、半分は連れていくげな。ほんで、落ち着いたら向こうで畑どころか、田んぼもやるんだと」

　集まりから帰ってきたときの勝は、何とも言えず割り切れないといった表情で囲炉裏端に腰を下ろし、しばらくの間ぼんやりと放心したような顔をしていた。

「まだ、牛の一頭も飼っとらんのに、港を開く話までしとったがや。まったく、依田くんは、とてつもないことを思いついては突っ走る。何せ金があるもんだで、大概のことが出来てまうで、ようけ考えんのだわなあ」

「それで、他の皆さんからは、質問や文句は出なかったんですか？」

　勝は諦めたように薄く笑い、もともと依田さんは自分たちとは身分が違うという目で見られているし、大してこの村にいないのだから、村の人たちもそう気にもしていないようだったと皮肉な顔をした。

「依田くんがオベリベリから離れることより、牛飼いで成功して利益を上げてくれや、自分らも楽になると思ったんじゃなゃあか」

　兄上が常盤を娶《めと》って少し賑やかになるかと思ったら、依田さんが文三郎さんと山田喜平を連れてオイカマナイに行くという。その出来事が、村に確実に違う空気をもたらしたような気がした。何となくざわざわと落ち着かない、嫌な感じがすると思っていたら、今度は数日後、兄上が「シブサラを拓く」と言い出した。前日から勝と二人でフシコベツまで行っていた帰りに、カネのところに立ち寄ってのことだ。

「シブサラ？」

シブサラといえば常盤の実家がある土地だ。すると、兄上までが若い妻に引っ張られるように、またもこの土地から離れるつもりなのかと、カネの気持ちは今度こそ大きく揺れた。

「そんな風にして、みんなが出て行ってしまったら、このオベリベリはどうなるの」

つい、感情的な言い方になった。

「何なの、依田さんが牧畜をやるって言い出したと思ったら、今度は兄上まで出ていくって。どういうこと」

兄上は、面食らったような顔で目を瞬《しばた》いている。

「出ていくなんて言ってないだろう。ただ、シブサラを本格的に拓くことにしたというだけだ」

「だから、どうして？　常盤さんが、そうして欲しいとでも言ったの？」

手と足を洗っていた勝が「まあ待て」と顔をしかめながらこちらを見る。

「何だっていうんだ、カネ。どうしてそうキンキンした声を出しとるがや」

指先から雫《しずく》を垂らしながら眉根を寄せている勝を一瞥して、それでもカネは容易には引き下がれない気持ちだった。どうして男たちは、こうも勝手に何でも決めてしまうのだと言いたかった。なぜ三人で力を合わせて進むことが出来ないのだ。勝は濡れた足を拭いながら「実は今日な」と口を開いた。

「フシコベツの帰りに、山に登ってきたんだがや」

「――やま？」

「ちょっとした高さのある山だ。アイヌの連中はシカリベツオチルシと呼んどったが、そこの天辺《てっぺん》まで登ったらなあ、辺り一帯が、どえらゃあよう見えたがや」

そのオチルシ山の上に立つと、滔々《とうとう》と流れる十勝川が緑の大平原の間を、それこそ大蛇のようにうねりながら流れるのが見え、そして広々としたシブサラもまたよく見えたのだという。常盤の実家もあるシブサラのコタンは十勝川の支流が流れる、ほんの片隅にあったという。

「上から見なければ、そうはっきりとは分からなかったろうが、このオベリベリに勝るとも劣らぬ土地だ。川も近いし、あれだけの沃土なら、畑さえ拓けばコタンの生活も十分に潤《うるお》う、その価値がある土地だと、俺は思った」

勝の言葉を引き継ぐようにして、兄上も確信を持ったように頷いている。それでもカネは納得出来なかった。

「価値があるからって、どうして兄上が拓くの？　セカチたちを指導して、やらせればいいんじゃないの？」

兄上は勝と顔を見合わせて、仕方がないというようにため息をついている。

「考えてみてくれ、アイヌだけで出来ることだと思うか？　フシコベツには宮崎濁卑さんがいる。メムロプトには新井二郎《あらいじろう》さん。それぞれに毎日、汗を流しておる。だからこそ少しずつでも格好がついてきているんだ。もともとアイヌには毎日、同じ作業をするという習慣がないんだぞ。その習慣や考え方を変えさせて、しかもやる気を出させなければ、畑なんか出来ないんだ」

それくらいのことはカネだって承知している。狩猟と採集で生きてきたアイヌの人たちが自分たちの畑から作物を穫れるようになれば、以前のように鮭が獲れなくても鹿が少ない年でも、どんな厳しい冬でも飢えて死ぬようなことはなくなる。だからこそ、彼らに農業を教えたいというのが兄上たちの考えだ。もう二度と、飢えて死んでいく人たちを見たくないと、勝もことあるごとに言っている。そのために二人は熱心に周囲のコタンに通っているのだし、セカチらに仕事を手伝わせているのも、わずかばかりでも報酬を与えたいという思いと共に、農作業に慣れさせたい考えがあるからだ。するとつまり兄上は、ついに自分が授産教師になろうというのだろうか。宮崎さんや新井さんのように。

それが天主さまのお望みなら。

何しろ一時は聖職者として生きていくつもりだった兄上だ。それを考えると、カネの中には、瞬く間に諦めの気持ちが広がろうとする。それが天のお導きなら、カネにはどうすることも出来ない。

「つまり、兄上は、アイヌのためにシブサラを拓くということなのね。ここまで頑張ってきた畑を捨ててでも」

カネの不機嫌を察してか、勝が珍しく自分で酒の支度をして、兄上と二人分の茶碗に酒を注いでいる。兄上は、注がれた酒に軽く口をつけた後、しばらくの間、自分の中に浮かび上がってくる様々な思いを、ゆっくりと噛《か》みしめているような顔つきをしていた。そして「俺は」と口を開いた。

「この三十一日で、横浜を発ってから、丸四年になる」

はっとなった。

あの日、横浜の港で、遠ざかる船のデッキで依田さんと並んで手を振っていた兄上は、一つの覚悟と大きな夢を抱いていた。マントのように毛布をまとい、仕込み杖を持って、瞳を輝かせていた。あの姿を見送ってから、もう丸四年の歳月が流れたことになるのか。

「――四年」

ここにいる皆にとって何と起伏の多い、そして、どれほど重い年月だったことだろう。兄上だけでなく、カネにとっても、もちろん勝にとっても、まさしく激動の四年間だった。

四年前まで、三人は確かに文明の中で暮らしていた。幕府だ戦だ明治政府だと、色々な言葉が飛び交う中で、幼い頃に見ていた丁髷《ちょんまげ》姿が次第に消え失せ、代わって西洋人が歩きまわるようになり、街が表情を変えていく様を、ずっと眺めながら育ってきた。何度となく住む家を失ったし、明日の暮らしも分からない不安に襲われる日もあったが、それでも文明開化の波を受けながら信仰と学問の道を見出し、新たな発見に心躍らせて、未来を夢見て過ごしていた。

それでも、国も城も、殿様も失った没落士族には、新たな生き方を見つけるのは容易なことではなかった。足もとの定まらない不安が常にあった。だからこそ、新たな未来を見つけようとしたのだ。文明の波にもまれ、押し流されて、自分が何をすればいいのかも分からないまま年齢を重ねるくらいなら、無限の可能性にかけた方がいいと思った。そんな中で、牧師の資格を失ったと思ったら、誰よりも早くこの地に入って、たった一人で冬を越した兄上の、人生の急転ぶりはまさしく凄まじいものがあったに違いない。

「この四年間、俺は生まれ変わったつもりで、それこそ身を粉にして働いてきたつもりだ。晩成社の幹部として、精一杯のことをやってきた」

背を丸めて茶碗の酒をちびり、ちびりと呑みながら、兄上は、いつになくしみじみとした口調になっていた。

「だが、最近になって思うようになった。一体いつになったら、俺たちはこの土地に根を張ることが出来るんだ？　こんなにも働いて、働いて、傷だらけになってくたびれ果てて、これ以上ないという程に窮乏した暮らしを続けているのは、何のためだ」

思わず勝の方を見た。黙って茶碗を覗き込むようにしながら、勝も何か考え込む顔つきになっている。

「これほどの貧しさに耐えて、必死で働いても、暮らしは楽になるどころか、借金だって一文も減っていかないのが現実だ。むしろ金利のせいで膨《ふく》れ上がっている――それは、そういう社則だからだ」

兄上の瞳には、いつもの兄上とは異なる、痛いような悲哀が感じられた。

「俺たちは、このままでは、いつまでたっても小作人でしかいられないんじゃないのか。北の大地に鈴木の家を根づかせるなんて、夢のまた夢なんじゃないのか」

鈴木の家がこの地に根づけないというのなら、渡辺家も同じことだ。どちらの家も、これ以上さすらう必要もない自分たちの城を持ちたいと思ったからこそ、開拓農民になることを選んだというのに。

「苦労というものは、いつか報われるという希望があるからこそ、出来るものだ。そうじゃないか？」

「つまり――兄上は、このままオベリベリにいたのでは、苦労は報われないと思っているの？　あなたも？」

勝は面倒くさそうに髪をかきむしり、酒をぐいとあおっている。

「そうは、思いたくはなゃあ！」

思いたくないが、そうなのだろうか。ここまで必死で拓いて、耕してきた土地は、このままでは永遠に自分たちのものにはならないのだろうか。

カネは、胸がふさがれるような思いで、それぞれの茶碗に目を落としている兄上と勝とを見つめていた。

8

その晩、どうにも気が晴れないまま、誰かに便りをしたためようかと思っても考えがまとまらないし、聖書を開いても文字を追うつもりになれなくて、一人で文机《ふづくえ》に向かってぼんやりと頬杖をついていたら、勝がむっくり起き出してきた。

「何だ、まだ起きとるのか」

「――あなたは？」

「小便」

言うなりごそごそと立ち上がって外の厠《かわや》へ行き、戻ってきて甕《かめ》の水を飲んでいる。そのまま自分の寝床に戻るのかと思ったら、勝はカネの背後までやってきて、カネが振り向こうとするよりも早く、カネの両肩に手を置いた。

「何しとる」

「――何も」

すると勝はカネの横に回り込んできて、その場にあぐらをかく。ランプの灯を受けて、勝の瞳がきらきらと輝いて見えた。

「灯油がもったいなゃあぞ」

「――もう、休みますから」

「銃太郎がシブサラを拓くのが、そんなに気に入らんのか」

「そんなことはありません」

「ひょっとして、常盤に焼き餅でも焼いとるんでなゃあか。小姑《こじゅうと》根性を出して」

嫌な言い方をする。そんなはずがないでしょうと言おうとして、カネは勝を睨《にら》みつけてから、そっぽを向いた。こんな夜更けに喧嘩をしても仕方がない。

「何だ、そのため息は」

「――何でも」

「何でもなゃあ顔はしとらんがや。たんまり言いたゃあことがありそうでなゃあか」

それなら申しますが、と口を開きかけたところで、勝がカネの手を握ってきた。ざらざらとした、荒れた手の感触が伝わってくる。

「もう遅いもんで。今夜は寝よう」

「どうぞ、お先に」

「カネもだ。話は布団の中で聞くがや」

手を摑まれて、ついでにランプの灯も消されてしまった。仕方なく、手を引かれるまま家の隙間から入る月明かりを頼りに、そろそろと布団まで進んでいく。けれど、勝と枕を並べても目が冴えてしまって一向に眠くならなかった。カネは闇の中で目を凝《こ》らしたまま、深々と息を吐いた。すると隣から「眠れんか」という声がして、勝の腕がカネの肩を抱いた。

「銃太郎がシブサラを拓くのは、確かに、一つには常盤のためでもあるだろう。近くにおれば、身体の不自由なおふくろどのも心強いし、常盤も安心には違いなゃあ」

「——そうでしょうとも」

「それは即ちコタンのためっていうことだがや。実際、シブサラはいい土地だ。あそこに畑を拓きさえすらゃあ、アイヌだって飢えんようになるに違いなゃあ」

勝の低い声が振動になって響いてくる。ああ、この人は自分の夫なのだ。これから先も一生涯、共に過ごすのはこの人なのだと感じるのはこういうときだ。穏やかに話すときの勝の声はカネを安心させる。少しくらい気に入らないことがあったとしても、忘れることにしようと思わせる。そこが、この人の得なところでもあり、ずるいところだ。

「ほんでも、銃太郎が自分で言っとった通り、晩成社から少し離れたいとも思っとるというのが、本音の部分かも知れんなあ」

「――晩成社から？」

思わず闇の中で顔を起こそうとすると、すぐに勝の大きな掌《てのひら》が、カネの頭を押し戻した。

「アイヌの嫁さんをもらった以上、銃太郎は何が何でも、この地にい続けないかんと、真剣に考えたんだろう」

「晩成社にいては、そう出来ないのですか」

勝の胸が大きく上下した。

「今みたゃあな小作人扱いじゃなゃあ、ちゃんとした土地持ちになって、自分の畑を耕せるようになるのは、この分では俺たちが最初に考えていたより、ずっと先のことになるでなゃあかな。銃太郎は、それを見切ったのかも知れんなあ」

依田さんが留守の間はすべての帳簿類を預かって、几帳面に各戸を回っては記録をつけ続けている兄上の目には、その現実がより一層、強くうつっているのだろうと、勝の話は続いた。

「オベリベリはいい土地だ。ほんでも、一筋縄ではいかん。どえらゃあ時間がかかる。それが分かったからこそ、依田くんも他の土地を見つけて牛飼いだなんて言い出したんだからなあ」

聞いているうちに、カネの中にはますます不安な気持ちが広がっていった。すると兄上は、依田さんとはまた異なる形で、というよりも、むしろ依田さん以上に早く、この晩成社に見切りをつけるということなのだろうか。

「では、兄上は、シブサラを拓いたら晩成社を辞めるのですか」

「――そうすぐには辞めれんだろう。銃太郎には晩成社の幹部としての責任がある。それに、ひと口にシブサラを拓くといったって、これから測量して、図面も引いて、何もかもを始めるわけだもんだでよ。それも、こっちでの仕事と折り合いをつけながら、段取りを踏んで少しずつ拓いていかなならんもんで、そう簡単にはいかんわな」

「――あなたは?」

カネは寝返りを打って勝の胸の上に手を置いた。

「あなたは、どうなさるの」

「俺か」

カネの手に、再び勝の手が添えられた。ふと、この人は北海道へ来る前はどんな手をしていたのだろうかと思う。結婚前には手を握ったことなどなかったし、婚礼の次の日に、勝はこちらへ来てしまったのだから、教師をしていた頃の勝の手を、カネは知らない。畑仕事も大工仕事も知らなかった頃の手は、おそらくまめもなければ節くれ立ってもおらず、今よりもずっと柔らかく、しなやかだったに違いない。そんな頃を知らなくて幸いだった。知っていたら、今のこの感触が辛すぎる。

「まずは、銃太郎を手伝ってやらんことには」

「でも、あなたはシブサラには行かないのでしょう？」

「アイヌのことを考えてもな。他にももっと新しく拓かんといかんだろうと思っとるでな」

「では、結局はあなたも、兄上と同じようにどこかを拓くのですか？」

「そうだなぁ」

「それで、あなたも晩成社から離れるおつもりなんですか」

すると勝は再び大きく胸を上下させてから、自分は、まだ当分はそのつもりはないと言った。

「どうして？　あなただって、兄上のように考えていらっしゃるんじゃないの？」

それはそうだが、と言いながら、カネの肩に回した手に力がこもった。抱き寄せられながら、カネは「約束がある」という勝の声を聞いた。

「約束？」

「佐二平どの――依田くんの兄上と、約束をしとるもんで」

「――何て？」

勝の手が浴衣の胸元から滑り込んでくる。その手を押しとどめるようにしながら、カネはもう一度「ねえ、何て」と繰り返した。

「少なくとも最初の五年は、依田くんと共におると」

乳房の上に勝の手を感じながら、カネは「約束したがや」という勝の声を聞いた。

「あの家には、ようけ世話んなっとる。特に、佐二平さんにはなゃあ。あのお人のお蔭で、俺は生きのびられたようなもんだ。恩人だ。だから、約束は守らなゃあとならなゃあ」

「依田さんのお兄さんは、どうしてそんな約束をあなたにさせたのでしょう？」

衣擦《きぬず》れの音が大きくなって、勝が姿勢を変えてきた。

「依田くんは、ああいう男だがや。それを、佐二平さんはよう分かっておられるんだなも。そばにおって、周りとのつなぎ役になるようなもんが必要だと」

「それをあなたに頼むっていうことですか」

「まあ、そういうことだ――もう、少しおとなしくせんか。雰囲気が出んわ」

勝の息づかいを聞きながら、カネは、その佐二平という人も、また厄介なことを勝に頼み込んだものだと考えていた。

翌日から、勝はこれまで以上に周囲のコタンに出かけるようになった。兄上につき合ってシブサラに行き、測量の手伝いをしたかと思うと、その翌日にはシカリベツプトに行ってそこを測量し、その合間にフシコベツやメムロプトにも足を伸ばしては、宮崎濁卑さんや新井二郎さんとも会い、酒を酌み交わしながら何ごとか話し合って帰ってくるという具合だ。一体どれほど歩いているのかと思うほど草鞋《わらじ》の消耗が激しい。こうなると家の畑を守るのは自然、カネに回されることが増えていった。せんを負ぶい、セカチらと共に日がな一日、畑にいる。

六月に入ると途端に天候が不順になり、雹《ひょう》が降ったり霜が降りたりして、せっかく育ち始めていた作物が駄目になった。カネは、がっくりと力が抜けて、立ち上がる気力も出ないほどになったが、勝の方は「しょうがねぁな」などと言いながらセカチらと川へ釣りに行き、チョウザメを何匹も釣って帰ってきた。

「畑が駄目なら漁があるがや！」

意気揚々とカネに釣果を自慢して、大きなチョウザメを自分でさばき、それを分けてやるからと兄上の家にも行って、また酔って帰ってくる。高いびきでよく眠り、次の日はまたどこかへ出かけてしまう。カネの目から見ると、勝はこの大地を実に自由に、のびのびと飛び回っているように見えてならなかった。そんな夫を横目に、自分ばかりが家と畑にへばりついているのが、どうにも割に合わないように思う。女なんて、損なばかりだ。何てつまらないのだろうかと、そんなことばかりが頭に浮かぶようになった。

この頃、何のためにこの地に来たのか分からなくなることがあります。どれほど苦心して育てても、畑の作物はたった一度の雹や霜で簡単に枯れ果ててしまうのです。何度も何度も同じ目に遭いながら、地を這うようにして畑を拓き続けなければならない意味が、分からなくなりそうになります。

天主さまは一体、私に何をお望みなのだろう。

日に幾度となく、そんなことを思います。これは、試されているということなのでしょうか。今の私は木偶《でく》の坊のように何も考えない方がよろしいのでしょうか。そして、夫の留守を守り、子を育てて、ただ与えられた仕事をしていれば、それでよろしいのでしょうか。だとしたら、私は何のために女学校に行き、あれほど努力して、学問をして過ごしたのでしょう。

誰に出すとも知れない便りを書き、次の日には竈にくべてしまうことが何度となくあった。こんな狭い家では、どんなものも隠しておくということが出来ないからだ。だからといって本当に誰かに宛てて投函してしまったら、手紙を受け取った相手は、カネの身を案じて胸を痛めるに違いない。こちらの意地だってある。結局、カネの本当の思いは、汗になって畑の土に染み込んでいくか、または、竈の灰になるしかなかった。

そんな日々の中で、カネの心を支えているのはやはり、子どもたちに勉強を教えることだった。最近は山本初二郎さんのところの金蔵《きんぞう》が、ますますやる気を出してきて、算術なども熱心にやるようになった。アイランケは相変わらず来たり来なかったりだが、シノテアやチャルルコトックといったセカチも読み書きを教わりに来ることがある。ランプの頼りない灯の下で瞳を輝かせながら「先生」とこちらを見る子どもたちと接していると、どれほど疲れ、また鬱々《うつうつ》となりそうな一日を過ごしてもカネの心には小さな希望の火が灯り、また明日もやっていかれるような気持ちになる。

そうこうするうち、せんが満一歳の誕生日を迎えた。何もない土地で、大した病気もせずによくぞ一年間育ってくれた。

「あなた、今日は家にいてくださいね」

「分かっとる」

この日ばかりは勝もカネの言うことを聞き入れて、セカチらと共に朝から家の周りや家畜小屋などの掃除を始めた。夕方には、兄上と常盤も来ることになっているし、最近、兄上のところに住み込んで働くことになったアイランケも一緒らしかったから、カネは張り切って朝から餅を作る用意に取りかかった。アイヌからもらった鹿の干し肉も戻して、いつもよりご馳走を作るつもりだ。

「せんちゃん、よかったねえ。皆がお祝いしてくれるのよ」

背中のせんに何度も話しかけながら、休みなく働いていると、昼を過ぎた頃に利八の家のきよが、やはり子どもを負ぶってやってきた。

「依田さんが帰ってきたよ」

そのひと言に、思わず勝を振り返った。せんの誕生祝いに依田さんを呼ぼうと言い出されたらどうしようかと思ったのだ。せっかくのお祝いの席なのに、依田さんが来てしまったら楽しい雰囲気が壊れるかも知れないと、一瞬のうちに警戒する気持ちになった。

「ちいっと、会ってくるか」

古新聞を読んでいた勝が、即座に「よし」と立ち上がる。

「あなた、依田さんもお誘いになるおつもりですか？」

草履をひっかけている勝に尋ねると、勝はさも不思議そうな顔になってカネを振り返った。

「べつに、構わんだろう」

「――でも、今日は身内で」

「身内っていったって、アイランケも来るんだし、後からモチャロクも来ると言っとったぞ」

「――そうですけれど」

勝はまだ何か問いたげな様子だったが、取りあえず行ってくるとだけ言い残して、さっさと出かけていってしまった。

鈍感。

思わず舌打ちが出た。どうしてもう少し、こちらの気持ちに気づいてくれないのだろう。兄上と三人で集まって、また気まずい話になったら、どうするのだ。せっかくの、せんの誕生祝いだというのに。

「ちょっと、いい匂いしてるじゃん」

ふいに声がして振り返ると、きよが遠慮なく鍋のふたを取って中を覗き込んでいる。カネは気持ちを入れ替えるように「味見する？」と笑いかけた。

「ねえ、依田さん、一人で帰ってきたの？」

料理を小皿にとりながら尋ねると、きよは、文三郎さんも山田喜平も一緒だと答えながら鹿肉の煮付けを頰張り、うん、うん、と何度も頷いた。

「よく煮えてるわ」

「少し持って行く？」

「もらってく、もらってく。そんで、依田さんはさ、一週間くらいこっちにいて、また行くんだってさ。オイ、なんだっけオイマカナエ？」

「オイカマナイ」

「そっちに移る準備とか、色々しなきゃならないんだってさ」

それからきよは、ちょっと周囲をうかがうような素振りを見せた後で、カネとの距離を縮めて「大丈夫だらか」とカネの顔を覗き込んでくる。

「――何が？」

「依田さんだけ、こっからまんまと逃げだそうっていうんじゃないんだらか」

反射的に「まさか」と返したものの、言った後で自分の中にもそんな不信感があることに気がついて、カネは密かに動揺した。自分は依田さんを信用していないのだろうか。勝や兄上の仲間なのに。チームのリーダーだというのに。

「うちの人だって言ってるら。依田さんと、あんたんとこの兄さんと、どっちかについてくことになるって言われたら、銃太郎さんについていくって」

「うちの？」

お互いに背中の子を軽く揺すりながら、きよは頰の肉を震わすようにして、しっかりと大きく頷いた。

「ほら、銃太郎さんが今度シブサラの土地を拓くって話だら？　そっちがいいようなら自分も行きたいみたいなこと、言ってるに」

何と言っても、利八から見て依田さんより兄上の方が信頼出来るからに違いないときよは言い、少しばかり鼻息を荒くして「依田さんは」と口を尖らせた。

「伊豆にいるときと変わんない、ずっと若旦那さんのまんまだもん」

「若旦那さん？」

「向こうからこっちに来るときには、自分も皆と一緒に汗をかくし、土にまみれて、肥だめにだって手を突っ込んでみせるって言ってたんだに」

「肥だめに、手を？」

「まあ、全部嘘だとまでは言いたくないけんど、私らみたいな百姓は、それが毎日だもんね。一日だって休みなんかない、朝から晩まで、ただただそれを続けるのが百姓だら？　依田さんは、ちょっと汚れたら、すぐ大津。ちょっと働いたら、すぐ東京」

やはり皆がそういう目で見ているのだなと思った。依田さんは、あくまでも経営者側の人であり、この村の人たちは仲間というよりも、管理すべき相手なのかも知れない。少なくとも肩を並べて前へ進もうとする仲間ではない。おそらくお互いに、そう思っている。

「まあ、なるようにしかならないわ」

自分が抱えている不安をきよに悟られないように、カネはわざと明るい声を出し、きよの背中できょろきょろと辺りを見回している子どもの方に話題を移した。せんや、この子が大きくなる頃には、せめて学校が出来ていて欲しい。ちゃんと学べる環境を作ってやりたいのだ。それには、もうそれほど時間はないはずだった。

結局その日、依田さんはせんの誕生祝いには現れなかった。その代わり、祝いだといって酒を一升と切手を数枚、そして、数本の西洋歯ブラシが届けられた。

悪い人じゃない。

それらを手に取りながら、カネは何とも割り切れない、侘しい気持ちになっていた。見捨てられるのは自分たちの方かも知れないのに、なぜだか依田さんを突き放してしまっているような気分だった。

第六章

1

四年前の七月十五日、依田さんと兄上は川を上って初めてオベリベリの地にたどり着き、そして、この地こそ我らの未来が開ける地だと定めた。そこからすべてが始まったことをいつまでも忘れるまいと、この日を開拓記念日と定めることになった。

「そんで今年からは神さまにもお詣《まい》りをしよう。我らを守ってくださる土地の神さまを大切にせんといかん」

七月に入ってすぐ、依田さんは村の人々を集めてそう提案した。伊豆にいた頃には氏神《うじがみ》様をはじめとして道祖神やお地蔵さんなどに、朝に晩に手を合わせてきた人たちには、心の拠《よ》り所は是非とも必要だ。依田さんの発案で、カネたちが聖書の朗読会を開いたこともあったけれど、結局、彼らに必要なのは、やはり昔から信仰し続けている八百万《やおよろず》の神さまと仏さまなのだった。

「何年かうちには祠《ほこら》も立てる。そんときは俺が責任をもって御神体を分けてもらってくるもんで、それまでは、この村でいちばん大きな東の端の柏《かしわ》を村のご神木としてお詣りしよう。アイヌも昔から、神が宿っとるという木だ」

さらに、その日は仕事も休みにして、互いの苦労をいたわり合いながら一日ゆっくり過ごすことにしようと言い、依田さんは「餅くらいは用意する」とも請け合った。正月以外で初めて楽しみが出来たと、村の人々は皆が表情を輝かせ、揃ってその日を心待ちにすることになった。

すると開拓記念日の前日、ほとんど日も暮れかかった頃に高橋利八が「大変だ」とカネの家に駆け込んできた。

「依田さんのとこに、女が来た！」

ちょうど竈の火を熾《おこ》していたカネは、いぶる煙から顔を背けて、前掛けで涙を押さえている最中だった。見上げると、利八が肩で息をしながら、口をぱくぱくさせている。

「女って――リクさんじゃないの？」

半泣きの顔のまま、カネは利八の慌てぶりに笑いそうになった。女房のきよも含めて普段からいちばん親しくつき合っているし、カネよりも二歳年下の利八には、つい気安い話し方になる。だが利八は余計に慌てた顔つきになって、大げさに顔の前で手を振ってみせる。

「奥さんなんかであるもんかよ。顔かたちも全然、別人だら。その女が、餅やら酒やら運んできたみてえだに。依田さん家に、入ってった！」

カネは思わず勝と顔を見合わせた。今ひとつ、頭の整理がつかない。

「また利八のうっかりでなゃあのか。薄暗がりの中で見間違ったとか」

フシコベツから帰ってきたばかりの勝は、ちょうど上半身裸になって身体を拭いているところだった。その手を休めることなく、冷やかすような顔つきで利八を見ている。すると利八は憮然《ぶぜん》とした表情になって、今度は大きく首を横に振った。

「また、勝さんまで。見間違うもんかよ。俺ぁ、この二ぁつの目ん玉で、はっきり見たんだから。そうだな、年の頃は三十になるかならねえかの、ちょっと垢抜けた感じもする年増女《としま》だら。こう、下ぶくれのよう」

「あなた、心当たりあります？」

首を傾げて勝を見ると、勝も口を尖らせて「知らん」と首を傾げるが、よく見ると、心なしか目を泳がせている。それを見た瞬間、カネは、いや、勝は知っている、と直感した。何かごまかそうとするときに、勝はこういう顔をする。

「――どこの女の人かしら。ねえ？」

探るように言ってみる。それでも勝は空とぼけた様子で、口をへの字にして唇を突き出したままだ。

「大方、大津の酒屋か餅屋あたりの女房が、明日の開拓記念日に皆に配るもんを届けに来たんでなゃあか。依田くんが注文しとったもんを」

「おいおい、勝さんよ、酒屋のばばあなら俺だって知ってるら。それとは別人だに。第一、大津から年増女がわざわざ一人で来るもんだか？　こんなとこまで？　いっくら商売だってよう」

利八が、いかにも疑わしげな表情で言うから、カネもそれに合わせて「そうよねえ」と頷いた。すると勝は、だんだん立場が悪くなってきたのを感じたのか、「腹ぁ減ったな」などと辺りを見回している。

「あなた、知ってらっしゃるんでしょう」

利八が帰って勝が一人で晩酌を始めると、カネは正面から切り出した。今日は朝からせんが熱を出してカネを慌てさせたが、今はすっかり下がった様子で、さっき粥も食べた。

「何を」

「だから、依田さんのこと」

最初は「だから知らんがや」などと言いながら漬物を突いていた勝も、カネがずっと見つめていると、やがて「誰にも言うなよ」と観念した表情になった。

「おそらく大津の、布団屋の女将だがや」

「布団屋？　依田さんとは——」

カネが身を乗り出すと、勝は仕方がないというように右手の小指を立ててみせる。カネにはその意味が分からなくて、指切りでもするように自分も同じ格好をしてみた。勝が呆れた顔で「おんなだ」と言った。

「おんな――それはつまり、特別な間柄の女の人という意味ですか？」

「決まっとるがや。依田くんも、ああ見えてなかなか隅に置けんとこがあるもんで」

カネは「まあ」と言ったまま、しばらくは言葉が出なかった。

「あの依田さんが」

「そらゃ、女房は戻らんまんまだし、依田くんだって淋しいこともあるだろう」

そうかも知れないとは思う。それでも、嫌悪感の方が先に立った。第一、リクが気の毒だ。

「いつから知っていらしたの」

勝は、もう隠す必要もなくなったと思ったのか、実にあっさりと昨年の暮れだと応える。

「大津に行ったとき」

そういえば昨年の暮れ近くに、依田さんが勝を大津に呼び出したことがあった。確か、江政敏《こうまさとし》さんらに貸した金の返済について、一緒に談判して欲しいという用件だったはずだ。ちょうど兄上が札幌や内地に旅しているときだった。あの時、勝はずい分と疲れた顔をして帰ってきたのを覚えている。

「依田くんは気にしとらんようだったが、こっちはそんな女がそばにおれば、気ぃつかうに決まっとるがや。何か居心地が悪うて、えらゃあこと気詰まりだったがや」

「じゃあ、その頃からつきあってたっていうことですか？」

「そういう関係になったのは、もっと前ゃあからだろうな」

「つまり、まだリクさんがこっちにいたときからということですか？」

勝は「そうかも知れんなあ」と言った後、そこまでは知らないと言い直して、とにかくこのことは利八やきよはもちろん、他の誰にも話してはいけないと念を押す。

「兄上にも？　常盤さんにも？」

「銃太郎は——知っとるがや」

「——呆れた」

これで関係が壊れるのかと思うほど激しい口論になることがあるかと思えば、その一方でこの三人は、互いに秘密を共有して仲間を守り合っているということだった。それが男同士というものなのだろうか。それにしても、これからは依田さんを見る目も変わってしまいそうだ。どんなに難しい顔をして、反っくり返るような姿勢でこちらを見下ろしてきても、この人には別の一面があるのだと思ってしまうと、これまでのようには接することが難しいような気がする。

「あなたは大丈夫でしょうね」

ふと思いついて、カネはもう一度勝の顔を見つめた。勝は馬鹿馬鹿しいというようにそっぽを向く。

「そんな暇も金もあるわけなゃあがや」

「暇とお金があったら、あなたも大津へ行って、そういう人を作るのですか？」

すると勝は憤然とした表情になって何か言いかけては口を噤み、それからぐいと酒を呑んだ。カネが繰り返し「ねえ」と尋ねると、今度は湯飲み茶碗をぐい、と差し出してくる。

「俺は、こっちの方がええもんでよ」

「では、お酒を呑む人は、浮気はしないのですか？」

勝は「しつっこいなゃあ」と、わずかに目を細めて顎を突き出し、カネをじっと見つめる。

「ええか。こう見えても、俺ぁ、耶蘇教徒だがや。痩せても枯れても、天主さまの教えは忘れなゃあ。依田くんと一緒にすんでなゃあわっ」

「あら、それは失礼いたしました」

カネは頭を下げて見せながら、思わず笑いをかみ殺していた。たとえ冗談でも、よそにも女を作る気があるなどと言われたら、そのときは即座にせんを負ぶって、父上のところに家出してやろうかと思っていた。

　翌日の開拓記念日は村の東の外れにある大きな柏の木にしめ縄を巻いて御神酒《おみき》を捧げ、皆で揃ってお詣りをした。勝とカネ、そして父上たちは少し離れたところから彼らの様子を眺め、その後の宴会から参加した。約束していた通り、依田さんは粟餅《あわもち》と焼酎《しょうちゅう》とを用意しており、あとは各家が簡単な料理を持ち寄ってのささやかな宴会だ。

「常盤も遠慮しないで、いただきなさい」

　兄上に背を押されて、常盤も緊張した様子で少しずつ人の輪に加わろうとする。彼女にとっては、これが初めての村の集まりだった。村人の中には、常盤の美しさか、または口もとの刺青が気になってか、不躾《ぶしつけ》なほどじろじろと見つめるものもいたが、きよなどは親しげに「常盤ちゃん」と手招きをして何かと話しかけ、常盤も懸命にそれに応えようとしていた。

「来年も再来年も、この先ずっと、今日という日を忘れずにいような！　オベリベリの歴史は四年前のこの日から始まった。そして我々の手でつながれて、これからも未来永劫、続いていくんだ！」

　依田さんはいつもの無愛想が嘘のように上機嫌だった。

「今年はバッタも来ねえようだから、きっといい秋が迎えられる」

　拡《ひろ》げたアイヌ茣蓙《ござ》のキナに膝をついて、誰彼となく話しかけ、酒を注いで回っている依田さんを眺めながら、カネは、「分からない人だ」とつくづく思っていた。

ここまでオベリベリに愛着があるようなことを言いながら、他の土地で牧畜を始めるという。牧畜など、農業以上に無知な素人なのに。周囲の不安をはね除けるほどまでに熱心に開拓と新事業のことしか考えていないのかと思えば、一方では女を作っている。しかも、こんな小さな村に連れてくれば瞬く間に噂《うわさ》は広がるに決まっているのに、そんな人に酒などを運ばせる。

何を考えているんだか。

もしかしたら、女はまだこの村にいるのかも知れない。たとえば自分の家にでも隠しているのなら気が気でないはずなのに、依田さんは珍しいほど屈託ない表情で村人に酒を勧め、楽しげに笑っていた。よほど緻密に物事を考える、真面目で几帳面なばかりの人かと思っていたが、もしかすると意外に鈍感で無思慮なのか、またはどこか一つ抜け落ちているところがあるのかも知れないと、カネはちらりちらりと依田さんを観察しながら考えていた。

翌日、依田さんは朝早くに再び大津へと旅立っていった。いよいよオイカマナイの開拓に本腰を入れるという話で、今回は豚を四頭連れていたが、「女も一緒だった」と教えてくれたのは、金蔵の父親の山本初二郎さんだった。

「あれだっていうんだら？　大津の、布団屋の後家さん」

それにはカネも、また勝も驚いてしまった。実は、村の人たちはもう誰もが依田さんの女のことを知っているというのだ。

「そりゃあ、大津に行けば、そんな話も耳に入ってくるら。こことは違うっていったって、所詮は小さい町だもんで」

「ほら、カネさんとこは若旦那さんとも近いし、耶蘇教のお偉い先生に下世話な話を聞かしてもいけないと思って」

それから数日間は、誰かがやってきてはそんな前置きをした上で、依田さんの「おんな」の話をしていった。その結果、依田さんの「おんな」という人は大津の貸し布団屋の未亡人で、もともとは東北の人だということが分かった。名前はタネといい、今年で二十八だか九になるが、四、五年前に大津の貸し布団屋に後妻に入ったと思ったらすぐに夫に先立たれ、今は一人で店を守り続けているらしい。何しろ陽気でよく喋る人で、そういう意味ではリクとは対照的な人らしいということだった。

「まさか、オイカマナイで、その女と暮らすっていうんじゃないだろうね。それとも、もう一緒にいたりして」

あるとき、木綿糸を借りたいと言って顔を出したきよが、またいつものように身を乗り出してきた。

「ちょっと。やめてよ」

カネは、こみ上げてくる嫌悪感に思わず顔をしかめた。カネたちの天主さまは「姦《かん》淫《いん》してはならない」と教えている。依田さんだって、かつては勝と同じワッデル塾に通っていたことがあるのだから、それくらいのことは知らないはずがないと思う。いくら今、信仰が違っているとはいえ、出来ることならすぐにでも悔い改めて欲しいのだ。

天主さま、哀れな依田さんをお守り下さい。そして私がこれ以上あの人を嫌ったりしないように、どうかお導き下さい。

真夏の太陽に照らされながら、カネは思い出すとは、そう祈っていた。

七月の下旬に戻ってきた依田さんは、しばらくは留まるということで、農作業の合間に村の人たちを集めて道路を作ったり、川に橋を架けたりということをしていた。また、勝や兄上たちと一緒にモチャロクのカムイノミにも参加したという。無論、自分の浮気が村中の噂になっていることなど、知るよしもない。普段は意見がまとまるということの少ない村の人たちが、そういう点では結束が固いというのか、同じ気質というのか、見事なほどにしらばっくれていた。そして、何も知らない依田さんは、これまでと変わらずに皆を指図する立場で動いていた。

「いい気なものだわ、依田さんは」

ある日、夕食のときについ呟くと、勝が「え」という顔をした。

「陰で笑いものになっているのも知らないで」

「笑いものっていうことはなゃあだろう」

難しい顔になる勝に、カネは「ないことは、ないでしょう」と言い返した。それでも勝は「うんね」と首を振る。

「そんなもん、男の甲斐性だとみんな思っとるがや」

カネは膨れっ面になって勝を見据えた。

「そんなことを男の甲斐性と言うのなら、妻を泣かせるなと言いたいです」

すると勝の方もいかにも不愉快そうな顔になる。

「ええな、このことは忘れろ。男の顔に泥を塗るもんでなゃあ」

よほど「泥を塗られるようなことをする方が悪いのでしょう」と言いたかったが、これ以上言うと勝が本気で怒り出すと分かっていたから、結局は黙っていた。それでも、言いたいことは溜まっていく。祈っても祈っても、もしも今、依田さんと顔を合わせてしまったら自分がどんな態度をとるか分からないとさえ思うようになった。下手《へた》をすると、本人を目の前にして、思うままを言ってしまいそうな気さえする。

みんな知ってるんですよ。

この村の人たちも、みんな。

リクさんは今どんな思いで伊豆で療養してると思うんです。

子を死なせた上に、今度はこんな形でリクさんを裏切るんですか。

この村の人たちが泥だらけになって働いているときに、依田さん、あなた、よそでどんな風に羽を伸ばしているんです。

言ってやりたい言葉が次から次へと思い浮かんできて、止まらなくなってしまいそうだ。

何よ、えらそうに！

言ってやれたら、どれほどすっきりするだろう。だが、そんなことになったら、もう取り返しがつかない。勝にだって恥をかかせるし、兄上も同様だろう。決して盤石《ばんじゃく》とは言い切れない雰囲気になってきた三人のチームが、そんなことをきっかけにして崩れてしまわないとも限らない。それだけは避けなければならなかった。

こうなったら、何とかして依田さんと会わないようにするしかない。カネはあれこれと考えた挙げ句、当分の間は毎日休みなく子どもらを集めて勉強を教えることにした。つまり、勝が家で酒を呑めないようにするのだ。そうすれば自然と依田さんも来なくなる。

「俺のことは気にするな」

子どもたちへの教育に関しては常に協力的な勝は、カネが「授業を頑張りたい」と言うのを疑う様子もなく、かえって気楽に飲み歩けると言って、毎晩のように「カムイノミ」に出かけるようになった。よくもそれだけ訪ねる先があると感心するほど、ときにはフシコベツまでも足を延ばして、深夜にひどく酔って帰ってきたり、あるいは泊まってくることさえある。夏の間中、そんな日の連続になった。

九月に入って依田さんがまたも大津に行く頃には、村の人たちも噂話に飽きたらしく、誰も何も言わなくなった。気がつけば、オベリベリは静かな秋になっていた。

「この夏は馬鹿に呑んで歩いたなも」

空気が入れ替わり、空がぐんと高くなった頃、勝にはようやく落ち着いて家で過ごす晩が戻ってきた。少しずつ言葉を覚え始めているせんと遊んでやる様子などは、カネの目から見ていても穏やかでいいものだ。こうなると自然に夜の来客も増える。ときには田中清蔵さんが兄上とともにやってきて、ハム作りの相談をしていったりすることもあった。それぞれの家で飼っている豚がわずかずつ数を増やしていることから、一定数をハムとして加工すれば日持ちもするし、新たな収入源にもなるというのだ。作り方は田中さんが知っているという。この土地にいてハムが食べられるなどと想像したことさえなかったから、その話にはカネも心を躍らせた。

「俺は、これから澱粉作りを本格化させるつもりだから、ハムの方は勝に先頭に立って、頑張ってもらいたいんだが」

「おう、悪くなゃあな。やるか」

新しい目標が出来て、勝たちはまた楽しげにそのことを語り合うようになった。そこに依田さんの姿はない。そのことが、もはや当たり前のようになりつつあるのが、カネには何となく侘しく見えた。時折、依田さんはそのオイカマナイという土地で、誰を話し相手にどんな思いで過ごしているのだろうかと思ったりもした。

2

この秋、オベリベリは開拓四年目にして初めて豊作に恵まれた。煙草《たばこ》の葉が大きく開き、粟は穂を垂れ、蕎麦も刈れたし、豆がはじけた。掘れば掘るほど芋が出てきた。乾いた秋風が汗を飛ばし、村は喜びに沸いた。

「こうでなけりゃいかんがや！　これでこそ我らが新天地、これでこそ黄金が眠るオベリベリだわ！」

勝はこれまでよりも多くのセカチを雇い入れて、毎日張り切って収穫作業に明け暮れた。時を同じくして鮭が上ってくる季節になったから、年に一度の機会を逃してはならないと、そちらの漁にも出かけていく。兄上や田中清蔵さんと相談して始めることになったハムの製造に関しては依田さんの賛成も得られたことから、収穫作業が落ち着いたらいよいよ工場の建設に取りかかろうということになっていた。工場の名前は「ラクカン堂」と決まった。「臘乾《らかん》」と「楽観」とをかけ合わせたもので、常盤を命名した時と同様に文字遊びと語呂合わせが好きな兄上の発案だ。

鶏は卵を産み、馬は隙あらばすぐに逃げ出すし、豚は餌をねだる。山羊は黙々と草を食《は》むばかりだが、こんなときに猫まで子を産んで、こうも忙しくなってくると、さすがにカネも夜の授業をしばらく休みにせざるを得なくなった。

「カネ先生、大丈夫だら。俺んとこも、今は新五郎《しんごろう》だって畑へ出ねぇとなんねえぐれえ忙しいもんで。俺だけ『勉強がある』なんて言ったら、父ちゃんにひっぱたかれるら」

教室の優等生でもある山本金蔵が物分かりのいいことを言ってくれたときには、カネもほっとして、ここは割り切るべきだと心に決めた。そして、とにかくこの秋の間は、ひたすら収穫のために汗を流すことにした。

夜明け前から起き出す忙しさはこれまでと変わらなくても、気持ちの張りと手応えそのものが、まるで違う。村の誰と顔を合わせても、互いに「忙しいね」と言いながら、それでも顔がほころんだ。女同士が集まるときなどは、ことに賑やかになる。

「今度の正月は、うんまい雑煮《ぞうに》が食べられるかもしんねえら」

「雑煮もいいけんど、うちは今年こそ、布団の打ち直しをしたいんだよね」

「うちだっておんなじだら。着るもんだって新しくしたいもん」

「うちは父ちゃんも子どもらも、みんな、わしの襦袢《じゅばん》を割いて下帯にしてるら」

「それよか、新しい小屋を普請してもらいてえ。狭いし寒いし、ねずみの糞だらけだもんで」

「そりゃ、あんたが掃除しねえからだよ」

みんなで集まって漬物をつけるときなどは特に賑やかだ。これまでは惨《みじ》め過ぎて口に出来なかったような話題も、今や過去の笑い話だというように、みんなでけたたましい声を上げて笑っている。若い常盤は、まだすべての言葉を理解出来ているわけではないし、何より女たちの勢いに気圧《けお》されたような表情をしていたが、それでも彼女らに交ざってせっせと働き、熱心に、和人の漬物の方法を教わっていた。

「やっぱりさ、夏に神さまをお祀《まつ》りしたのがよかったんじゃないかね」

「もっと早くやりゃあよかったんだ。ここに来たら、いちばんに」

「そういうとこが、若旦那さんは今一つぼんやりっていうかさ、抜けてるとこだら」

「あれまあ、算盤勘定《そろばんかんじょう》と女を見つけるには抜け目なくてもかね」

また、あっはっは、と笑い声が上がる。常盤が怪訝《けげん》そうに目を丸くしているから、カネは、そっと目配せをするように首を振って見せた。余計なことは知らなくてもいいという合図だ。常盤が無防備に、ここで聞いてきた話を何でも兄上に語ったら、兄上が不快な思いをすると分かっている。

ただでさえ兄上は九月の末からいよいよ澱粉製造に取りかかり始めて、このところ特に忙しくしているようだった。札幌から取り寄せた機械が、満を持して役に立つときが来た。もしも澱粉製造がうまくいって、まとまって出荷出来るようになれば、晩成社の一つの大きな収入源になることは間違いない。

舟着場には引っ切りなしにチプと呼ばれる丸木舟がつながれて、保存のきかない野菜類から順に荷積みされていく。こうなると、晩成社が持っている舟だけでは足りなくなって、近くのコタンからも借りていた。舟着場には荷積みを手伝うアイヌの言葉が飛び交い、三日にあげず大津へと運ばれていく様子を、カネはせんの手を引いて土手の上から眺めることがあった。丹精込めて立派に育て上げた作物が運ばれていくのを眺める嬉しさは、女学校にいた頃に教え子が巣立っていくときにも似ていて、誇らしささえ感じた。

天主さま。私たちの苦心の賜物《たまもの》が、どうか無事に大勢の人の手に届き、彼らの一日の糧となりますように。

そうなれば自然に、カネたちのところにも対価が入ることになる。それが何よりも嬉しかった。春からの苦労が、ようやく報われるのだ。

もし、少しでも収入が増えたら。

欲しいものはいくらでもあった。まず最初に、せんに新しい着物を縫ってやりたい。勝の仕事着だって、もうボロボロだ。冬に備えて家族の夜具も揃えたかった。それから金蔵のために新しい教本と辞書、読本も取り寄せてやりたいと思っている。少し考えただけでも、次から次へと欲しいものが頭に浮かぶ。

「ねえ、私も一度、大津へ行きたいのですが」

ある日、夕食のときに勝に切り出してみると、勝は酒を注いだ湯飲み茶碗を手に、怪訝そうな顔になった。

「大津へ行って、何するだやあ」

「お買い物」

「買い物？　何を」

「何でもいいんです。小さなもので。ただ、お買い物がしたいの」

今日は、裏の川を上ってきたばかりの鮭を一尾、勝が自分で三枚におろした。その大きな身に酒で溶いた味噌を塗り、油を塗った鉄板の上でじっくりと焼いたものを、勝は「うまやあうまやあ」と突いている。確かにそれは香りもよく、一緒に焼いた野菜と共に大変なご馳走になった。そのご馳走を肴にしながら、わけが分からないという様子で首を傾げている勝に、カネは、焦《じ》れったくなって唇を尖らせて見せた。

「考えてご覧になって。私、ここへ来てからただの一度もお買い物というものをしたことがないんですよ」

勝は、だから何だというように、ただ口をもぐもぐとさせるばかりだ。　カネはますます焦れったくなった。

「ヤマニの大川宇八郎《おおかわうはちろう》さんが来てくれるときだって、支払いはほとんどツケだし、品物なんて選べるほどないでしょう？　だから、縫い針の一本でも糸の一把《いっぱ》でもいいから、私、お店に行って自分で選んで、自分でお金を払って買いたいんです」

気持ちが浮き立つのを抑えられなくて、つい両手を胸の前で合わせて祈るような格好になったとき、勝が豪快すぎるほどの笑い声を上げた。周囲の空気が大きく揺れる。父上が木を削って作ってくれた小さな匙《さじ》を使って、一心に粥を口に運んでいたせんが、ぽかんとした顔で勝を見上げた。

「おまゃあはまた、おかしなことを言い出した。ヤマニから買おうが大津で買おうが、針は針、糸は糸でなゃあか。あんなもん、選ぶ必要があるか」

「そういうことじゃなくて」

「大津まで行けば、どえらゃあ安く買えるってわけでも、なゃあだろうが」

「――ですから」

「ああ、ああ、分かった分かった。針でも何でも、大津で好きなものを買ってくるがええがや」

勝は、いかにも愉快そうに身体を大きく揺らして笑っている。

「なあ、おカネだって買い物の一つぐらゃあ、したゃあに決まっとるって、そういう意味だがや、なあ？　横浜にいたときみたゃあに、煉瓦《れんが》道を歩いて小間物屋を見つけたら飾りボタンの一個、リボンの一本も買うってわけにいかんもんなあ。そういうもんだって欲しいに違ゃあなゃあわ」

「飾りボタンなんて――」

そんな贅沢品《ぜいたくひん》を買いたいわけではないと言いたいのに、勝は人の話も聞かずになおも笑い続けている。

「しかたんなゃあわ、女子《おなご》だからなあ。せんと同じだがや。本当はまっと可愛らしいもんでも欲しいんだ、なあ？」

「憎らしい仰《おつしや》り方。人を子ども扱いして」

こちらが思い切り膨れっ面を作っても、勝がずっと笑い続けているから、カネの方も次第に馬鹿馬鹿しくなってきて、先を続ける気が失せてしまった。それより何より、これほど愉快そうに笑っている勝を見るのは久しぶりだ。それが、何とも言えず嬉しかった。暮らしの不安が少しでも薄らぐとは、こういうことなのかと思う。

「ほんで、いつ行くって？」

「そんなにすぐ、行かれるわけがないじゃありませんか」

本当は、十分に分かっているのだ。この忙しさをべつにしたって、ただでさえ幼いせんを連れて丸木舟で川を下るのは危険が伴うし、第一、大津へ行って戻るまでには日にちがかかる。途中、ろくな宿もないようなところで、せんと野営するわけにもいかないし、そう何日も家を空けるわけにもいかないに決まっていた。しかも、これからオベリベリは長い冬に向かう。その支度にだって急いで取りかからなければならない時期だ。本当に大津へ行かれるとしても、どんなに早くても来年の春のことだろう。ただ、「もしも」と仮定してそんな話が出来ることだけで嬉しいのだ。出かけるのも、また買い物をするのも、横浜にいた当時ならごく当たり前に出来ていたことの何もかもは、実は、暮らしにゆとりがなければ出来ないことだと、ここへ来てつくづく思い知らされた。

「とにかく、豊作って、いいものだわ」

ねえ、せんちゃん、と娘に笑いかけ、せんの口もとと小さなてのひらを布巾《ふきん》で拭ってやりながら、カネは自然に自分も笑顔になっていた。

十一月に入って毎朝のように霜が降りるようになった頃、依田さんがほぼ二カ月ぶりに戻ってきた。オイカマナイの開拓に取りかかりつつ、その合間を縫って青森まで牛を買い付けに行ったりしていたという依田さんは、例によって笑顔の一つもなければ挨拶の言葉もなく、焼酎を一本だけぶらさげて、のっそりと現れた。

「明日からでも早速、社納品の計算を始めたいと思っとるもんで、渡辺くんも来てくれや」

「おう、分かった。どうだ、一杯、やっていかんか」

「いや、いらん。これから鈴木くんのところにも行ってくる」

勝の誘いをあっさり断り、水屋に立っていたカネには一瞥もくれずに、依田さんはそのまま出て行ってしまう。誰もいなくなった戸口に向けて、カネはまたため息をついた。

「相変わらずだわ」

「あれが依田くんだがや。カネも、もう好い加減に慣れたろうが」

苦笑する勝に、肩をすくめて見せながら、カネは、依田さんが帰ってくると、また何か一波乱あるのではないかと考えていた。この頃いつもそうだ。

カネの予感は当たっていた。数日後、勝や兄上と共に、村全体の今年の出来高を調べた依田さんは、これまでに出荷した野菜も含めて、収穫した豆、麦、芋などから計算して、決められた量を「年貢として」社に納めるようにと、村の全員を集めて言い渡したのだ。晩成社の小さな事務所は水を打ったように静まりかえった。カネもせんを負ぶったまま、年貢、という言葉を噛みしめた。依田さんは実に落ち着き払った表情で皆を見回している。

「分かっとるだろうと思うが、これまでの借金も、少しでも返済してもらわにゃあならん。無論、その利息もあるもんで、そこも忘れんようにな」

今度は方々から深いため息が聞こえてくる。人々の頭がそれぞれに、ぐらりと揺れたように見えた。その雰囲気に、さすがの依田さんも何か感じ取ったらしい。

「いや、みんなよくやってくれた。株主は喜ぶに違えねえ。俺も面目《めんぼく》が保てるし、これでようやく我が晩成社にも明るい未来が見えてきたと、ここにいる全員が、肌で感じることが出来とるはずだら」

「──結局、俺たちは株主のために働いてるだけってことかよ」

山本初二郎さんが吐き捨てるように言った。依田さんは、すかさず顎を突き出すようにして初二郎さんの方を見る。

「社則には従ってもらわにゃあ、ならん」

ここしばらく浮き立っていた気持ちが、いっぺんに萎《しお》れたように、誰もがしょげかえった。カネも、毎日のように頭の中で思い浮かべていた様々な買い物の希望が、すべて泡のようにはじけ飛んでいく気分だった。

「社則、社則、社則だ」

その晩、常盤と連れだってやってきた兄上は、勝と晩酌を始めると、いかにも苦々しい表情でため息をついた。

「まったくなあ。依田くんも、皆の気を殺《そ》ぐのがうまゃあでいかんわ」

勝も無理矢理笑おうとしているかのように口もとを歪めながら、それでも憂鬱そうな表情は変わらない。

「社則なゃあ——あれに、こうも苦しめられるとは思わなかったがや」

「それに、さっき依田くんが言った言葉を覚えているか」

常盤と並んで水屋に立ちながら、カネは勝たちの会話に聞き耳を立てていた。幼い頃から家事をこなしてきたらしい常盤は手際もいいし、兄上からも教わっているから、見よう見まねで和人の家庭料理をずい分覚えてきている。着付けや帯の結び方はカネが教えて、この頃はアットゥシよりも和服を着ていることの方が増えていた。常盤なりに、少しでも和人の妻らしくなろうと懸命なのが、見ていてもよく分かった。

「依田くんが、何と言った？」

「ほら。年貢だ。年貢を納めろと、そう言ったろう」

「そういえば、そう言ったな」

兄上が、ますます険しい表情になる。

「要するに、俺たちは完璧に小作人扱いだということだ。晩成社が一つの会社だというなら、俺たちは社員であるはずだ。それなのに、だぞ」

勝は難しい顔をして俯いている。

「ましてや、勝と俺は幹部ではないか。共に晩成社を背負って立とうと、やってきている仲間のはずだ。そういう相手に、年貢という言葉を使うか？」

「まあ――そこは依田くんが油断したというか、口を滑らせたのかも知れんし」

「油断ですむことか？　依田くんは、そんなに無神経な男だということかっ」

兄上の口調はいつになく激しいものだ。常盤も時折小さく振り返っては、そんな兄上の様子を心配げに見ている。カネは、そっと常盤の手に触れた。

「お食事が終わったら、お裁縫をしましょうか。それとも、少し勉強をする？　文字はもう、ずい分書けるようになったのでしょう？」

常盤は恥ずかしげに頷いて、懐から小さく畳んだ紙を出してきた。開いてみるとカタカナでイロハが書かれている。カネが微笑みながらその紙を眺めているとき、兄上の「俺たちは」という荒々しい声が聞こえた。

「小作人になるために、ここまで来たのかっ」

「まさか」

「そうだろう。俺たちはこれでも武家の端くれだ。どれほど土にまみれ、身をやつしていようと、その誇りは失っておらんっ」

どうやら今夜は兄上の方が感情を高ぶらせ、普段は喜怒哀楽の激しい勝の方がそれをなだめる役割のようだった。常盤が、何とも言えず心細げな顔で兄上を見ていた。

3

明治二十年の正月、例年通り互いの家を行き来し合って、男たちはアイヌも含めて、これまで以上によく食べ、よく騒ぎ、よく呑んで新年を祝いあった。「年貢」は取られたが、とにかく豊作だったことが人々の気持ちを明るくしていたし、祝いの席に依田さんがいないことも、もしかすると皆をのびのびとさせていたかも知れない。依田さんは師走《しわす》の半ば頃には再びオベリベリを後にしていた。

「例の、ほれ、江政敏さんらに貸した金が、結局は返ってこんことになったもんで、大津で、その話もせんといかんと言っとったわ」

せっかく畑の方が豊作だったのに、そちらの問題は引きずったままだったということを、暮れも押し詰まってから勝に聞かされて、カネは「やれやれ」と肩をすくめたものだ。大津の江政敏さんらは当初、借金を返す代わりに鮭の漁場の権利をいくつか渡すと言い、依田さんもそれを承知したはずだったが、素人に漁場の管理などうまく出来るはずもなく、結局はその漁場も手放すことにしたらしい。

「でも今年、鮭は豊漁じゃないですか。もう少し我慢して持っていればよかったんじゃないかしら」

「持っとったとしたって、それを管理する人間がおらん」

「吉沢さんに、お願いすることは出来なかったんですか？」

そのとき勝は「竹二郎には」と腕組みをしていたものだ。

「出来んことも、なかったろうが」

もともと大工の吉沢竹二郎が晩成社支店の管理人を任され、大津に行ってもうずい分になる。だが、支店の管理と言ったたってそういつも忙しいわけでもなく、仕事といっても出入りする荷物の管理くらいしかないから、竹二郎は大半のときは方々から大工仕事を請け負って、それで収入を得ているという話だった。

「あの人に時間の余裕があるのなら、漁場の管理だって頼んでもよかったのに」

「今さらそんな話をしても、どうしょうもなゃあわな。もう手放してまったんだで」

勝と話しながら、そういえば吉沢さんはこの正月にも戻ってこないつもりなのだろうか、だとしたら、大津でどんな風に新年を迎えるのだろうかと、カネは気にかかった。雰囲気も話し方も、いかにも江戸の職人らしい、気っ風のいい人だ。この家を建てた後だって、何度となく顔を出しては本職らしく、炬燵《こたつ》の縁やら水屋の棚やら、細かなところまでよく手を入れてくれた。

「あいつは独りもんだから、呑気に好きなことをやっとるだろう」

「独りだから心配なのではないですか。お正月に一緒に過ごせる家族もいなければ、淋しいに決まっています」

吉沢竹二郎は勝や兄上たちよりも年上だ。ここへ来た当時で三十五歳くらいだと言っていたから、そろそろ四十に手が届く頃かも知れなかった。

「吉沢さんのお嫁さんのことも、心配して差し上げた方がいいのではないかしら」

「心配いらんて。大津におれば自然とつきあいも増えて顔も広くなる。こんな土地にいる俺たちより、よっぽどいいあても出来るに違がゃあなゃあ」

そうは言われても、冬の厳しいこの土地で、独りで過ごすのはさぞ心細いに違いないと、カネはやはり吉沢竹二郎のことが心配だった。同じ村にいるのなら、温かい食べ物を差し入れるなり風呂に呼んでやるなりということも出来るが、大津ではそれも出来ない。

「風邪でもひいていなければいいけど」

それからも時々、カネは竹二郎を思い出しては何となく気にかけていた。実際この冬は、昨年以上に寒さが厳しく感じられたせいもある。一月の半ばには、生まれてからふた月とたたない子山羊が凍え死んだほどだ。母山羊に寄り添っていたというのに、前の晩からあまりの寒さに子山羊は震えが止まらなくなり、干し藁《わら》の上でほとんど動けなくなっていた。

「これはいかん」

心配した勝はありったけの服を着込み、布団を被って、夜通し子山羊を抱きながら小屋の中でひと晩過ごしたが、朝になると子山羊は冷たくなっていた。

「可哀想に。せっかく生まれてきたのに」

つい昨日までは、寒さの中でも元気に跳ね回っていたのに、オベリベリの寒さは小さな生命をいとも簡単に奪い去ってしまうのかと、これにはカネも涙がこぼれた。何を考えているのか見当もつかない、不思議な形の瞳をしている母山羊は、我が子が死んだことも分からない様子で、ただもぐもぐと草を食んでいる。そんな姿もかえっていじらしく見えてならなかった。

それから一週間程して、今度は老いた山羊が、また凍え死んだ。このときも、勝は懸命に山羊の身体をさすり、藁まみれになって夜を過ごしたが、その甲斐なく、翌朝には息絶えた。

「いかんな。山羊は寒さには弱いのか」

温かい湯を満たしたたらいに足を浸け、朝から茶碗酒を呑んで、冷え切った身体をどうにか温めようとしている勝のために急いで雑炊を作りながら、カネは改めてこの土地の厳しさを思い知らされていた。まさしく生命の危険を感じる寒さなのだ。生きとし生けるもの、何もかもを凍りつかせ、生木を裂《さ》き、無言で息の根を止める。この苛酷な寒さを乗り切るには、人間も動物も、ひたすら身を寄せ合って互いの温《ぬく》もりを分け合うより他にない。

「早く春が来るといいわねえ」

カネが新しく縫ってやった綿入れの上からウサギの毛皮で作った袢纏《はんてん》も着て、ふくら雀のようにまん丸になっているせんを抱き寄せながら、カネは心の底から祈った。

天主さま。お守り下さい。

そして、一日も早く春が来ますように。暖かくなりますように。

これほど寒い日が続いても、勝は毎日のように猟に出て、アイヌから教わったアマッポという置き弓を仕掛けに行き、山鳥やウサギを獲ってくる。これには、大したものだと言わざるを得なかった。つい数日前もシマフクロウを獲ってきて、このときはアイヌたちも招いて我が家で「カムイノミ」をした。アイヌたちはシマフクロウを「コタンコロカムイ」と呼んで崇めている。熊を送るときのようにイオマンテという儀式をするほど、村の守り神として大切にしているのだ。そのシマフクロウを獲ってきたのだから、あだやおろそかには出来なかった。勝はアイヌたちに手伝ってもらって、取りあえず簡単な儀式を執り行い、そして、フクロウ鍋にして皆で食べた。

「いやあ、あれは旨《う》まやあでいかんわな。また獲ってきたゃあもんだ。これほど寒いときには、余計に精のつくものを食わんと死んでまうからな」

確かに、フクロウ鍋は美味《おい》しかった。しかも、風切羽や尾羽のような大きくてしっかりしている羽は、白鳥を獲ってきたときと同様に束ねて箒《ほうき》を作れば立派な売り物になる。それ以外の柔らかな羽毛は綿代わりに衣類などに詰めて使える。無駄なものは何一つない。どんなものでも生活の足しにする。そのために、どれほど寒かろうと、勝は毎日のように外を歩き、この大地から手に入れられるものなら何でも獲ってくる覚悟のようだった。

「天がつかわされたものは何一つ、無駄にはせん。その辺のところは、アイヌの考え方は正しいと、俺は思うわ」

そして、わずかでも現金を得たら、とにかく晩成社への借金を返していきたい。それが、一年でも早く「小作人」の身から脱する方法だ。あの晩、兄上と酒を酌み交わしながら、二人でたどり着いた結論がそれだった。だからこそ頑張っている。シブサラの開拓が進められない冬の時期でも、兄上は兄上で、常盤やアイランケ、アイランケの義兄のコサンケアンらと共に澱粉作りに精を出しているし、やはり勝と同様に猟に出たり木挽《こび》きに行ったりと歩き回っている様子だった。

二月の下旬、子豚が七頭生まれた。お産は軽く、勝もカネも大喜びしたが、その晩のうちにすべて死んでしまった。ほぼ同じ時期に兄上のところでも子豚が八頭生まれたが、こちらはすべて順調に育っていると聞いて、勝は顔色を変えて兄上の家に飛んでいった。

「これといって違うところはなゃあんだがな。うちの豚は、何がいかんのだ。小屋か？　母豚の餌か？　何なんだ」

帰ってくると勝は寒い中でずい分長い間、仁王立ちのまま豚小屋を見つめていた。

「きっと次にはうまくいきますよ。それを祈りましょう」

勝を慰《なぐさ》め、自分にも言い聞かせるようにしながら、心の中で祈りを捧げ、あとは何事もなかったかのように普段の生活に戻る。夜の授業も再開した。そういえばこの冬、父上はこれまでのように兄上や勝に講義をすると言わなかった。

「わしはもともと、依田くんのために講義をしたいと思っておったからな。依田くんに考える時間を持たせたかったし、己を振り返ることも教えたかった。じゃが、ここにおらぬのでは、どうしようもない」

せんを負ぶい、作ったばかりの団子など持って、雪の中を歩いて父上のもとを訪ねたある日、父上は炬燵の火をいじりながら、静かに諦めた表情でそう言った。兄上が結婚してからは「別荘」と呼ぶ小さな小屋をべつに建てて、父上は外での作業がないときはそこで内地への文を書いたり、兄上に頼まれた書類の整理をしたりして過ごしている。

「それに、もしもここにおったとしても、依田くんという男は、もう、わしの講義は聞かんだろう」

そうかも知れない、とカネも思った。依田さんは、おそらく人の言うことを聞かない人なのだ。もしかすると、敬愛する兄さんとやらの意見ならば聞く耳を持つのかも知れないが、それ以外の人が何を言っても、ぐんぐんと走り続ける依田さんの手綱を引くことは出来そうにない。

「まあ、オイカマナイがうまくいくことを祈るばかりじゃな。あとは何とも言えん。何しろ、わしらは小作人の一家じゃから」

やはり、父上もそのひと言が胸に刺さっているのだ。信州《しんしゅう》上田藩の会読《かいどく》頭取、武学校お目付役を兼務し、その後は藩校の舎長、会計局判事として殿様に仕えてきた父上だ。今でこそ髷も落として畑仕事に汗を流す農夫に見えても、身体の中を流れているものは武士以外の何ものでもない。その父上にしてみれば、依田さんのあの不用意な発言は、兄上や勝が感じた以上の、屈辱だったに違いない。それが分かるだけに、カネは父上が気の毒に見えて仕方がなかった。今から考えても、どうしてあのとき「誰に向かって言っているのですか」と嚙みつかなかったか、悔やまれるほどだ。

「この先、あの男は苦労するじゃろう」

父上がぽつりと呟いたひと言が、カネの中に深く沈んでいった。

4

大津から飛脚がやってきたのは三月の上旬、次第に陽の光が力を取り戻し、日によって春の気配が感じられるようになってきた頃のことだった。

ちょうど、父上が来ていた。このところ晴れの日が続いていたせいもあって、庭先の陽だまりに出て、せんを遊ばせてやっている父上と、時折、言葉を交わしながらカネが洗濯物を干しているとき、ふいに畑の向こうの冬枯れの蘆原の奥からガサガサという音がした。もしや、冬眠から早く目覚めた熊でも現れたのだろうかと一瞬、肝を冷やしたカネの視界に飛び込んできたのは馬に乗った男だった。男は馬の背にまたがったまま、白い息と共に「鈴木銃太郎さんの家は」と話しかけてきた。カネは慌てて兄上の家の方を指さした。父上も、何事かという表情でこちらを見ている。

「西の外れです。あの——」

「電報だ」

「電報？」

「大津からだよ。鈴木銃太郎さんにな」

男はそれだけ言うと馬の腹を軽く蹴《け》り、雪の中を進んでいった。電報など、これまで一度として届いたことはない。一体誰が、どんな用事で兄上に電報など寄越したのだろうかと考えていると、それから一時間もしないうちに、今度は兄上が慌てた様子で雪を散らしてやってきた。

「勝は？」

「田中さんと木挽きに」

「場所は分かるか」

「すぐそこのはずだけど。音が聞こえるでしょう？」

よし、と頷いて、兄上はそのまま勝を探しに出て行く。カネは父上と顔を見合わせ、今度こそ落ち着かない気持ちになった。しばらくして勝と共に帰ってくると、兄上たちは藁靴を脱ぐのももどかしげに、とにかく父上と三人揃って囲炉裏を囲み、そこで初めて、懐から一通の文を取り出した。

「文三郎くんからだ」

「文三郎が、何て」

「吉沢竹二郎、出奔《しゅっぽん》」

パチッと薪が爆《は》ぜた。カネは息を吞んで三人を見つめていた。

「――いつのことじゃ」

父上が重々しい声を出す。兄上は、この文によれば、先月の下旬らしいと答えた。

「先月の二十日過ぎに、文三郎くんがオイカマナイから訪ねていったときには、何も変わったことはなかったそうです。それが一昨日また行ってみると、支店はもぬけの殻で――会社の金も、なくなっていたと」

「――やりやがったな、竹二郎」

勝が眉根をぐっと寄せて、あぐらをかいている自分の太ももを殴りつけるようにした。兄上は難しい顔をしたまま、改めて文三郎さんからだという文を読んだ。それによると、文三郎さんは大津中を探し回り、周囲の人からも話を聞いて歩いたが、その結果、ここ一週間以上、誰も吉沢竹二郎の姿を見ていないことが分かったという。

「それと同じ頃に、『だるまや』という宿屋から飯盛り女が一人、姿を消したという話もあると書かれています」

「その女のことは、何か知っておるのか」

父上が尋ねると、兄上も勝も首を横に振る。

「では、今の段階では、竹二郎と関係があるかどうかは分からんな」

「ねえ、飯盛り女って？」

つい口を挟むと、父上が即座にこちらを見て、険しい表情で小さく首を横に振った。カネは慌てて口を噤んだ。今、何か言うべきではなかった。そっと竈の前に立って、思わず深々とため息をつく。

あの吉沢さんが。

しかも、このところ妙に思い出すことが多く、どうしているかと案じていたところだった。こうしていても、笑顔で大工仕事をしていたときの様子が思い浮かぶというのに、あれほど気の好い人が何も言わずに消えてしまうなんて、にわかには信じがたい話だった。しかも、晩成社の金まで奪って。

「とにかく、こうしてはおれん。大津に行って、確かめて来んことには」

父上がようやく大きく腕組みをしたままわずかに姿勢を変えた。勝が即座に頷く。

「そんなら俺が行ってくるがや」

「いや、俺が行こう。万に一つも、こっちに戻ってこないとも限らん」

「こっちに？」

「竹二郎が今、何を考えてどういう状態でいるか、まるで分からんからな。だが、もしも追い詰められているとしたら——家に男がいなくなるのはまずいだろう。用心に越したことはない。うちは父上がいて下さる」

父上も、それがいいと頷いている。兄上は、その代わりに、自分が支度をしている間、勝には依田さん宛の文を書いておいて欲しいと言った。

「それはお安いご用だが、依田くんは今、どの辺にいらゃあすかゃあも」

さて、と兄上と父上とが顔を見合わせている。昨年の暮れにオベリベリを発った依田さんは、その後、伊豆に向かった。便りだけは頻繁に届くから、時間差はあっても、その後の消息も分かっている。そういえば少し前に来た依田さんからの便りでは、三月に入ったらこちらに戻ってくると書かれていた。カネも見せてもらったから、よく覚えている。

「ちょうど今ごろ、そろそろ横浜を発たれる頃ではないかしら。今度はオイカマナイで働いてもらうために、お義兄《にい》さんと、そのご家族も一緒だからって」

そうだったそうだったと男たちが頷いた。するとつまり、こちらからの便りは函館の常宿に宛てれば大丈夫だろうということで話がまとまった。兄上と父上とは、夜になったらまた来ると言い残して慌ただしく帰っていき、彼らを見送った勝は、すぐに文机に向かって墨をすり始めた。カネは、何とも落ち着かない気持ちのまま、しばらくは仕事も手につかない状態で、ただ吉沢竹二郎の笑顔を思い浮かべていた。

「信じられない――あの竹二郎さんが」

「まったく、やられたがや」

「ねえ、あなた。飯盛り女って――」

よちよち歩きするようになったせんが勝の背中を押しながら、しきりに「たーた、たーた」と話しかけている。本当は「とと」と勝を呼んでいるつもりなのだろうが、カネの耳には「たーた」に聞こえた。

「せん、こっちにいらっしゃい。お父さまはお仕事なのよ」

「たーた」

「たーたは、お仕事」

それでもせんは、勝の背中から離れようとしなかった。その微かな力を感じているに違いないが、勝はせんの相手をすることはなく、ただ黙々と墨をすり続けながら、ふいに「飯盛り女か」と呟いた。

「竹二郎も、またよりによって」

「旅館の、女中さんのような人ですか」

「おまゃあが知るようなことではなゃあが、まあ、酌婦《しゃくふ》みたゃあなもんだ」

「酌婦？　それは、お酌をする人？」

「客に酌もするし、給仕もするし、場合によっては、それ以上のこともする」

「それ以上の——」

「さあ、せんを連れてってくれ」

カネがせんを抱き寄せると、勝は筆をとり、大きく二、三度肩を回してから姿勢を改める。

「依田くんの、苦虫を嚙みつぶしたような顔が目に浮かぶがや」

カネも、勝からの知らせを函館で受けることになる依田さんの顔を思い浮かべた。

さぞ衝撃を受けるに違いない。怒り狂うかも知れない。だが、後の祭りだ。竹二郎さんを、ずっと一人でいさせたのが悪いとも思う。誰に見とがめられる心配もなく、目の前に現金があるとしたなら、竹二郎さんでなくても心が揺れるときがあるに決まっている。魔が差すときだってあるだろう。

しかも、女の人が一緒なら。

飯盛り女だか酌婦だか知らないが、要するに春をひさぐような身の上にある女の人を、竹二郎さんは好きになってしまったのだろうか。その女の人を苦界から救い出すためには、一緒に逃げるより他なかったということなのだろうか。もしもそうだとしたら、天主さまは竹二郎さんをどう裁かれることだろう。

勝が書いた文を懐に兄上が大津へ向かったのは翌日のことだ。十日ほどして一度はオベリベリへ戻ってきたものの、竹二郎さんがいなくなった後に、今度は晩成社の支店に泥棒まで入っていたということで、騒ぎはさらに大きくなっており、すぐにまた大津へとんぼ返りしなければならなかった。結局、竹二郎さんの行方は杳《よう》として知れず、警察に届けだけは出したものの、おそらくもう北海道にはいないかも知れないと言われたという報告を持って兄上が戻ってきたのは月が改まった四月上旬、根雪もずい分と姿を消し、そろそろ畑の準備に取りかからなければならないという頃だった。

「依田くんも、今度ばかりは参っていたな。函館から帰ってくるなり、俺も一緒に立ち会って竹二郎の荷物を何度もひっくり返して見てみたし、ありとあらゆるところを訪ねて話も聞いたが、その間中ほとんど鬼の形相だ。無論、例の『だるまや』にも行ったしな」

大津から戻ってきた晩、兄上は文三郎さんを伴ってカネたちの家を訪ねてくると、疲れ果てたという表情で大津での一部始終を語った。途中からは高橋利八も加わり、誰もが重苦しい表情のまま、囲炉裏の火を取り囲む格好になった。

「あの竹二郎さんがなあ」

利八も相当に衝撃を受けた様子で何度となくため息をついている。最初に竹二郎さんがいなくなったことに気づいた文三郎さんは、自分さえもっとこまめに大津まで行っていれば、こんなことにならなかったのにと打ちひしがれている。兄上は兄上で、ほぼ一カ月の間ずっと留守にしていたせいもあるのだろうか、頬の肉まで少し落ちたようだった。

「それで、依田くんは」

皆の茶碗に酒を注ぎながら、勝が兄上を見る。兄上によれば、依田さんは四月いっぱいは大津に留まるという。竹二郎さん出奔の後始末もしなければならないし、帳簿の確認もしなければならない、盗まれたものを調べて必要なものは補充しなければならないし、改めて「道路開削《かいさく》願書」や「拝借牛願書」などといった書類の提出も必要だと言っていたそうだ。

「第一、今、支店を留守にすることは出来んだろう」

カネは、日増しに重くなるせんを負ぶって水屋に立ち、せっせと酒の肴を用意しながら、自分も暗澹《あんたん》たる気持ちになっていた。

「竹二郎さんは、やはり、その女の人と一緒なのでしょうか」

思わず呟くように口をついて出た言葉が意外に大きかったらしい。少しして、兄上の「そうらしい」という返事が返ってきた。

「『だるまや』に、竹二郎がちょいちょい顔を出していたのは本当のことらしいから」

竈の前から離れて囲炉裏の方に進み出ると、兄上はこちらをちらりと見た後で、ふう、とため息をついた。

「行く度に同じ女に相手をさせていたというのも本当のことらしい。トヨという女だそうだ」

「『だるまや』のトヨ――知らねえな」

「当ったり前やあだがや。俺らが大津に行ったたって、そんな宿屋になんぞ泊まれせんから」

「その人は、いくつくらいの人なんでしょうね」

カネが尋ねると、兄上は、トヨという女はおそらく二十歳になるかならないかといったところらしいと言った。大津へは、ほとんどだまされるような格好で売り飛ばされてきたのだそうだ。東北の訛《なま》りがあったから、おそらくそっちの出なのだろうが、無口で陰気くさいから旅館の方でも親しく口をきくような間柄の人間はいなかったし、飯盛り女をわざわざ指名するような物好きもいないから、トヨは大概、一人でいたらしい。

「竹二郎さんは、そんな女と一緒だらか」

「よりによって」

「どうだかなあ――カネ、酒がなくなった」

勝に徳利をぶらぶらとされて、カネは「はい」ときびすを返しながら、竹二郎さんと同時に姿を消したという女の人を思い描いていた。

飯盛り女と呼ばれる人を、カネは実際には見たことがない。果たしてどんな格好をして、どんな化粧をしているのかも想像がつかなかった。それでも大津のような小さな港町で、ひっそりと春をひさぐ仕事をして生きていたのかと思うと何とも言えずもの悲しい気分になる。竹二郎さんは、そんな女性を放っておけなかったのかも知れない。そのために、図らずも会社の金に手をつけて姿をくらましてしまった。そう、思いたい。

「とにかく、依田くんも言っていたんだが、早急に支店を任せられる人が必要だ」

徳利に酒を満たし、肴になりそうなものも並べると、兄上は箸《はし》を伸ばしながら、依田さんとしては何よりも信頼できる人に頼みたいと思っていると言った。

「そらゃあそうだがや。こんなこと、二度とあったらたまらんもんで。きっちり、安心して任せられるようでなゃあと」

「大津辺りで、そんな人が見つかるだらか」

利八も旺盛な食欲を見せながら思案顔になっている。文三郎さんは、自分が竹二郎さんの代わりになりたいくらいなのだが、依田さんがそれを許さないのだと言った。

「また親戚のもんも来たし、アイヌにも来てもらってる。オイカマナイのことをいちばん分かってんのは、俺だもんで」

「それは、そうだら」

「何といっても、これっぽっちの人数だからよう」

「それで、だ」

兄上が、ぐい、と茶碗を傾けた。

「依田くんは、うちの父上に頼みたいと言ってるんだ」

「親父どのにか」

「親長《ちかなが》さんに？」

「うちの父上？」

文三郎さんと勝と、三人同時に声が出た。兄上は難しい顔をしてゆっくり頷く。

「うちの父上ほど、信頼の出来る方は他にはおらんからな」

「それはそうだけれど――」

カネは急に不安になった。何だかんだと言ったたって、父上ももう六十に手が届きそうな年齢になった。そんな父上が、兄上夫婦やカネたちからも離れて、たった独りで大津で暮らすなどということを、そう簡単に承知してよいものだろうかと思ったのだ。それに、父上は時々でも癪を起こす。もしも一人でいるときに具合が悪くなったらどうするのだ。

「他におらんだろう。俺たちはもう少ししたら畑で忙しくなる。何より開拓を一番にしなければならないときに、それを放り出して大津に行くわけに、いかんから」

「親父どのが、どう言われるかだがや」

「決して嫌とは言われないと思うわ」

兄上もゆっくり頷いている。

「鈴木の親父どのが大津へ行ってしもうたら、村はまた一人、数を減らすことになるだらなあ」

利八が憂鬱そうな顔になった。

「減る一方だ」

「そう言うな、利八。おみゃあさんのとこだって、うちだって、子どもが生まれとるじゃにゃあか。もっと生んで、もっと増やすしかにゃあわね。そのうち、銃太郎んとこにも生まれるから」

利八はあぐらをかいたまま身体を左右に揺らして、まるで駄々っ子のように、生まれた子らが何とか仕事を手伝えるのは何年先だと思うのだと情けない顔をする。

「せめて文三郎とかよう、こっちにおってくれりゃあいいのに」

下唇を突き出して、利八が不満げに言ったところで、兄上が「そうだ」と表情を変えた。

「今回は、オイカマナイにも行ってきた」

勝が「本当かゃあ」と身を乗り出す。

「ど、どうだった、オイカマナイは」

カネも、土間に立ったまま兄上を見守った。兄上はゆっくりと酒を呑み、文三郎さんを見ている。文三郎さんは何となく照れ笑いのような不思議な顔つきになった。

「何しろ海沿いを行くからな、びしょ濡れだ」

もっと寒ければ氷が張るからかえって歩きやすいのだが、今の時期は中途半端に氷も弛《ゆる》んできて、歩きにくいことこの上もなかったと兄上は語った。

「まあ、よくもあんな場所を見つけてきたものだと思うよ」

「それで、喜平ちゃんはいた？　山田喜平は」

身寄りのない喜平が、オイカマナイでどうしているかも、カネが常に気にかけていることの一つだった。何しろ依田さんは、オイカマナイにだってそう腰を落ち着けているわけではない。文三郎さんはいるものの、まだ頼りない。きっと大人に頼りたい年頃だろうに、喜平はどんな思いで日々を過ごしているのだろう。

「もちろん喜平もいたし、アイヌも何人か働いてた。元気そうだったよ。牛も入っていたから、まあ、何となく牧場なのかな、という感じにはなっていたがな」

「見込みのありそうな土地か」

勝の質問に、兄上は「さあ」と首を傾げる。

「牧畜のことは、まったく勉強しておらんから、俺には何ともいえん。今いる牛がちゃんと育って、繁殖して増えていけば、それはいい土地だということだろう」

「文三郎は、どう思ってるら。見込みはありそうだらか」

今度は利八が丸い瞳をきょろりとさせて文三郎さんを見た。文三郎さんは曖昧《あいまい》に笑いながら、「まあ、がんばっとるもんで」と言うばかりだ。しばらく会わない間に顔つきがずい分と男っぽくなったようだが、よく見ると目の下にはうっすら隈が出ているし、何となく覇気がないようにも見える。

「でも今度は義理の兄さんも来たし、それと一緒に源兵衛《げんべえ》さん一家も来たもんで、だんだん賑やかになってるら。人さえおりゃあ、仕事だってはかどるもんでね」

半ば自分に言い聞かせるような口調で文三郎さんはそう言うと、小さくあくびをかみ殺した。このところは吉沢竹二郎さんの件に振り回され続けで、兄上も、また文三郎さんも、余計な部分で気疲れしているのかも知れなかった。

5

カネが想像していたとおり、父上は大津行きを迷うことなく承諾した。

「これで、しばらくの間はせんの顔も見られんからな」

大津行きが決まると、父上は当分の別れを惜しむようにカネの家に泊まりに来た。その日は明るいうちから勝が風呂を沸かし、父上はまずせんと一緒に風呂に入って、その後は勝とゆっくり会話を楽しんで過ごした。ちょうど、兄上が大津から戻ってきたときに運んできた荷の中に、ワッデル先生が送ってくださった本が七冊あったから、勝はそれらの本を父上に見せ、二人で楽しそうに話をしていた。一度、故郷のアイルランドに戻ったワッデル先生だったが、今年に入ってまた来日されたことを、勝は添えられていた手紙で初めて知ったのだ。

「ワッデル師も、勝くんのことを常に気にかけておられるのじゃろう。ありがたい。

いつまでも、師は師じゃな」

「こんな生活だもんで、東京で学んだことなんか何一つ生かせとらんし、ワッデル先生に申し訳なゃあ気がしとるんですが」

「せめて晴耕雨読をすすめたいところじゃが、君の場合は降れば昼間から呑むからなあ」

「いや、これは痛ゃあところを突かれたがや」

本を片手に楽しげに笑っている声を聞き、夕食の支度をしながら、カネは急いで父上の襦袢と軽衫《かるさん》を仕立てていた。鈴木家の仕立てものは、これからはすべて常盤に任せるつもりでいたのだが、今度ばかりは例外だ。それに、いくら隣町とはいったって、やはり大津は遠い。それほど長い別れになるとは思いたくないが、父上がせめて不自由なく日々を送ってくれるだけの準備をしたかった。

「それにしても、大津支店御留守居役とは、これまた依田くんも肩書だけは考えたもんです」

「この歳になって必要とされとるんじゃから、わしは有り難いと思うとる。生活は何かと便利になるわけだし、時間も出来ることじゃろう。まあ、せいぜい机に向かう時間を増やすとしよう」

やがて日が暮れると、二人はゆっくりと酒を酌み交わしながら、オベリベリに来てからの思い出話などをし始めた。勝にとっては、父上が冬の間だけ行う「大学」の講義が、何と言っても印象に残っているようだった。

「普段は畑のことと、狩や漁のことしか考えとらん頭が、あの時だけはビリビリッと、こう、痺《しび》れたように別の動き方をするのが自分でもよく分かりました。いやあ、学問はええもんだがやと、そのたんびたんびに感じました」

勝のいかにも素直な感想を、父上は穏やかに聞いている。早めに食事を終えさせたものの、せんは、その後も「じぃじ」と繰り返して父上のそばから離れなかったが、やがて、ことんと眠ってしまった。

「六月が来れば二歳じゃからなあ、どうやら一緒に祝ってやれそうにないのが残念じゃが」

「せんも、しばらくは親父どのを探すに違がゃあなゃあです。何しろこんだけ懐いとるもんで、『じぃじんとこに行く』と言われたら、俺たちも困るがや」

カネにしてみても、何となく心細い気持ちがあった。幼い頃から、母上が嫌な顔をするくらい、カネは父上のそばにいたがる子だった。耶蘇教と出会い、女学校に入り、勝と結婚した、そのすべては父上がいたからこそ開けてきた道だ。父上がいたから、今のカネがある。その父上が、たとえ大津ほどの距離であったとしても離れていってしまうのは、どうにも心許《こころもと》ない気がしてならなかった。

これで、泣いて駆け込む先がなくなった。

実際にそんなことをしたことは一度もない。だが、いざとなったらせんを抱いて父上のところに逃げ込めばいいと、そう思うことで、カネは時として酔って短気を起こしたり、横暴な振る舞いをすることのある勝にも耐えられてきた。だがこれからはもう、泣きつく先はない。本当に勝だけと生きていくことになる。

父上は二泊して、四月十四日に大津へ向けて発っていった。同じ丸木舟には文三郎さんと、そして、一年間だけ馬耕の指導をするという約束でオベリベリに来ていた田中清蔵さんも乗り込んだ。舟着場には村のほとんどがやってきて、それぞれに別れを惜しみ、手を振った。

「父上、行ってらっしゃい！」

「清蔵さん、達者でな！」

「文三郎、またすぐ来い！」

「清蔵さん、ありがとな！」

口々に誰かの名を呼ぶたびに、遠ざかる舟の上から、父上たちが手を振り返してくる。棹《さお》を握る一人はコサンケアンだった。今年に入ってからは義弟のアイランケと同様に兄上のところに住み込んでいるコサンケアンは、無論、父上ともよく会話してきたはずだ。

「コサン、父上をお願いね！」

人目も気にせずに大きな声を出すと、コサンケアンは長い棹を振り回すようにして合図を送ってくれた。

「舟の別れは嫌なもんだなも」

ふいに、隣で勝が鼻を鳴らした。見ると心なしか目が潤んでいる。それを見て、カネはつい笑いそうになってしまった。そういえば勝は常に自分が見送られるばかりで、こんな風に親しい人を見送るということがほとんどなかったのだ。いつだって、その場に残され、見送り、帰りを待ち続けてきたのはカネだった。

「さあ、帰ろう。湿っぽくなっている暇はない」

舟が見えなくなったところで、兄上がみんなに声をかける。カネもきびすを返しかけて勝の方を振り向いた。するとたった今、涙ぐみそうになっていた勝が、今度は胃のあたりをさすりながらしかめっ面になっている。

「また変なのですか？」

一週間程前から、勝は胃の具合がよくないと言っている。痛みというよりも胸焼けと吐き気のようなものが続いているらしく、好きな酒も呑まずにいるほどだから、よほど調子がよくなかったのだろう。そう思っていたら、昨日と一昨日は父上と楽しげに呑んでいたので、てっきりもう治ったのかと思っていた。

「昨日、あんなに呑まなければよかったのに」

勝は「そんなわけにいくか」としかめっ面のままカネを睨みつける。

「女には分からなゃあんだ。男と男が酒を酌み交わす意味ってもんが」

「好きで呑んでいるだけではないですか」

「たぁけ！」

「たぁけって――」

「うるさゃあっ！　大体おまゃあには、人の気持ちってもんが分からなゃあんだ！　女学校でいくら勉強してきたって、そこが分からんことには人間のくずだっ。一体、誰の親に気ぃつかってると思っとるんだっ！」

土手を帰りかけていた村の人たちが振り返るほどの大声を上げて、勝は憤然とした表情でカネとせんを置き去りにし、一人でぐんぐん歩いて行ってしまう。またいつもの短気が始まったと思い、呆れて後ろ姿を眺めている間に、せんの小さな手がカネの着物を引っ張った。

「たーたは？」

「たーたはね、ぽんぽんがイタイイタイなんですって」

せんの手を握り直して、ゆっくりと歩き始める。

「困ったわねえ、たーたは」

「こまったわねえ」

カネの口まねをするせんに、思わず微笑みながらもため息が出る。父上は行ってしまった。これから先は、勝がどんなに短気を起こして、どんな言葉でカネを傷つけようと、泣いて逃げ込む場所はない。そのことを、よくもすぐに思い知らせてくれるものだと思う。だが、それはそれとして、やはり勝の体調が心配だった。何しろ医者もいない、薬局もない土地だ。せんも、カネも時々具合を悪くするが、その度に実に心細い思いをする。

結局それから四、五日しても勝の具合はよくならなかった。いつもなら短気を起こしても割合すぐにけろりとするのに、今回は寝ても覚めても不機嫌なままだ。そうして、ついに自分から兄上のところに行って、常盤が持っている熊胆《くまのい》を分けてもらってきた。

「苦がぁあでいかんわ、これは。キハダも苦がぁあが、いい勝負だ」

熊胆をほんの少し口に含み、すぐに水で飲み下して、勝は思いきり顔をしかめ、さらに苛立ったような顔をしていたが、そのまま這うようにして布団に潜り込むと、やがてすやすやと寝息を立て始めた。ずっと具合が悪かったせいで、夜もあまり眠れていなかったらしい。

「たーた、ねんね」

せんが、眠りこける勝に添い寝するように、自分もころりと寝転がり、まるで母親がするように、勝の身体をぽんぽんと叩き始めた。それでも勝は起きる気配がない。その様子を見ていて、カネはふと、オベリベリに着いた日の晩のことを思い出した。長い旅の果てにようやく出会えたというのに、あのときの勝はおこりにやられていて、夜になると高熱に喘《あえ》ぎ始めた。カネは、ワッデル先生からもらってきたキニーネを、おそるおそる勝に飲ませた。あの時も勝は今のように、寝息を立てて眠りに落ち、その寝顔を見つめながら過ごしたのが、カネにとっての、オベリベリの初めての夜だった。

「うん、だゃあぶ楽になってきた」

翌日、勝は起きてくるなりそう言ったが、それでも本調子には戻っていない様子で、日がな一日、ワッデル先生から送られた本を読んで過ごした。翌日も、その翌日も同じだ。ずい分と雪解けがすすんできたから、本当はぐずぐずしているときではない。それでも、何か言って怒鳴られたくないと思うから、カネはセカチらとひと冬越えた芋を掘り出すために自分だけが日がな一日、畑に出ていた。

「よう、勝さんは、まだ寝てんのかい」

父上が大津へ発ってから一週間以上も過ぎた金曜日、山田勘五郎《かんごろう》さんが訪ねてきた。カネがもう起きていると答えると、勘五郎さんは、実は家の屋根がだいぶ傷んでいるから、勝に屋根葺《ふ》きを手伝って欲しいのだと言う。ずっと、ろくなものも食べずにいた勝が、屋根に上ったりする力が出るものだろうかと心配になったが、そのことを伝えると、勝は急に張り切った表情になった。文机の前から立ち上がり、思い切り大きく伸びをする。

「そんでぁ、明日は勘五郎の家の屋根葺きか！」

「もう、体調はよろしいのですか？」

カネが推し量るようにおずおずと見上げると、勝はにやりと笑って、いきなりカネの腰に両手を回すと、そのままカネを抱き上げようとする。カネは驚いて勝の首にしがみついた。

「だゃあじょうぶだがや！　今すぐ子どもでも作るとするか、うん？」

「あなた――せんが見ています」

すると、勝はカネを下ろして今度はせんを高く抱き上げる。せんが、きゃっきゃと笑い声を上げた。

「なあ、せん！　せんも弟が欲しいな？　妹でもいいか？　うん？　どうだ！」

のびのびと張りのある勝の声と、せんの楽しげな笑い声が混ざって、狭い家の中に溢れかえった。カネは、やれやれ、と密かに安堵のため息をもらした。機嫌さえ良くしてくれていれば、こんなにいい夫はいない。よく働き、子どもを可愛がり、カネが授業を続けることにも協力的だ。短気さえ起こさず、酒も呑みすぎなければ申し分ないのに、そこが何とも残念だ。

たっぷりと休んだ分を取り戻すかのように、勝は再び猛然と働き始めた。よく猟へ行くウレカレップという場所に別荘を建てると言い出して、まず、そこまでの道を整備し始めたかと思えば、芋掘りに汗を流し、また、冬の間に雪で傷んだ村内の家々の修理を手伝う。その間に、宮崎濁卑さんが泊まりに来ることもあれば、また夜通し呑んで話し込む日もあり、翌朝からは馬を曳いて畑のハローがけをするという具合だ。

そんなとき、フシコベツとオトプケのアイヌ世話係を頼めないかという話が、宮崎濁卑さんを通じて持ち込まれた。

「俺が、世話係だと」

話を聞いて帰ってきた勝は顔を上気させ、目をらんらんと輝かせていた。

「俺が最初から言っとったことが、受け入れられたということだがや！　アイヌとはお互いに手を携える関係だ。そのアイヌが飢えずに暮らせるようにすることが、俺たちの使命だと言ってきたことが」

「お引き受けになるのですか？」

今以上に忙《む》しくなっても大丈夫なものかという思いからカネが尋ねると、勝は目をぎょろりと剝いて「当ったり前ゃあだ！」と鼻息を荒くする。

「俺以外に誰がいる。俺がやらなゃあで、他に誰がやるんだっ」

勝は明らかに興奮し、そして、はしゃいで見えた。こうなったら、止めたからといって止まるものではない。


「俺が世話係か。一農民に過ぎない身の上になった俺が」

気がつくと、勝は同じことを一人で呟きながら、顎を前に突き出して、しきりに髭を撫でたりしている。これほどやに下がっている勝を初めて見た。


この人。

アイヌのために働けることはもちろん嬉しいのに違いない。だがそれ以上に、自分の存在が村の外の人にも認められたことが嬉しくてならないのだということが、カネには痛いほど感じられた。いくら天主さまが見守って下さっているとはいっても、やはり外の世界とつながり、渡辺勝という人間がいることを知られたい、畑を耕すばかりでない知恵の使い道を見つけたい、そんな思いが、もしかしたらずっと渦巻いていたのかも知れない。


「そうとなったら、見事にお勤めを果たさなければなりませんね」

催促される前に徳利と湯飲み茶碗とを前に置いてやると、勝は「おっ」と言って、それは旨そうに一杯目の酒を呑んだ。ついこの間まで、今にも死にそうな顔つきで寝込んでいたとも思えない、生き生きとした表情だった。

6

二日後の午後、アイランケが兄上の書き付けを持ってきた。用事があるので、夕方までには行くから勝に待っていて欲しいというものだ。

「わざわざ書き付けまで寄越すとは、何ごとかな」

ちょうど明日から大津へ行くという日だった。首を傾げながら荷造りをして、勝はそのまま待っていたが、兄上はなかなか現れない。次第に日が傾いてきた頃、村の男たちが続々とやってきた。

「何なんだ、みんな揃って」

勝とカネが目を丸くしていると、男たちは銃太郎から集まるようにと言われたのだと口を揃える。

「俺んとこにか？」

「そういうことだったら」

「銃太郎さんとこに住んでる、アイヌの子が来てよう、そう言ってったんだら」

なあ、そうだよなあ、と皆が頷きあっているから、どうやら間違いはない様子だ。

一体、全員を集めてどんな用事があるのだろうかと皆して首を傾げたが、とにかく兄上が現れないことにはどうしようもない。狭い家の中に詰めかけて、誰もが勝手知ったる様子でそれぞれに囲炉裏端や上がり框《かまち》に腰を下ろし、手持ち無沙汰なまま、兄上を待つ格好になった。

「なかなか来ねぇな」

「もうそろそろ、来んだろう」

いきなりこれだけの人数が集まってしまうと、酒を出そうにも量が足りないし、肴も用意しきれない。出せるものといったら、いつものトゥレプ湯くらいのものだ。男たちは、最初のうちはカネが出したトゥレプ湯をすすりながら雑談などしていたが、次第に皆、不審そうな顔つきになっていった。

「遅ぇな」

「何だってんだろうな、人を呼びつけておいて」

外はどんどん暗くなり、ついにランプに火を灯さなければならないくらいになった。一人で待つなら本でも読んでいたいところだろうが、こうも人がいては、それもままならない。勝も手持ち無沙汰の様子でせんを膝にのせているし、カネも気が気ではないまま、黙って夕食の支度をしていた。

「いや、すまんすまん！　遅れてしまった」

外がとっぷり暮れて、男たちがいよいよ痺れを切らしかけた頃、ようやく兄上が現れた。にこにこと笑いながら「いや、出がけに、うちに来ているコレアシがな」と息せき切ったように話し始める。

「見よう見まねでプラウを作ったっていうもんだから――」

「そんなこたぁ、どうでもいいらっ！」

破鐘のような声を響かせたのは山田彦太郎さんだった。男たちの中でも抜きん出て体格がよく、頬骨の高い精悍《せいかん》な顔立ちをした彦太郎さんは、兄上よりも四、五歳上といったところだと思う。決して気性《きしょう》の荒い人ではなかったが、今日は眉根をぎゅっと寄せ、握りこぶしを作って兄上を睨みつけている。

「一体どんだけ待たせたら気が済むらっ」

兄上は一瞬、鼻白んだ表情になり、それでも何か言いかけたとき、彦太郎さんがふん、と鼻を鳴らして立ち上がった。

「コレアシだか何アシだか知んねえが、要するにあんたって人は、いつだってアイヌ、アイヌなんだらな」

「そんなことは――」

「あるだらっ。そりゃあ、言葉もろくすっぽ分かんねえようなアイヌを集めて、ニシパとか呼ばれてお山の大将になってりゃあ、気持ちはいいだら、なあ。だけんど、俺たちにも俺たちの都合ってもんが、あるだら！」

皆が相当に苛立った様子を見せていることに、ここにきて兄上も気づいた様子だった。一瞬、言葉を呑むようにして周囲を見回した後、兄上は皆の気持ちを静めようと、改めて口を開きかけた。そのとき、彦太郎さんはまたしても「えらそうに」と、吐き捨てるように言った。

「どうせ俺たちゃあ、文字もろくすっぽ読めねえ、根っからの水呑《みずのみ》百姓だら。あんたや勝さんみてえに理屈でものなんか考えねえしよ、働けるだけ働いて、おまんま食って、あとはぶっ倒れて寝るだけだ」

「なあ、彦太郎さん、俺はなにも――」

「馬鹿馬鹿しい」

「ちょっと、聞いてくれ。確かに、遅くなったのは俺が悪かった。なあ、皆に申し訳ないことをした。この通りだ」

兄上が深々と頭を下げる。方々からため息が洩れ、中には彦太郎さんの肩を叩いてなだめようとする人もいた。

「まあ、そんじゃあ、お話を聞くとしようか。どうせ、帰ったって他に何の楽しみがあるわけでもねえだら、なあ。口の周りに墨つけた恋女房が待ってるってわけでもねえしな」

カネが、こめかみの辺りにひやりとした感覚を覚えるのと、兄上の「おいっ」という怒声が響くのとが同時だった。

「何だ、その言い方は」

彦太郎さんが、にやりと笑う。

「本当のことだら？　俺ぁ、あれ見るたんびに、こう、首根っこ捕まえて、川に顔突っ込んでよう、洗ってやりたくなるら」

「人の女房に向かって、何ていうことを言うんだっ」

兄上の顔は見る間に青ざめ、握りこぶしが震えている。その一方で、彦太郎さんはますます皮肉っぽい顔つきになっていた。

「謝ってもらいたい！」

「なんでだら。俺ぁ親切ごころで言ってやったんじゃねえか。洗ってやりてえって」

「あれはアイヌの風習だ！」

彦太郎さんが、ふん、と鼻を鳴らした。

「あんなもんは、野蛮人のすることだら」

今度は勝が「おいっ」と声を上げた。

「彦太郎さん、言い過ぎだがや」

彦太郎さんの前に進み出ようとする勝を、兄上が制した。紙のように白い顔になって、目をぎらぎらとさせながら、兄上は彦太郎さんを睨みつけている。

「野蛮人と言ったか」

「おう、言ったがどうした」

「あんた、ずっとそういう目で見てきたのか、アイヌの人たちを」

「違うだらか、ええ？」

「俺たちが、今日までどれくらいあの人たちに助けられてきたか、まさか忘れたとは言わせんぞっ」

小さな家の中に男たちが溢れかえり、その中央で兄上と彦太郎さんとがにらみ合いを続けている。もしもこのまま殴り合いにでもなったらどうしようかとハラハラしながら、カネは人の間をすり抜けて勝に歩み寄り、せんを抱き取った。

「どうなんだ、彦太郎さん！」

「その分、こっちだって世話しとるじゃねえかっ！　鍬の持ち方一つ知らねえような野蛮人にいちいち教えて、煙草でも食いもんでも分けてやってんじゃねえかよ！」

「当たり前のことだ！」

「なあにが、当たり前ぇなんだっ！」

「ここはもともとアイヌの土地なんだぞ！」

家中の空気が怒りに震えているように感じられる。カネはせんを抱きしめて、水屋の片隅に立ち尽くしているより他なかった。こんなに怒っている兄上を、かつて見たことがない。

「――そんなの、知ったことか。俺らはただ、依田の若旦那に連れてこられただけだからな」

兄上は長身だが細身だ。それに対して彦太郎さんは背丈もあれば肩幅などもがっちりしていて広い。その体格で、彦太郎さんはまるで兄上を挑発でもするように、四角い顎を突き出した。

「それに初《しょ》っぱな、ここを拓くことにするって決めたのは、銃太郎さん、あんただろうが」

兄上は唇を嚙んで、ひたすら彦太郎さんを睨みつけている。

「すると、あんた、野蛮人の土地だって分かってて、ここを拓けって言ったのか」

「野蛮人という言い方をするなっ！」

「野蛮人は野蛮人だろうがよ！」

「何だとっ」

ついに兄上が、彦太郎さんの襟首《えりくび》につかみかかった。すかさず勝が二人の間に割って入り、兄上を羽交い締めのようにする。

「やめよう、なあ、やめよう！　もとはと言えば、銃太郎、お前が遅れてきたのが悪いんだがや。みんな、仕事を途中でおっぽり出して来とるんだ」

「だから、それは謝ったじゃないかっ！　そのことと、彦太郎さんの物言いとは関係がない。アイヌに対する侮辱だ、うちの女房に対する侮辱だ！　謝ってもらいたい！」

「誰が謝るか！」

勝に押さえられながらも、兄上がなお彦太郎さんに向かっていこうとするから、勝は「いいから、頭を冷やせ」と言いながら、兄上を引きずるようにして、家の外に連れ出していった。彦太郎さんの方も憤然とした顔のまま、肩で息をしている。

「馬鹿馬鹿しい、俺ぁ帰るら！」

それだけ言うと、彦太郎さんは乱暴に家を出て行った。集まった他の男たちは、どうしたらいいのか分からないといった表情のまま、取り残された格好になった。

「俺、ちょっと行って、話してくるから」

利八が取りなすような言い方をした。

「いや、俺が行こう」

山本初二郎さんが捻《ねじ》り鉢巻きにしていた手ぬぐいを外しながら、利八の肩をぽんぽんと叩いて出ていく。金蔵に勉強を続けさせているように、初二郎さんは、皆の中ではもっとも冷静で、また、ものの道理の分かる人だった。初二郎さんに続くように、他の人たちも皆、何とも気まずい雰囲気のまま、ぞろぞろと帰っていった。後には殺伐とした空気と人数分の湯飲み茶碗だけが残った。カネは、おんぶ紐でせんを負ぶうと、鉛でも詰め込まれたような気持ちのまま、それらの茶碗を水屋に戻し、一つ一つを洗い始めた。

「かーか、まんまは？」

「まんまね。もうちょっと待ってね」

「かーか、まんまは？」

「もうちょっと、もうちょっと」

せんをなだめ、竈に火を入れながら、兄上と彦太郎さんのやり取りを思い出す。

野蛮人。

彦太郎さんは、アイヌをそんな風に見ていたのかと思う。そして、常盤の刺青についても、やはり好奇の目を向けていた。無論、ある程度は予測していたことではある。だが、それを口にしないのが気遣《きづか》いというものだと信じていた。これっぽっちの小さな村で諍《いさか》いを起こし、互いにいがみ合うことが、どれほど醜く益のないことか、誰にだって分かっていると思っていた。

煮物の鍋を囲炉裏に移し、火の具合を調整して、漬物を刻んでいるとき、ようやく勝が戻ってきた。

「兄上は？」

「帰やあった」

「もう、落ち着きましたか？」

勝は大きなため息をつくと口もとを歪めて首を傾げている。

「後を引きずらんとええが――銃太郎は、今日は皆に自分のとこで生まれた子豚を分けてもええと、それを言うつもりだったんだげな」

兄上のところでは豚が順調に増えている。子豚は一頭あたり五円で売れるから、どんどん子が生まれれば、それだけ借金を早く返すことが出来る。だから兄上も勝も豚を飼育することに懸命だったが、これまで畑仕事しか経験していない他の人たちは、なかなか豚を飼おうとしなかった。それで兄上は、とにかく皆が少しずつでも借金を返せるようにと、まずは自分のところで増えた子豚を、希望する家には無償で与えてもいいと申し出るつもりだったという。

「だったら、自分の家に呼べばよかったのに」

「常盤がな」

「常盤さんが？」

「怖がったんだと」

え、とカネは目を瞬いた。

「常盤さん、村の人を怖がってるの？」

勝は腕組みをして、また難しい顔になっている。

「皆というわけでぁにゃあ。ただ、たまに会うと、ものすごくジロジロと見てくる輩《やから》がいるそうだ——見られただけで怖く感じると言ったんだと」

「まさか、それが彦太郎さんとか？」

勝はいや、と首を横に振り、それが誰だかは常盤は話していないらしいと言った。そう、とカネもため息をつくしかなかった。カネにも覚えがあった。この村に来てすぐの頃、マラリアの患者が出たと聞く度にキニーネを抱えて家々を飛び回ったことがある。あの時、何とも薄気味の悪い、なめ回すような目つきで見られたことがあったのだ。いくら「まさか」と思っても、こんな蘆の原ばかりの土地だから、どこかに連れ込まれて犯されないとも限らないと想像して身震いをした。おそらく、常盤も同じ思いをしたのだろう。ましてや常盤はアイヌだった。村の女たちは、もう彼女に慣れているが、男たちは未だに好奇の目を向けているのに違いない。

「そんでも、このまんまじゃしこりが残るわな」

「今、初二郎さんが、彦太郎さんのところに行ってます」

「こういうことは、出来るだけ早いとこ和睦させるのが一番だがゃあ。ほんでも俺は明日、朝が早ぁし」

「きっと、初二郎さんがうまくやって下さると思いますから。私も明日になったら一度、初二郎さんのところに行ってみます」

「かーか、まんま！」

せんが、背中から大きな声を上げた。勝も我に返ったように囲炉裏端にあぐらをかく。何とも落ち着かない気持ちのまま、それでも今日も一日が終わることを天主さまに感謝して、カネたちはいつもの貧しい食卓についた。

翌日は生憎《あいにく》雨降りになったが、勝は予定通り、早朝には大津へ向けて出かけていった。昨年の収穫の頃、自分も一度大津へ行きたいと言っていたことを思い出しながら、カネはせんを負ぶって勝を見送った。

行かれない。どこへも。

この広い広い牢獄で、ただ働くしかない。とぼとぼと戻りかけ、思いついて初二郎さんの家に向かう。すると初二郎さんは、もう菅笠《すげがさ》に蓑《みの》を被って畑に出ていた。

「ひと仕事終えたら、彦太郎を連れて銃太郎さんのとこに行くつもりだら」

初二郎さんは、カネの顔を見るなり用件を察したように頷く。

「昨日のあれは、彦太郎の言い過ぎだ。昨日もあれから懇々《こんこん》と言って聞かせたら、しまいにぁ本人も『悪かった』って言ってな。だから先生、そう心配しなくていいよ」

幸い今日はこんな天気だから、仕事の邪魔になるとも言わないだろうと初二郎さんは落ち着いた表情で頷く。カネは、深々と頭を下げた。

「もとはと言えば、兄があんなに遅れたのが悪いんですから」

「先生が気にすることじゃねえら」

初二郎さんは、カネが何度「やめてください」と頼んでも、カネのことを先生と呼ぶ。金蔵が習いに来ているのだから仕方がないといえばそうなのだが、カネにしてみればくすぐったい呼ばれ方だった。

その日の夜、兄上が常盤と二人でやってきた。勝もいないことだし、夕食を一緒にとろうと言う兄上は、もう普段の兄上に戻っていた。文机の上の本に気がつくと、「へえ」と言いながら、勝の本をぱらぱらと読み始める表情も静かで穏やかなものだ。

「彦太郎さんと仲直りは出来たの？」

水屋に立ちながらそっと囁《ささや》くと、常盤は微笑みながら小さく頷いた。喧嘩の原因は、彼女は知らないに違いない。だが、これから先も、村の誰かから心ない言葉が吐かれ、それを常盤自身が耳にしないとも限らない。常盤も、兄上も傷つくことになる。カネは義姉妹《しまい》になった自分が、今後はさらに気をつけて彼女を支えていかなければならないのだと、改めて自分に言い聞かせていた。

第七章

1

宮崎濁卑さんから正式にアイヌ農業世話係を引き継いだ勝は、それ以来、毎日のようにフシコベツとオトプケに通うようになり、一日ずっとオベリベリにいるということが、ほとんどなくなった。

「その分、おまゃあさんらに頑張ってもらわんとな」

勝はアンノイノらセカチにはっぱをかけて、毎日のように「頼むぞ」と彼らの背を叩き、意気揚々と出かけていく。ハロー掛けに使っていないときには馬に乗って行くこともあった。自然、カネが畑に出る時間が増えることになる。頼りになるのはセカチらだ。だが、手綱を引く者がいなくなると、彼らはすぐに気を散らして仕事に身が入らなくなる。どうにかして飽きずに一つの仕事を続けさせるためには、何かにつけて彼らをほめるだけでなく、とにかく美味しい食事を提供するのが一番だった。カネは、いつでも大鍋一杯の粥を炊き、おかずも野菜の煮物ばかりでなく、日によって鮭、山菜、干し肉、きのこなどを加えて、味付けも可能な限り工夫した。

折しも種まきの季節だった。エンドウ豆、夏イモ、カブ、カキナ、夏大根、仙台《せんだい》カブ、キャベツ。土を起こして畦《あぜ》を立てた畑に、次から次へと種を蒔く。種まきが終われば馬のための草を刈り、また次の畑を耕す。そういう毎日を過ごしていたら、あるとき利八が転がるようにしてやってきた。

「泥棒だらっ、泥棒がとっ捕まった！」

たった今、山田勘五郎さんの息子の広吉《こうきち》と山田彦太郎さんとが二人がかりで捕まえたところだと、利八は息を切らしながら彼らの家の方を指さす。例によって勝のいないときだった。

「泥棒って、誰のこと」

カネが首を傾げると、利八は「よそもんだら」と、じれったそうに地団駄を踏むような格好をした。

「よそから来た人？　こんなところに？」

カネは半信半疑のまま、それでも利八が手招きをするから、せんの手を引いて畑の中を歩き始めた。

「奥さん、泥棒って？」

アンノイノが後ろから話しかけてきた。振り返ると、ペチャントへと一緒になって、ついてくる気らしい。カネは「えーとね」と首を捻った。盗むというアイヌ語は教わった記憶がある。

「イッカ――」

するとペチャントへが「イッカ?」とアンノイノの隣で濃い眉の下の目を、大きく見開いた。

「イッカクルか?」

「あ、そうね。イッカクル」

イッカは盗む、クルは人。それを合わせせると泥棒になるのかと納得しながらカネが頷いている間に、ペチャントへは興奮した様子で「イッカクル!」と声を上げ、カネを追い越して利八の後を追っていく。せんが「イックク―」と真似をした。カネも一緒になって「イッカクル」と頭に刻み込むように繰り返しながら、彼らについていった。アイヌとのつきあいが長くなるにつれ、カネの方でもアイヌ語をずい分と覚えてきた。女学校時代も英語の勉強が好きだったし、きっと知らない言葉を学ぶことが好きなのだと思う。少しずつでも彼らの言葉を覚え、その言葉でやり取りできるようになることが、カネにとっては楽しみにもなっていた。

せんと歩いていくと、やがて、ちょうど依田さんの家の前辺りに小さな人だかりが出来ているのが見えてきた。利八が「ほら」と言うように、立ち止まって手招きをしている。ペチャントへはもう人だかりの中だ。近づくにつれ、男たちの隙間から、荒縄で縛られ、うなだれたまま地べたにへたり込んでいる男の姿が見えた。すぐそばには見覚えのないセカチが立っている。

「泥棒だなんて——本当ですか？」

誰にともなく尋ねると、山田広吉が、そばに立つセカチを顎で指し示して、彼がメムロプトから追ってきたのだと教えてくれた。何でも、そのセカチが外から戻ったら、この男が家族の服を何枚も着込んだ格好で、鍋に手を突っ込んで飯を食らっていたのだという。そして、セカチに気づくと着ていた服を全部脱ぎ捨てて、猛然と逃げ出したのだそうだ。そのとき、もう片方の手には小刀であるマキリが握られていたし、首には、いくつもの首飾りがかかっていたと、セカチは懐から奪い返した品々を取り出して見せた。

「これは、俺の家族のものだ。こっちは違う家の」

広吉の父親の勘五郎さんが、大きなため息をつきながら男のそばに屈み込む。

「そんで、おめえ、名は何というだら」

「——言ったら放してくれんのかよう」

男から、弱々しげな声が聞かれた。勘五郎さんは皆を見回した後、改めて男と向き合う。

「とにかく、聞かせろや。名前も名乗らねえような野郎にゃあ、この村にいる限り、飯の一粒だって食わしてやんねえぞ。よう、何てえ名だら」

「俺ぁ――越後国《えちご》の岩野権三《いわのごんぞう》ってもんだ」

村の人たちは口々に「越後国」と呟いて顔を見合わせている。

「越後って、どこだら」

「馬鹿、越中《えっちゅう》の隣だら」

岩野権三と名乗った男は、それまで力尽きたようにがっくりとうなだれていた顔をわずかに上げた。目は落ちくぼみ、頬骨が目立っていて、ひどく貧相な顔をしていた。年の頃は三十歳前後というところだろうか、日焼けなのか垢じみているのか分からない色の肌をして、男は絶望的な瞳で自分を取り巻く人々を見上げている。

「越後国のもんが、何だってこんなとこにいるだ」

「――去年、広尾《ひろお》に、開拓に入ってよ」

村の人たちは、また顔を見合わせている。

「広尾だってよ」

「広尾ねえ」

それから男は勘五郎さんに問われるままに、ちょうど一年前、その広尾に開拓に入ったものの、何一つとしてまともに収穫出来ず、秋には入植地を捨てたのだと語った。その後は着の身着のまま、大津や白糠《しらぬか》などをさすらってきたという。カネは男を見ながら、吉沢竹二郎のことを思い出していた。竹二郎だけではない、池野登一《いけのといち》や、進士五郎右衛門《しんしごろうえもん》のことも思い出す。共に開拓に入ったのに村を出ていったそれらの人たちは、今ごろどこに落ち着いているのだろう。見知らぬ土地をさまよい、どこかで、この男のように食い詰めて罪を犯してはいないだろうか。

「頼む――見逃してくれ――」

男は呻くような声で懇願し、またうなだれる。

「もうやんねえから――ほんの出来心ってやつなんだ。それに、相手は土人じゃねえかよう、どうってこたぁねえ。和人のものは盗らねえ、約束するよう」

「土人も和人もあるかっ」

勘五郎さんが破鐘のような声を響かせた。

「信用できねえら。開拓に入って半年と続かなかったような奴は」

彦太郎さんも吐き捨てるように言った。

「そんなこっちゃあ、何したって、やってけるわけねえだら。俺たちが何年かかって、ようやっとここまで来たか、分かるかっ」

初二郎さんもそう言って、それから村の男たちは、この逃亡者の扱いについて相談し始めた。自分たちに実害がなかったのだから、そのまま逃がしてもいいのではないかという意見もあるにはあったが、それでは示しがつかないと、大方のものが首を横に振った。

「第一、俺たちで勝手に決めて、それが間違ってたりしたら、また銃太郎さんか勝さんから怒られるら」

「あの人らは規則が好きだもんで、規則通りにしなきゃならんって、きっと言うに違げえねえ」

「規則って？」

「やっぱ、お上に突き出すことだらな」

「警察か」

結局、誰かが大津の警察に知らせて、この岩野権三という男を引き取りに来てもらうか、または大津まで連れていくしかないということになった。この頃ではさほど間を置かずにオベリベリと大津との間では舟が行き来している。今日明日にも、大津からの舟が着いてもおかしくない頃だった。

「先生、勝さんは夜には戻るんだらなあ？」

初二郎さんに聞かれて、カネは「はい」と頷いた。

「今日もフシコベツに行っていて」

「銃太郎さんは、どうしたんだら」

「あの、主人はシブサラです」

皆の輪のいちばん隅っこに、いつの間にか加わっていた常盤が、おずおずと答えた。人々は一斉に常盤の方を振り返り、ふうんと頷いて、それなら、とにかく勝か兄上が戻ってくるまでは、この男をしっかり縄で縛って、晩成社の事務所にでもつないでおくことにしようと決めた。

「飢え死にしねえかな」

「盗みに入った先で何か食らってたんだら？　そんなら水だけでいいら。人間そう簡単に死にゃあしねえ」

最後に山田勘五郎さんが言って、人々はまた自分たちの畑に戻っていく。この辺りが小さな村のちょうど中央部だ。カネの家は東の端にあり、兄上の家は西の端にある。常盤と少しくらい話したいとも思ったが、戻る方向は正反対だった。それに、お互いに家の主人が外へ出ているのだから余計に茶飲み話などしている暇はない。カネが常盤に「またね」と手を振ると、せんが「ときあちゃーん」と声を上げた。

「ときあちゃーん、またねー」

常盤は嬉しそうに微笑んで、軽く頭を下げてから一人足早に戻っていく。その後ろ姿はどこか毅然としていて、ある種の緊張感のようなものが感じられた。常盤は今でも、この村の男たちに対する警戒心を解いていないのに違いないと、その後ろ姿を見ていて思う。それでも、兄上がいないときにもこうして声をかけられれば出てくるのは、彼女が少しでも村の人たちに溶け込もうとしている証拠だ。

「こんな場所に、泥棒とはなあ」

帰り道、利八が半ば感心したように呟いた。

「俺ぁ、伊豆でだって見たこたあねえら」

「私も初めて見たわ。泥棒で捕まった人なんて」

「こんな村に来たって、盗ってくようなもんなんて、何ひとつねえのになあ」

「本当だわ——それはそうと、きよさんの様子はどう？」

カネがふと思い出して尋ねると、利八は、ここのところようやく落ち着いたようだと頷く。きよは二人目の子を身ごもっていた。だが悪阻《つわり》がひどいという話で、彼女にしては珍しく、このところカネのところにも顔を出さなかったからだ。

「女房が具合の悪いときに泥棒になんか押し入られたら、たまったもんじゃねえ。腹ん子だって、おったまげるに違えねえら」

「本当ね」

「けど、これで監獄にでも入りゃあ、あの男も、かえって飯にはありつけるってもんじゃねえか？」

なるほど、当てもなく各地をさまようよりは、その方がいいのかも知れないと、カネも考えた。この土地で、いつまでも放浪など続けられるものではない。やがて冬が来れば、今度こそ凍え死ぬか行き倒れになるかも知れないのだ。それならば今のうちに牢屋に入って罪を償《つぐな》って、新しい道を探る方がいい。

その晩、帰ってきた勝に昼間の出来事を話すと、勝は取りあえず罪人の様子を見にいった。

「メムロプトのセカチが見張っとったがや。今度の舟で、自分も一緒に大津へ行くと言っとった」

勝も「泥棒なあ」と、やはり驚いた顔になっている。これまでアイヌの他はヤマニなどの行商人か、数人の役人以外、外から誰か来ることなどまずなかっただけに、犯罪とも無縁だったし、カネたちも「用心」などという言葉はすっかり忘れていた。これからは、少しばかり気をつけるようにしなければいけないなどと話し合っていると、翌日になって、今度は越中の斉藤重蔵《さいとうじゅうぞう》と名乗る人物が村に現れた。

「この村に住むのには、誰の許しを得てどうすりゃあいいか、聞きてえんだって」

知らせてきたのは、山本金蔵の弟の新五郎だ。金蔵と一緒にカネのところに勉強に来ているから、いかにも勝手知ったる様子で「せんせー」と言いながら、小屋の戸口に立った。

「ほんなら、会ってくるか」

そのときは勝がいたから、勝がまず斉藤という人に会うことになった。そして、昨日捕まった泥棒がひと晩過ごした晩成社の事務所で話を聞き、あっという間に彼を受け入れることに決めて帰ってきた。理由などないに等しい。ただ、この村には一人でも多くの人が必要だということからだ。

「まずはしばらくの間、うちの畑を手伝いながらでも、ここでの暮らしと仕事を見てもらうことにしたわ。そんでな、斉藤くんは、カネ、おまゃあに勉強を教わりたゃあと言っとったがや」

勝の決断の早さにも驚いたが、その申し出に、カネはもっと驚いた。

「いくつくらいの方なんですか」

「二十六になるげな。カネの話をしたら、どえらゃあ喜んでな。自分は無学文盲のまま今日まで来てまったもんで、いつもそれで苦労してきたんだと。まさか、こんなとこに来て勉学に触れることが出来ようとは思ってもなゃあことだったと言って、是非にも生徒にしてちょうだゃあと、こういうことだ。どっか空いとる小屋に住めゃあええと言っとるが、とにかく荷を解いて落ち着いたら、すぐにでも来たゃあと言っとったもんで」

そういうことなら、喜んで新しい生徒を受け入れたかった。昨日は泥棒、今日は新しい入植者で、なおかつ生徒。何となく、本当に新しい風が吹き始めたような感じがする。

そして実際、斉藤重蔵という人は、その二日後からは畑を手伝うようになり、また、夜はカネの教室にやってきて、読み書きを習い始めた。もっさりした風貌の重蔵さんは、実際の年齢より幾分老けて見えたから、下手をするとカネどころか勝よりも年上のような雰囲気だったが、それでも緊張した面持ちで、カネに合わせて「あいうえお」などと呟きながら石盤に文字を書き連ねていく姿は初々《ういうい》しいものがあった。金蔵と新五郎の兄弟や彦太郎さんの息子の健治《けんじ》と扶治郎《ふちろう》、そしてアイヌの子どもらが珍しそうに、そんな重蔵さんを眺めていた。

「はい、よそ見はしないでね。皆それぞれに、自分のお勉強をしましょう」

カネが注意すると、子どもらはぱっと顔を伏せる。重蔵さんは耳まで赤くして、それでも真剣そのものだった。

「あの人が、この村に馴染んでくれるといいですね」

翌日、夜明け前から起き出してひと仕事終えた後、カネが少しは重蔵さんの話をしたいと思っても、勝は慌ただしく粥をかき込みながら、ただ、うん、うん、と生返事をするばかりで、まるで真剣に話を聞く様子がない。少しでも早くフシコベツに行きたいのだ。

「よし、そんなら、行ってくるでよ」

「そんなに急ぐと、また胃を悪くしますよ」

「だゃあじょうぶだっ。銃太郎はシブサラで汗を流しとる。俺も負けとれんがや」

こうなると、カネが何を言ったって聞くものではない。まるで、自分が一日でも行かなければ、フシコベツのアイヌが農作業を放り出して、せっかく拓いた畑も最初の原野に戻ってしまうとでも思っているかのようにさえ見えた。

それから十日もしないうちに、今度は浦河《うらかわ》郡の役場から小野彦四郎《おのひこしろう》という丈量員《じょうりょう》がやってきて、オベリベリの土地を正式に測量していくということがあった。これはいよいよ本当に空気が動き出したのではないかとカネは気持ちが浮き立つのを感じた。

「役場さえ動いてくれたら、オベリベリの開拓は飛躍的に進むぞ」

何日か置きに顔を出す兄上も張り切った様子で、その小野さんという人をシカリベツの漁場に案内したり、またオチルシ山まで連れていって、山の上からオベリベリの位置を測るのを手伝ったという話をしていった。依田さんは大津にいるかオイカマナイかのどちらかで、このところオベリベリには帰ってこない。こうなると、対外的なこともこなさなければならないのは兄上と勝の役割ということになる。

「これからは間違がやあなく人の出入りも多なるな」

授業のない晩、一人で茶碗酒を傾けながら、勝は考えをまとめるように口を開くことがあった。

「そうなれば、頼ってくるのは最初っからここにおる、俺らということになるがや。ほんなら、そういう人らを、まずは泊めたれる場所を用意せんことにはな」

「泊めてあげる場所？」

旅館でも始めるというのだろうか。ただでさえ忙しくなってきたというのに、何ということを言い出すのかと、カネは内心ひやりとしながら勝の顔に見入った。勝は相変わらず何か考える顔つきのまま、うん、うん、と一人で頷いていたが、やがて、家の裏にもう一軒、来客専用の小屋を建てようと言った。

「それが出来れば、誰が来たって、そこに泊まってもらやあええがや。客がおらんときにはセカチらが泊まったってええわけだから、そういう場所があれば皆、安心するに違がやあなやあ」

確かに、それはそうだった。この家は狭すぎて、しかもせんがいるから落ち着かない。誰かが泊まっていくことがあっても家族に混ざって雑魚寝《ざこね》のような格好しかないし、とてもくつろいでもらえる環境ではなかった。納屋は納屋で、夜はどんな生き物が入ってくるか分からない上に、年がら年中ネズミが駆け回るし、とても落ち着いて寝られるような状態ではない。もしもそういう建物が新しく出来れば、カネだって自分たちの生活を何もかも見知らぬ他人にまでさらす必要はなくなるだろう。相手にだって、余計な気兼ねをさせずに済む。

「よし、そんなら種まきが一段落したら、建てるとするか」

六月に入り、勝は本当に別棟として「臨水亭《りんすいてい》」と名付けた家を建て始めた。家といったって、簡素この上もない小屋だ。アンノイノやシトカン、そして重蔵さんも手伝ってくれて、作業は面白いほどはかどった。

「これで、おまぁあらも帰りが遅くなった日や、急に天気が悪《わる》なったときでも、泊まれる場所が出来たもんだでね」

屋根を葺き終えたところで勝がセカチらを労いながら言ってやると、彼らは「俺らも泊まっていいのか」と、それは嬉しそうな顔をしていた。いちばん最初に、勝がオベリベリに来たときには、まずアイヌから買い受けた小屋から始まった。それから次々に新しい小屋を建てては古いものを納屋にしていって、ついに「臨水亭」までが出来た。粗末な建物ばかりだが、それでも数を増やしていくことは、そのままこの土地での年月を物語り、また、わずかずつでも暮らし向きが落ち着いてきていることの証しに見えた。これは何もカネたちの家に限ったことでなく、村の人たち皆が次々にそうして小屋を増やしているから、遠くから眺めると、オベリベリは以前とは見違えるほど、賑やかに見えるようになった。

六月九日にはせんが満二歳の誕生日を迎えた。昨年の今日は父上もいて、皆で誕生日を祝ったが、その父上も今年は大津に行ったきりだ。カネは酒餅を作り、兄上や利八の家だけでなくアンノイノらにも餅を配って、ささやかにせんの誕生日を祝った。この頃ずい分と喋るようになってきたせんは、今やセカチらの人気者で、彼らは代わる代わるせんと遊んだり、話しかけたりしてくれる。

「せんちゃん、早く大きくなろうな」

「おっちくなるう」

「せん、もう少ししたら俺が草摘みに連れてってやるよ」

「大きくなったら、せん、俺が木登りを教えてやる」

何を言われても、うん、うん、と、よろけるほど大きく頷くせんに、誰もが笑いを誘われた。この子が学校に行く年齢になるまでに、本当に何とかしてこの村が整備され、今のような張りぼての賑わいではなく、本物の賑わいを持ってくれることを、カネとしては祈るばかりだった。

2

依田さんが帰ってきたのは、その数日後のことだ。日も暮れかけた頃、利八が依田さんの腕を抱えるようにして現れたときには、カネは一瞬、誰が来たのかと我が目を疑った。

「――どうしたんですか」

「銃太郎さんとこにいたんだら。もう、びしょ濡れでよう、真っ白な顔してガタガタ震えながらやって来たんだってよ。だもんで、銃太郎さんが風呂沸かして入れてやって、卵酒も呑ませたらしいら」

利八が囲炉裏端に座らせてやると、依田さんはふうう、と長い息を吐き、疲れ果てたように背を丸める。いつもなら小柄な身体を反っくり返らせて、何とかして人を見下ろそうとするのに、そんな依田さんばかり見てきたカネの目に、その姿は思った以上に小さく、また、ひどく弱々しく見えた。

「どこか、お具合が悪いのですか」

「――腹を、下した」

「何か、悪いものでも召し上がった？」

いや、と低く呟きながら、依田さんはもう立ち上がって「ご不浄」と言いながら外へ出て行く。その足取りもふらふらと頼りないものだ。

「トシペップトから歩いてきたんだと」

その後ろ姿を見送ってから、利八がやれやれというように肩をすくめる。

「何日か前から浦幌《うらほろ》まで行って、馬を見てきたらしいら。そっから川上《かわかみ》に行って、ヤツカビラだら、で、トシペップト」

「ずっと一人で歩いていらしたの？」

「途中までは誰かと一緒だったみてえだけどな。このところの雨のせいで地面がぬかるんでひでぇことになってたもんで、水かさは多くなってたけど、かえって川に入って歩いた方が早いと思ったらしいわ」

「川の中を歩いてきたの？　ずっと？」

「そんで、すっかり身体を冷やしたんだら」

カネは「そう」と頷きながら、さてどうしたものかと考え始めた。とにもかくにも、下痢《げり》を止めなければならない。それに、見たところ疲れきっている様子だった。それなら身体を温めて休ませることだが、依田さんの家には誰もいない。長い間ほとんど使っていないのだから、埃だって溜まっているだろうし、布団は湿気《しけ》り、部屋は隅々まで冷えきっているに違いなかった。とてもではないが、病人が安心して身体を休められる状態とは言えない。

「兄上のところでは、ゲンノショウコは飲んだのかしら」

利八は「卵酒だけでねえだらか」と首を傾げる。下痢が止まらないのなら、何はともあれゲンノショウコを煎じて飲ませるのがいちばんだ。それからトゥレプの粥がいいだろう。

「――少し、横にならしてくれ」

しばらくして戻ってきた依田さんは、やはり前屈みの姿勢で、よろよろと頼りなく土間から上がり込むと、そのまま肩で息をするように囲炉裏端にうずくまった。カネは、利八が帰っていった後ですぐに奥の間に布団を敷いた。せんを産むときに勝がこしらえてくれた、狭い空間だ。

「その服は、乾いているのですか」

「——まあ、大体」

「大体ではいけません。主人のものを出しますから、着替えてください。それから横になって下さいね」

勝の下着や寝間着を出してやり、布団の上に置いて、カネは「奥にどうぞ」と声をかけた。依田さんは、やっというように立ち上がり、そのままの姿勢で奥の間へ向かう。そろそろ勝が帰ってくる頃だった。カネは食事の支度の傍らで、依田さんのためにゲンノショウコを煎じ、また、トゥレプの粥を作り始めた。アイヌの人たちは、トゥレプもまた下痢に効き目があると言っている。

それからしばらくして、外から「おーい、飯だぁ、腹ぁ減ったぞぉっ！」という勝の声が響いてきた。最近の勝は、機嫌がいいときはいつもこんな風に外から大きな声を出す。すると、せんが「たーただ！」とはしゃいだ声を上げて迎えに出るのを知っているからだ。

「ああ、今日もよう働いたがや。どうだ、せん、いい子にしとったか」

意気揚々と帰ってきて、まずせんの頭を撫でている勝に、カネは慌てて「あなた」と声をひそめながら、奥で依田さんが休んでいることを伝えた。

「依田くんが？　そんで？」

「横になりたいって言うから、着替えを出して、奥で休んでもらいました。今、お薬を煎じているところ」

勝は、奥の間の方をうかがうような仕草を見せてから小さく頷き、依田さんを気遣うように静かに手足を洗うと、そっと囲炉裏端に腰を下ろす。

「たまに戻ってきたと思ったら、具合が悪いんじゃああなあ。そんでぁ、酒に誘うどころじゃにゃあな」

「そうですとも。紙みたいに白い顔をしてたもの。何でも、ずっと川の中を歩いてきたみたい」

「何でそんな無茶なことしたんだがゃあ」

ふうん、と頷いて、勝は一人で晩酌を始める。待ち構えていたせんが、その膝に上った。この頃のせんは、勝の酒の肴に作っている和え物などを、ほんの少し口に入れてもらうのが嬉しくてならないのだ。勝も面白がって、せんの小さな口もとに、いくらの粒など入れてやって、せんがどんな顔をするかを見て笑っている。

「依田さん、お薬飲んで下さいな」

ゲンノショウコを煎じたところで依田さんのところに持って行くと、依田さんは着ていた服を脱ぎ散らしたまま、布団の中で身体を丸めていた。まだ腹が痛むのかも知れない。

「じきに効いてくると思いますから」

人肌に冷ました湯飲み茶碗を差し出してやる。依田さんは、何も言わずに茶碗を受け取り、ごくごくと喉を鳴らして薬を飲んだ。

「いま、トゥレプのお粥も炊いていますからね」

「──食えねえら」

「そんなこと言わないで、ひと口でも召し上がらないと。お熱は、どうですか？」

「熱は──出とらんと思う」

「きっと無理をなさったから。出来たら持ってきますから、それまでもう少し、休んでいて下さいね」

立ち上がって障子戸を閉めようとするときには、依田さんはもう布団に潜り込んでいた。小山のような布団の膨らみは、それだけでも勝のものとは違って見えて、布団からはみ出しているぼさぼさに乱れた髪も妙に病人臭く、哀れに感じられた。カネは、そっと床に膝をついて、脱ぎ散らされていた衣類を引き寄せた。今夜のうちに洗っておけば、明日中には乾くはずだ。明るいところで改めて見てみると、依田さんは手甲、脚絆をつけていたというのに、ズボンもシャツも泥はねだらけで草のシミなどもついており、かぎ裂きの破れもあるし、シャツはボタンが二つも取れて、袖のつけ根にも袖口にも綻《ほころ》びが見えた。

何かと不自由している。

一人なのだから当たり前だ。しかも、もともとの育ちからして、身の回りのことは人任せにしてきた人に違いない。自分だけでは行き届かないのも無理はなかった。それなのに、どこへでも好きに飛び回っているように見えながら、これほど具合を悪くしても待っている人一人いない暮らしが、初めて気の毒に思えた。

ゲンノショウコが効いたらしく、下痢の症状はすぐに治まった様子だったが、結局、依田さんは次の日も一日中、眠りっぱなしだった。翌々日になって勝がフシコベツに出かけていった後、ようやく布団から抜け出して、顔を洗ってから、自分の服がきれいに洗われ、また繕《つくろ》われていることに気づいたとき、依田さんは初めてカネに頭を下げた。

「――色々、世話になった」

こざっぱりした様子になり、顔色も戻った依田さんは、カネが作った温かい粥を食べながら、ぽつり、ぽつりと、自分の日常について語り始めた。オイカマナイの開拓ももちろんだが、何しろ役場へ提出する嘆願書や書類を書かなければならない手間が多いのだという。また、役場の人たちの作成した図面などを書き写させてもらうのも、かなり時間のかかる作業だということだった。さらに最近では、十勝地方を回ってくる役人が増えてきたことから、それらの機会を逃してなるものかと、少しでも情報を得ればありとあらゆる人たちに面談を申し込み、あるいは視察先で待ち構えて、オイカマナイの農場を見てくれるようにと懇願しては案内しているのだそうだ。オイカマナイでは文三郎さんと、山田喜平と共に、牛の好む草などを工夫して試しながら、一方で田畑も拓き始めていると、依田さんは語った。

「お役人さんには、オイカマナイはもちろんだが、このオベリベリに足を向けてもらわねばなんねえ。じかに見てもらわねえことには、分かんねえからな。その嘆願も、誰か来るたんびにしとるら」

依田さんは沢庵を一切れ口に放り込み、こり、こり、と音を立てながら、天を仰ぐような格好になってため息をつく。

「まるっきり、コメツキバッタだ。お役人さんを追いかけて、役場、舟着場、宿、どこへでも出かけていっては、平身低頭お願いして回っとる。きりがねえぐらいに」

この依田さんが、コメツキバッタほど頭を下げている様子など、容易に想像がつかなかった。

「――そんなご苦労があるのですか」

実際に身体を動かし、汗を流して農民たちを引っ張っているのは勝や兄上で、依田さんはといえば、せいぜい必要なものを内地から買い付けてきたら、あとは行き当たりばったりのことをしているのではないかと、そんな風にばかり思っていた。依田さんには依田さんなりの苦労があることを、カネは初めて知った。

「まあ、俺には責任があるから」

依田さんの肩書は晩成社の副社長だ。たとえ社長は伊豆にいる親戚であり、いちばん実権を握っているのがお兄さんだとしても、この土地にいて会社を率いている実質的な責任者に他ならなかった。ただ算盤を弾いて、みんなの借金や利息の計算をしているだけでは済まない、他にも副社長としての職務と責任があるらしいことを、どうしてそれほど考えなかったのだろうかと、カネは密かに自分を恥じた。この人を、少しばかり誤解していたかも知れない。

「色々と、気をつかうこともおありなんでしょうね」

「普通、気をつかって痛めるのは、胃の腑の方なんだがな。今度ばかりは、胃袋より腸が気をつかったんだらか」

腸が気をつかうってと、カネは一瞬まじまじと依田さんの顔を見てから、どうやら冗談を言ったらしいと気がついて、つい小さく笑った。すると依田さんは奇妙な形に口もとを歪めて、ちらりとこちらを見、すっと真顔に戻ろうとする。それが笑いと照れ隠しだと気づくまでにも、また間があいて、カネは今度こそ本当に笑ってしまった。そんなカネをちらりと見ては目を伏せて、依田さんは、何となく満足げな顔をしている。

この人は。

どうやらカネが思っていた以上に不器用なのだ。たしかに勝からもそう聞いていたとは思うが、これほどだとは思わなかった。不遜で、傲岸で、決して人の言うことを聞かず、頑迷な上に計算高く、融通《ゆうずう》が利かない割に一方ではちゃっかり女を作ったりする、そういう人なのだとばかり思っていた。

「はい、おかわりどうぞ」

頃合いを見計らって手を差し出すと、依田さんは、また何とも言えず気後れした顔つきのまま、黙って空になった椀を差し出してきた。

「――うまいなあ」

勝など、この頃はそんなことを言ったことさえないのに、依田さんは妙にしみじみとした表情で、うまい、うまいと繰り返した。そして、食事が済むと誰が待っているわけでもない、自分の家へと帰っていった。

天主さま。依田さんをお守り下さい。そしてリクさんが一日も早く戻ってきてくれますように。あの方は、一人では無理な方なのです。そばにいて、支える人がいなければ。きっといつも精一杯、気を張って、虚勢を張って、副社長さんをやっているのです。

その晩、カネは初めて依田さんのために天主さまに祈った。あの人がしっかりしてくれなければ、勝と兄上とのチームは壊れてしまう。そのことを依田さん本人にも、是非とも強く感じてほしかった。

依田さんはオベリベリにいる間、勝や兄上たちの畑を見て回り、カネのところに来ているセカチらを借りて自分の畑の草を刈り、また、兄上とは札内川《さつない》までの測量などもしたということだった。そうして四、五日も過ごしていたかと思ったら、もう大津へ行ってしまった。

「何だ、一度もゆっくり呑めんかったなあ」

本当ならフシコベツやオトプケにも行って、実際に見てもらいたかったと勝はひどく残念そうにしていた。

それから間もなくして、栂野四方吉《つがのよもきち》さんに代わってアイヌの保護授産責任者となった松元兼茂《まつもとかねしげ》さんという人がやってきた。

「おまやあさんが、うちの『臨水亭』に泊まる最初のお客さんだがや！」

どこかおっかなびっくりに見える松元さんを誰よりも歓迎したのは勝だ。農業世話係としての気負いのようなものもあるのだろう、勝は松元さんを完成間もない「臨水亭」に案内し、カネに料理を運び込ませて、夜更けまで語り合って過ごした。カネにしてみれば、来客があろうと勝が呑んでいようと、これで夜の授業に差し障りが出る心配もないと思うと、「臨水亭」は思った以上に有り難い存在だった。

「おーい、そこのメノコ！」

次第に夏らしくなっていく中で、アットゥシの上からせんを負ぶってカネが畑仕事をしていたある日、聞き慣れない男の声が響いた。腰を伸ばすと、見慣れない男がこちらを見ている。

「メノコは、イタク、エラマン？　よう、おめえは和人の言葉は喋れるかって聞いてんだよ」

カネは改めて男の方に向き直った。ほつれ毛が汗で額にも、首筋にも張りついているのを感じる。畑仕事ばかりしているときに、髪のことなどそうそう気にしてはいられないから、ここしばらくはきちんと髷に結うこともせず、ただ元結いで簡単に結び、あとは手ぬぐいを被っているだけという有り様だ。しかもアットゥシを着ているのだから、アイヌと間違われても無理もないかも知れなかった。

「何だ、分かんねえのかよ」

そばにいる馬に、何やらたくさんの荷を背負わせている男は、上着のポケットからマッチの箱を取り出して、それをカネに向かって振り始めた。

「よう、毛皮はねえか。うん？　あれば、これと取り替えてやるぜ。分かるか、これはマッチだ。マ、ッ、チ。必要だろう？　チロンヌプ、ユク、キムンカムイ、あったら取り替えてやる。どうだ、ええ？」

カネがじっと見つめていると、男は焦れったそうな表情になり、今度は身振りを交えて、チロンヌプ、つまりキツネの皮なら十枚、鹿なら五枚、熊なら一枚と、そのマッチとを取り替えると言った。カネは小首を傾げた。

「そのマッチひと箱にしか、ならないのですか？」

すると、薄笑いを浮かべていた男はぎょっとした顔になり、それからにわかに愛想笑いになる。

「な、何だよ、喋れるんじゃねえか。ひょっとして、和人なのか」

「毛皮十枚にマッチひと箱なんて、ちょっと釣り合わないように思いますけれど」

「へ、へへ、人が悪《わ》りぃな、奥さん。何も和人によう、そんなことしようなんざ、思ってやしませんって」

「では、アイヌになら、そういう商売をなさるんですか？」

「何でぇ——うるせえあまだな」

男はごまかし笑いを浮かべていたが、ふいに開き直った表情になって、畑に向かって、ぺっと唾を吐いた。

「紛らわしい格好してる、あんたが悪りぃんじゃねえかよ。何だってえんだよ」

恐怖が、むくむくと頭をもたげてきそうになる。だがカネは、大きく一つ息をしてから、わざと一歩前に進み出た。

「主人を呼びますので、主人とお話しになってください」

本当は、勝はそのときもフシコベツだった。それでもカネは、わざと口もとに手を添えて大きな声を出した。

「あなたぁっ、毛皮商らしい人！　キツネの皮十枚で、マッチひと箱だけなんですってぇっ！」

それからカネは、男の方に向き直り、胸の鼓動を鎮《しず》めるようにまた大きく息を吐き出した。

「うちの主人は、お役人から頼まれて、この辺りのアイヌの農業世話係をしている人です。もしも、アイヌに対してだけそういう値段で毛皮を取引しようとおっしゃるんでしたら――」

カネが最後まで言い終わらないうちに、男は「また来らあ」と言い残して、まるで逃げるように馬を曳いて去っていった。

「奥さん、どうしました」

カネの声を聞いたのか、離れたところで作業をしていた斉藤重蔵さんが、慌てたように畑の畝《うね》の間を跳びはねてきた。カネは、ほっと力が抜けるのと同時に、今度は猛烈に怒りが湧いてくるのを感じた。

「何なんだろう、あの男。何ていう嫌な目つきなんだろう」

陸の孤島そのものだったオベリベリに、明らかに新しい風が吹き始めていると思う。それは待ちに待ったものではあるけれど、風は往々にして厄介なものも運んで来ることを、カネは改めて思い知った気分だった。

3

「先生、カネ先生！」

アイランケが家に飛び込んできたのは七月十五日のことだ。この日は開拓記念日に当たるが、今年は依田さんもオイカマナイに行ったきり戻ってこないことから、村の人たちは朝早く、ご神木と定めた木の傍まで行って御神酒を供え、それぞれに祈りを捧げただけで、あとは特に何を行うということもなかった。昼過ぎになって、ちょうど、せんに粥を食べさせていたカネは、息を切らして家の土間に仁王立ちになったアイランケの様子に、ほとんど反射的に腰を浮かせた。

「ニシパから——これを先生に渡してこいって。ニシパ、泣いてたよ」

「泣いて？」

アイランケは懐から何枚かの紙を出してきた。カネは飛びつくようにして、それらの紙をアイランケの手からひったくった。少し前から内地との間で通じるようになった電報が、あわせて三通あった。それに、父上からの手紙が添えられている。電報を開く前から、胸が早鐘のように打ち始めた。

ノブコシス。

殴られたような衝撃が走った。一瞬、息が止まり、この短い文章を頭にか胸にか、どこに納めればいいのか分からなくなった。

「——なに、これ」

他の二通を見る。

ノブコワルシ。

ノブコキトク。

つまり、これは末の妹のことを言っているのだろうか。何だってノブ、延子《のぶこ》が死ななければならないのだ。あの子はまだやっと十五になったところではないか。混乱したまま、今度は震える手で父上からの手紙を開く。

〈——遠く北地にありては愛子の死に顔を見る能わざる——〉

父上の文字を追いかけるうち、ようやくこれが夢でも冗談でもない、紛れもない事実なのだという思いが広がり始めた。

延子が。

改めて電報の発信者を見れば高崎《たかさき》の弟、定次郎《さだじろう》とある。訃報は、七月十二日付だった。つまり四日前に、あの子は逝ってしまったというのだろうか。

「先生、俺、もう帰っていいか？」

アイランケが、おずおずと聞いてくる。カネは頷きかけて、いや、と思い直した。

「アイランケは馬に乗れるんだったわね？」

するとアイランケは今も馬で来たのだと頷いた。

「ニシパが急げって言ったから」

「じゃあ、アイランケ、悪いけど、あなたまた馬に乗ってフシコベツまで行ってくれない？　うちのニシパがフシコベツにいるから、これを渡して欲しいの」

兄上から受け取った電報と手紙をそのままアイランケに渡すと、最近はまったく授業に現れないから、少し会わないでいる間にまた大人っぽくなったアイランケは「うん」と頷いて家を飛び出していく。馬の蹄《ひづめ》の音が遠ざかった。その音を聞いているうち、胸の奥底から突き上げるような悲しみが襲ってきた。

ノブ、延子。あなたが、死んだっていうの？　本当なの？

一体、何があったというのだろう。電報がまとめて届いたということは、よほどの急病だったのだろうか。

「かーか」

いつの間にか、せんが素足のまま土間に降りてきて、カネの着物の裾《すそ》を引っ張った。何度も引っ張られて、ようやく我に返ってその場に屈み込み、カネはせんの小さな背を抱きしめた。

「かーか、泣いてるー」

せんの温もり、せんの柔らかさ、せんの小ささ、すべてが、幼かった頃の延子を思い出させる。

「かーか、泣いただめー」

カネはうん、うん、と頷きながら、それでも涙を止めることが出来なかった。

勝は、まだ明るいうちに帰ってきた。既に目が腫れるほど泣いたのに、カネは、勝の顔を見て、また涙がこみ上げてきた。自分がこれほど泣けるとは思わなかった。勝も何とも言えない顔つきになっている。

「延子ちゃんといえば、まだ子どもでなやあのか」

「私と十三違うから、やっと十五――」

「十五か。可哀想になあ」

「あの子ももちろん哀れでならないのだけれど、父上のことも気になって。今ごろお一人で、どうしておいでかと思って。きっとご自分を責めていらっしゃる」

「お互がゃあ、こうも離れとっては、どうすることも出来んがや――」

土と草の匂いをさせたまま、勝はカネを抱き寄せて、背中をさすってくれる。勝に言われるまでもなく、それは痛いほど分かっていた。横浜を発つときに、これが今生《こんじょう》の別れになるかも知れないと覚悟もしたつもりだった。だが、いつかこういう思いをする日が来るにしても、それはもっと先のことだと思っていた。しかも、いちばん年下の、あの時まだ十一歳だった末っ子が逝くとは。

「祈ろう」

このところ忙しく動き回るばかりで、落ち着いた会話さえほとんど交わせなかった勝が、静かな口調で祈りの言葉を口にする。カネは頭《こうべ》を垂れ、自分も懸命に祈った。

天主さま。願わくは、延子をお近くに。あの子は耶蘇教徒ではありませんが、どうか、あの子をおそばに置いてやって下さい。そして、我が子を亡くした母上をお守り下さい。母上も耶蘇教ではありませんが、今、悲しみの淵にいるはずなのです。ことに父上が私たちと共にこの地に来てからは、何もかも一人でやってきた人です。どうか。どうか。

「銃太郎も、さぞ気落ちしとるに違がゃあなゃあ。ちょっと行ってくる」

カネが落ち着くのを待ってから、勝はカネが用意した酒の肴と徳利を提げて、兄上のところに出かけていき、せんが寝付いた頃に戻ってきた。

「見とるこっちが辛らゃあぐらゃあ、男泣きに泣ゃあとったがや――自分を責めて。嫡男でありながら、家を守るどころか、何一つやってやれなかったと――身につまされた。俺だって同じことだからなぁ」

聞いているだけで、兄上が嘆き悲しむ姿が目に浮かぶ。カネは、またこみ上げる涙を拭いながら、「もう一杯だけ」と言って囲炉裏端に腰を下ろす勝に酒を運んだ。

「でも、あなたが行って下さったから、兄上も慰められたことでしょう」

「そうだといいが――何とか元気を出させようと思って、俺が銃太郎からこの前引き受けた豚をフシコベツに連れていったろう、あの豚にハロー掛けをさせてみた話をしたったがや。そうしたら、あいつ、ようよう笑ってな」

「豚に――そんなことを、なさったの？」

それにはカネも目をみはった。勝は、うんうんと笑いながらうまそうに酒を呑む。

「やっぱり豚は豚だなあ！　馬や牛のように言うことなんぞ聞けせん。動けと命じれば立ち止まり、止まれと言えば走り出す。それも、真っ直ぐには走らんもんでね。あっちゃ行き、こっちゃ行き、あれぞまさしくとん走だがや」

あっはっは、と笑っている勝を見ているうち、カネもつい表情がゆるんだ。豚にハローを牽かせようなどということを、よくも思いつくものだ。豚の方だって迷惑したに違いない。

「試しにセカチの一人が豚にまたがってみたんだが、これもすぐに振り落とされたがや。あらゃあ、乗り物にもならんぞ、豚は」

そうしてまた笑っている。その笑い声を聞いているうちに、カネは、胸の奥底から喉元まで、まるで鉛でも詰められたように感じていたものが、すうっと溶け落ちて楽になっていくのを感じた。勝がいてくれて、よかった。この人と一緒になってよかったと思った。

「こうして私たちの毎日は過ぎていくんですものね」

思わず深々と息をつく。痛いほどの悲しみが通り過ぎたと思ったら、代わって今度は静かで淋しい諦めの気持ちが広がってきた。

「――仕方がないのよね。諦めるよりほか」

勝も静かな表情で、大きく息をついている。この出来事は、誰にとっても人ごとではない。勝にだって名古屋に両親と弟がいる。次には勝の家から不吉な知らせがないとも限らないのだ。そしてまた、自分たちは何一つ出来ないまま、おろおろと嘆き悲しむことになるのだろう。

ふと、リクのことを思い出した。伊豆に残してきた我が子が死んだことを知ったときの、彼女の衝撃と悲しみが改めて胸に迫ってくる。あの時、自分はどんな言葉で彼女を慰めたのだったろう。依田さんへの呪詛《じゅそ》とも思える言葉を聞いて、そっちの方に気を取られてしまったような気もする。今ならば、もっと言葉を尽くして、または彼女の身になってやることが出来るだろうと思う。今度、彼女が帰ってきたら、そのときには彼女にひと言詫びて、そして、互いにもっと色々な話が出来るようになっていたい。

こういうとき、ずっと身体を動かしていなければならないのはかえって有り難かった。夢中で土に向かい、汗を流している間は、忙しさに取り紛れて悲しみも忘れていられる。それでもふとした瞬間に、やはり幼かった頃の延子の姿が思い浮かんだ。父上のことも気にかかる。せめて父上に宛てて文でも届けたいと思っていたら、訃報が届いた翌々日、日暮れ時になって大津発で依田さんからの文が届いた。

「急いで大津へ来いと書かれとる。何でも、道庁の偉い理事官が来るんだそうだがや。今度は大人数で来るらしいと。オベリベリも視察するから、当然、大津でご一行様を出迎えた方がいいということだ」

こうしちゃおれん、と勝はすぐに支度にかかる。カネはその晩、急いで父上への文をしたためた。勝はその文を持って翌日、夜明けと共に大津へ向かい、驚いたことには二日後にはもう戻ってきた。帰りは舟ではなく馬を使ったのだそうだ。

「それぁもう、依田くんの張り切っとることといったら。こっちもえらぁあことケツを引っぱたかれて、飛んで帰ぁあってきたがや」

何でも依田さんによれば、この度の理事官の視察は今後のオベリベリの発展を左右しかねないくらいに重要なものなのだそうだ。そして依田さんは、かねてから父上にも相談しながら書き上げておいた意見書を提出するつもりでいるのだという。その意見書では、この十勝の将来性について、実際に開拓してきたものとしての経験を踏まえて論じており、そして、十勝を栄えさせるための提案が書かれているということだった。

「何といっても、大津や釧路《くしろ》からの交通路がなぁあのが致命的だと、それをはっきり書いたそうだがや。道さえ出来たら、十勝は劇的な発展を見せることは間違がぁあなゃあと」

それから勝は懐から一通の文を取り出した。

「親父どのから銃太郎あての文だがや」

勝はカネに、その文を兄上に届けて欲しいと言った。理事官視察に関しての指示なども書かれているのだそうだ。カネは二つ返事でせんの手を引いて家を出た。

「どこ行くの？」

「常盤さんのところ」

「ときあちゃんのところ！」

「そうよ。せんの大好きな常盤さん」

「ときあちゃん、ちゅきー」

「おじちゃんは？」

「おじちゃん、ちゅきー」

せんの手を引いて、のんびりと歩く。果てしなく広がる空には入道雲が湧き、辺りから夏の虫の音が波のように聞こえていた。踏み固めただけのような小道の先を、きれいに光る小さなトカゲが横切っていく。遠くに見えるハルニレの木が、ゆったりと風に葉をそよがせているのが、いかにも心地よさそうだ。以前はひたすら蘆の原だった。それがこうして次第に風景を変えて、兄上の家も遠くから見渡せる。

これが、私たちのオベリベリ。私たちが拓いてきた景色。

兄上の家に近づくにつれ、庭先に人の姿が見えてきた。兄上が腰に手ぬぐいを下げて、ぼんやりと空を見上げている。カネは「兄上！」と声をかけた。同時にせんが、ぱたぱたと走り出す。一度転んだが、すぐに立ち上がって、また走る。それを、兄上が待ち構えていて抱きとめた。少し歩いても汗ばむ日だったが、木陰に入るとすっと涼しくなる。

「今日もシブサラに行ってるかと思った」

「今日は一日、休みにしたんだ。このところ疲れが溜まってたから」

せんを抱き上げて薄く笑いながらも、やはり兄上の顔には生気がない。

「常盤さんは？」

「中にいる。常盤に用か？」

カネは首を横に振って、父上からの文を取り出した。

「――道庁の理事官が来るのか」

文を読み始めた兄上が呟いた。

「依田さん、ものすごく張り切ってるらしいわ」

「これにも書かれてる。それで俺には、村の連中にそのことを知らせてほしいと言ってるんだそうだ。あとは、何を質問されてもいいように、特に去年の収穫高を調べておくようにと――何で依田くんが直接、伝えてこないのかな。父上にこんなことまで書かせて」

兄上はゆっくりと文を畳み、大きく一つため息をついて、また空を仰ぐ。

「――それなら、澱粉工場の掃除もしておかんとな」

兄上は何ごとかを自分に言い聞かせるように、うん、と一つ頷いてから、父上からの文には、延子の死について「不憫《ふびん》だ」と書かれており、「己の不徳の致すところ」とも書かれていたと教えてくれた。

「他には?」

「武士は、それ以上には語らんだろう」

そうだろうな、と改めて思った。それが、武士として生きてきた人だ。

「あ、お姉さん、いらっしゃい」

そのとき、家の中から常盤が出てきた。今日も和服を着て、髪も丁寧に結っている。せんが「ときあちゃーん」と駆け寄っていくと、彼女は優しげに笑いながらせんを抱き上げた。

「せんちゃん、いらっしゃい」

「せんちゃん、いらったまった」

微笑む常盤と、その隣に立つ兄上を眺めて、カネは、兄上が結婚していてよかったとつくづく思った。こんな時に独りでいたら、いくら兄上だって耐えがたかったかも知れない。

それからの数日は大忙しになった。何しろ道庁のお偉い役人様が見えるのだ。少しの粗相があってもいけない。自分たちの仕事ぶりをよくご覧いただきたいし、一方で、ゆっくりお休みいただくための準備も必要だ。もしも「臨水亭」を使われるのならと、念入りに掃除もして風呂までよく洗い、カネはもてなしのために干し鮭と干し肉などを戻し、豆を浸し、餅を作る支度をした。その傍らで、大急ぎで勝の新しいシヤツを仕立てた。いつもの野良着ではあまりにみすぼらしいと思ったからだ。

七月二十三日早朝、依田さんが帰ってきた。

「もうすぐ、北海道庁の堀基《ほりもとい》理事官さまが七名でお着きになる。皆の衆、お出迎えを頼むぞ！」

まず村の人たちを集めて、依田さんは今回の理事官の視察がどれほど大切なことかを、そっくり返って演説した。

「そんなもんで、俺もまず理事官さまご一行が大津を発つのをお見送りした後、馬でこっちまで戻ったというわけだ。お出迎えもせんとならんからな」

息を弾ませ、目をらんらんと輝かせている依田さんの様子は、ついひと月前に腹を下したときとは別人のように見えた。もともと目鼻立ちははっきりした人だから、こうして胸を張っている姿は、ちょっとした役者のようにさえ見える。だが、それにしても馬で来たという割に馬の姿が見えないと思っていたら、途中で落馬して、馬には逃げられてしまったのだと依田さんは言った。そこから先は歩いてきたのだそうだ。

これには村の人たちも一様に驚いた様子だった。

「途中から歩いたとは、若旦那もどえれえ根性出したもんだ」

「見送りして、出迎えもするんだらか」

人々が小声でやり取りしている間に、依田さんは懐から風呂敷で包んである四角いものを取り出した。

「そんで俺は今日、大決心をしておる。理事官さまに、このオベリベリをご覧いただいたところで、これ、この意見書を提出するら。これは『十勝興農意見書』と題したもんだ。この十勝の、オベリベリの農業を、この先いかに興していくかについて、考えに考え抜いたものを書き上げた！　今度の視察で必ずや、新しい道が開けるための方策だら！」

村人の大半は、依田さんが言っていることをあまり理解出来ていない様子で、「一体、何を騒いでいるんだ」という顔をしていたが、それでも依田さんは張り切った表情のままで、まずは数人のセカチを川べりに見張りに立つように命じ、その上で、兄上と勝を交えて念入りに打合せを始めた。

「こっちをご覧いただいた後は、何が何でもオイカマナイにも寄っていただくつもりでおる。ちょうど先週、田植えもしたところだもんで」

「田植えをしたのか！　あの土地で？」

兄上は驚いた顔をしていたが、依田さんは澄ましたものだった。そして、理事官を出迎えるにあたっては勝に大津まで来てもらったから、今度は兄上に理事官たちと行動を共にして案内と説明もし、大津へも一緒に下ってもらいたいと言った。

「そんで、そのまんまオイカマナイまでお連れしてもらいてえ。俺はまた、先に戻って待っとるから」

兄上は、腕組みをしながら何か考える顔をしていたが、やがて、一つため息をついてから、うん、と頷いた。

「そんで、俺たちは、どうしてればいいだら」

カネの隣にいた利八が、手持ち無沙汰の様子で呟いた。その向こうにはきよがいて、ずい分と大きくなってきた腹を撫でながら、うん、うんと頷いている。

「私たちは、普通にしていましょうよ。何も私たちを見に来られるわけじゃなくて、この土地と農業の様子を見に来られるんだし」

ねえ、と周囲を見回すと、利八ばかりでなく他の村の人たちも、どこか醒《さ》めた表情で、それぞれに頷いていた。ただでさえ忙しいこの時期に、妙なことに駆り出されても迷惑だと、その表情が語っていた。

堀基理事官一行は、その日、嵐のようにやってきて、嵐のように去っていった。勝と兄上は、依田さんと共に慌ただしく動き回り、理事官の視察にも同行したし、ことに兄上は依田さんの依頼通り、理事官と一緒の舟に乗り込んでオベリベリよりも奥の方までも案内し、そのまま翌日は大津へ向かって舟で下るということだった。

「そんじゃあ、俺は行くもんでね」

自分でも「コメツキバッタ」と言っていた通り、理事官にも、そのご一行様にも、とにかくやたらと頭を下げ、ほとんど揉《も》み手でもしそうな勢いで懸命に話し続けていた依田さんは、理事官と兄上を乗せた舟が上流に向かっていくのを見届けると、自分は下りの舟に飛び乗って、見送る人たちに手を振ることもせずに去っていった。勝とカネとは、何となくぽかん、となったまま、舟着場でその姿を見送った。

「理事官に、この村には今、何軒の農家があるのかと聞かれたもんで、『九軒です』と答えたら、絶句してござったがや。それにしちゃあ道もちゃんと出来て川には橋もかかっとるし、ようやっとると言っておられた」

土手を下りて家に帰る途中、勝が新しいシャツでお目にかかれてよかったと笑った。そう言われるとカネも嬉しい。ちょっと身ぎれいにしていただけで男ぶりが上がるのだ。

「私たちの苦労を分かって下さるといいのだけれど」

そうだにゃあ、と頷きながら、勝はもう「さあ、仕事仕事」と、家に向かって大股に歩き出していた。

4

山本金蔵が「学校に行きたい」と言い出したのは、その頃だ。もともと聡明な子なのだと思う。日中は畑仕事を手伝いながら、いつでも熱心に勉学に励んできて、今や相当に難しい計算式まで解くようになった金蔵は、気がつけばもう十九歳になろうとしていた。

「学校って、何を学びたいとか、どこか考えているところはあるの？」

「農芸伝習科に行きてえんだ」

「札幌農学校の？」

札幌農学校は北海道開拓や農業開発を主な目的として学生たちを学ばせている学校だと聞いたことがある。その中でも、この春に開設された農芸伝習科は北海道の気候に適した農産物や農業技術について、実践的に学ばせるらしいという話をしてくれたのは、ヤマニの大川宇八郎さんだった。宇八郎さん自身は文字も読めないまま来ている人だが、驚くべき記憶力と情報収集力とで、村に来る度に外の世界の様々な動きをこの村に伝えてくれる貴重な存在だ。

「俺、農業っていうのをちゃんと学んでみてえんだ。オベリベリで育てるものだって、霜に強いとか、バッタに強いとか、そういうものがきっとあると思う。土地に合ったものを作っていけば、うちの父ちゃんも、村のみんなも、きっともっと楽になるら？　そういう勉強をしてえ」

ある日、意を決したように打ち明けに来た金蔵の言葉に、カネは驚き、また胸を打たれた。読み書きさえままならなかった少年が、よくぞここまで成長し、自分の考えを持つようになってくれたと思うと、教師としてこんなに嬉しいことはなかった。

「本人が勉強したゃあなら、そらゃあ何としてでも行かせてやらんといかんがや」

その晩、兄上と連れだって戻ってきた勝に早速その話をすると、多少の酔いも手伝ってか、勝は自分のことのように興奮した表情になった。

「よし、行かせよう！　行かせてやらゃあええがや、なあ！」

勝よりも早く囲炉裏端にあぐらをかき、やはり鼻息荒くカネに「もう少し呑みたいんだが」などと言っていた兄上も、同様に大きく頷いている。

「未だ陸の孤島のこの村から、こんなに早く、学校に行きたいなんて言い出す子どもが出てくるとは思わなかった。これも、カネが地道に指導してきた賜物だ。おい、カネ、よくやった！」

だが、そう単純に喜んではかりもいられない。考えれば考えるほど、この村から札幌の学校に進むなど、無理な話ではないかという思いが強くなるからだ。

「まず、金蔵くんのご両親が承知して下さるかどうか分からないし、第一、費用の問題があるでしょう？」

「初二郎さんならだゃあじょうぶだ！　あの人はものの分かる人だ、倅《せがれ》の思いを必ず分かってくれるがや」

「札幌農学校は、官立だろう？　それなら、費用だって、そうはかからないんじゃないか」

「官費生になれたら、そうかも知れないけれど――そうは言ったって、最低限のお金は必要でしょう？」

カネが酒を運び、多少の酒の肴を並べてやると、二人はまた互いに酒を酌み交わし始める。

「ただでさえ借金だらけの私たちに、自由になるお金なんてないもの。そんな状況で、どうやって学校に行かせてあげられるものか」

さっきまで勝を待つと言って猫と遊んでいたと思ったら、もうすっかり眠そうな様子になってきたせんを抱き上げ、その背をぽんぽんと叩いてやりながら、カネはついため息をついた。

「私たちのときには、ワッデル先生やピアソン先生がいてくださった。だから学校にも行けたし、学問も続けられたわ。だけど、ここではそういうことも期待できないし、そのためだけに教会に頼るのも本末転倒でしょう？」

「だが、せっかく学びたいと言っているのに、その気持ちを汲んでやれないのは、あまりにも残念だ」

それから勝と兄上とは、しばらくの間、酒を呑みながらああでもない、こうでもないと言い合っていたが、やがて勝が「よし」と膝を打った。

「そんなら、依田くんに出させるより他なやあわな」

言うなり立ち上がり、勝は押入から手文庫を持ってきて、中から「晩成社規則」と書かれた冊子を取り出した。ページをパラパラとめくって、「ここだがや」と、ある箇所を指し示す。

「ええか？　第八条。もともと晩成社は、利益が出た暁《あかつき》には『大にしては国家の義挙に応じ、本社は国民の義務をつくさんとして成立する主意を振張するものとす』と、ここに決めとる」

兄上が手を伸ばして勝から冊子を受け取った。二人とも、この社則なら何度となく熟読しているはずだったが、それでもしばらくの間、勝が指し示した辺りを丁寧に読んでから、兄上は「そうだな」と頷いた。

「はっきり書いてあるものな。『利益を積み立てて、殖民の小学校、病院、道路費及び救恤《きゅうじゅつ》等を補助する』とも」

「そうは言ったって、その利益がまだ出ていないんだし――」

カネがそれだけ言ってから、ぐっすり眠ったせんを抱いて、奥の間に敷いた布団に寝かせに行っている間にも、囲炉裏の方からは二人の声が聞こえている。

「利益はまだ出とらんが、晩成社は、まず会社設立の志として、こういうことを明記しとるわけだがや。ここが、だゃあ事なところだもんだでね」

「カネは、これまで生徒たちから一文もとらずに授業を続けてきた。これを義挙と言わずに何だっていうんだ？　大にして国家のことを思うなら、カネは小にしてこの村と子どもたちのために、慈善と慈悲の心で今日までやってきたわけじゃないか」

勝が続きを引き受ける。

「ここの子どもが、農業を勉学したゃあということは、ゆくゆくは晩成社の役に立ちたゃあということだ。それは、ひいてはお国のためになるということだがや！」

「そうだ、よくやった、カネ！」

カネとしては、そこまで深く考えて子どもたちに読み書きを教え続けてきたというわけではない。ただ、カネ自身がせっかくあれだけの学問を修めさせてもらい、教壇に立っていた経験を、まったくの無にはしたくなかったたし、たとえどれほど未開の場所にいても、学びの場を与えたいという思いから続けてきたまでのことだ。だが勝と兄上は、これまで一度として、そんなことを言ったことなどなかったくせに、今日に限っていきなり「義挙」だの「慈善と慈悲」だのという言葉を使い始めた。要するに二人とも酔っているのだと、途中でカネも気がついた。

「そうだがや！　これは何としてでも実現させせないかん！」

男二人は声を合わせ、そしてまた茶碗酒を傾ける。

「今度、依田くんが帰ってきたときに、必ず話そう」

「待って。その前に、金蔵くんがどうやったら農芸伝習科に入れるかを調べないと」

酔っ払い相手に本気になってもと思いつつ、ついカネが口を挟むと、勝と兄上とは一瞬、顔を見合わせてから、互いになるほど、と頷きあい、では、取りあえず急いで父上に便りを出して、その辺りのことを調べてもらおうということになった。まとまった話が出来たのは、そこまでだ。兄上の方が「もう呑めん」と言い出し、「そうか」と答える勝の方も、もう目が半分、とろけそうに見えた。

「そんならカネ！　頼むぞ！　金蔵を行かせてやってくれよ！」

「おう、銃太郎も頼むぞ！」

「——任せておけ！」

一体、誰に何を言っているか分からないまま、とにかく大きな声を出し合って、「じゃあな」と帰っていく兄上の足取りは、完璧に千鳥足だった。

その後、大津の父上が調べてくれたところ、札幌農学校の農芸伝習科はこの春に開設されたばかりでまだ学生も少ないことから、この秋からの入学も認められているが、そのためには入学試験に合格する必要があるということが分かった。入学試験は札幌まで行く必要はなく、釧路で受けられるという。

「そんなら、まずその試験に受かることだ」

試験は八月の末にある。その前に、とにもかくにも依田さんにすべてを話して金蔵の進学に賛成してもらい、経済的な支援を約束させなければならなかった。そうでなければ、釧路までだって行ける状態ではない。

「依田くんが近々、戻ってくるそうだ」

八月に入った頃、兄上がようやく待ちわびていた知らせを持ってきた。

「大津の戸長《こちよう》から、いよいよ道路を引くつもりがあるから、その予定地を歩いてみて欲しいと言われているそうだ」

「ほう。いよいよか。どこから歩くって？」

「トシペップトと書かれていた」

一瞬、身を乗り出しそうな勢いで意気込みかけていた勝が「なんだ」と力を抜く。トシペップトと言ったら、オベリベリよりも東だが、大津までは、まだまだ遠いはずだった。兄上は、ちょうどトシペップトの辺りで十勝川が大きく流れを変えるから、その辺りが一つの目印になるのかも知れないというようなことを言った。

「そんなら、大津まで延びるのは、まだ先になるか」

「まあ、動き出したことは確かだ。それより、佐二平どのが来られるそうだぞ」

勝が、今度こそ「えっ」と身を乗り出した。そして、兄上が懐から取り出した便りを受け取ると、熱心に目を走らせている。佐二平さんといったら依田さんの兄であり、依田家の当主、そして、この晩成社の一番の大黒柱だと聞いている。その人が、入植五年目にしてやっと現地視察に来てくれるという。

「佐二平さんって、どんな方？」

勝が依田さんからの便りを読んでいる間に尋ねると、兄上は、見た目は依田さんにそっくりだ、と薄く笑った。

「じゃあ、中身もそっくり？」

「いや、中身は大分違うな。陰と陽というか、器の違いというか。俺はほんの数回しか会っていないが、依田佐二平という人は、ひと言でいうなら『陽』のかたまりみたいな雰囲気を持ってる、文字通りの大旦那だ」

なるほど陰と陽ね、と何となく分かったような気持ちになっている間に、勝が依田さんからの便りを読み終えた。

「俺が勤めとった豆陽《とうよう》学校を作ったのも佐二平さんなら、富岡《とみおか》式の製糸工場を作ったり、汽船会社を作ったり、県会議員もやっとるような人だがや」

「議員さんも？　では、人望の篤《あつ》いお方なのですね」

「何より、先を見るのに長けとるんだろう。それに、思いついたことを実行に移せるくらいに、とにかく依田家は金持ちなんだわ。言葉で言っても、カネにはちいと想像がつかんぐらゃあ、そらゃあもう、どえらゃあ資産家だもんだでよ」

学校まで創ったような人物なら、この村にもっと勉強したいという子どもが現れたことに理解を示してくれるに違いない。金蔵の進学について、もしも依田さんが賛成してくれない場合は、その佐二平さんにかけ合えばいいのではないか、とカネは考えた。だが勝は、佐二平さんという人物は、そう軽々と話しかけられるような人ではないのだと首を横に振った。これにはカネは少しばかり引っかかるものを感じた。たとえ相手が素封家で大人物とはいったって、もともと武家の自分たちが、どうして話しかけられないなどということがあるだろう。

「依田家の当主といやあ、武家も百姓もなゃあ。その土地の殿様みたゃあなもんだからなあ。その上、今や議員先生だもんだでね。俺はずい分長がゃあこと、あの家には食客として世話になっとったから、顔を合わせれば向こうから話しかけられることはままあったが、だからって、こっちから『佐二平さん』なんて、気易く声をかけられるような人だゃあ、なゃあわな。歳だって、依田くんより七つ上だから、今はもう四十を過ぎておるだろうし、こう、いかにも大物っていう雰囲気を、どーんと出しとる人だがや」

勝は両手を前に押し出すように、身振りを交えて語る。だが、いわゆる「偉い人」という存在を、カネはこれまで見たことがない。女学校時代、立派な先生方とはずい分出会ってきたが、「偉い」という理由で近づきがたい人というのが、どうもうまく想像出来ない。

「取りあえず、今ごろ依田くんは、この前の理事官が来たとき以上に張り切っておるに違いない。そんなときに、学校もないこの村から農業伝習科に行きたいと言い出すところまで育った少年が出たということは、佐二平さんに認められることの一つになるはずだ。だったら、金蔵のことを切り出すのには、ちょうどいいかも知れんな」

兄上は腕組みをして、佐二平さんの名前を出すだけでも、依田さんの気持ちは大きく動くはずだと言った。

「佐二平さんは、依田くんの自慢であり、憧れであると同時に、大きな目標でもあるはずだ。自分もいつか偉大な兄さんと肩を並べられるように、この十勝で事業を立ち上げて、立派に成功したいと強く思っておるからな」

依田さんが農業そのものでなく、その「事業」に主眼を置いているらしいことは、これまでの言動を見ていてカネにも分かってきていた。その目標となるのが佐二平さんということなのかと、初めて得心がいった。どんな人なのか、容易に近寄りがたい「偉い人」というものを、カネも見てみたいものだと思った。

「そんでぁ、金蔵のことは俺が話そうか」

「いや。俺から話そう。彼には他にも話したいことがあるから」

「何の話だ？」

「晩成社の、今後について」

兄上は口もとを引き締め、よほど何か考えているような顔つきになっていた。

依田さんが現れたのは辺り一面に虫の音が広がる八月十六日、夜もずい分と更けてからのことだ。カネと目が合っても、相変わらず挨拶の一つもなく、依田さんはただ「渡辺くんは」と言った。勝は、ちょうどパノと共にシノテアの家にカムイノミに行って、戻ってきたところだった。酔っ払って、既に大あくびをしていた勝は夜更けの客を喜んで、大げさに手招きをして依田さんを囲炉裏端に座らせる。

「ずい分と遅い到着だったな」

「いや、着いたのは昼過ぎだ。さっきまで、鈴木くんのところにおったのだ」

旅姿のままで草鞋を解き、依田さんは疲れた様子で囲炉裏端に腰を下ろすと、「ところで」と、そこで初めてカネの方を見た。

「今晩、泊めてもらってもいいか」

カネは、もう眠そうにしている勝に代わって「かまいません」と頷いた。

「それなら、臨水亭に泊まって下さい。その方がゆっくり出来るし」

依田さんはほっとした様子で頷き、それからようやく勝の酒を受けた。ひと口呑んで、大きく息を吐く。

「まいった」

「――うん？　何かあったかやあ」

依田さんは、やれやれといった表情で、実は兄上のところでも泊まれと言われたのだが、半ば逃げ出してきたのだと言った。

「逃げ出すだ？　また、なんで」

「いや、鈴木くんの話が長げえんだ。最初はなあ、金蔵の――ああ、金蔵といえば」

依田さんは思い出したように、今日は兄上の家で金蔵本人とも、また、金蔵の両親とも話をしてきたと言った。

「鈴木くんは、とにかく『金を出してやれ』の一点張りだもんで、まず本人の意思を確かめて、親の同意も得んことにゃあ、どうにもならんと俺が言ってな、来てもらったら」

「――それで、いかがですか？」

このときばかりはカネも仕事の手を止めて囲炉裏の傍に立った。依田さんはいつもの難しい顔のまま、ぎょろりとした目をむいてこちらを一瞥した後、「あんたも」と口を開いた。

「行かせてやりてえんだら？」

「もちろんです。あの子は優秀な子ですし」

「あんたが、そこまで育てたんだもんな」

依田さんは注がれた酒をまたひと口呑んで、ため息と共に一つ、頷く。

「明日、俺は兄貴を迎えに川を下る。そのときに金蔵を連れていくことにしたら。まずは、その入学試験か、それに受からんことには、どうしようもねえからな」

目の前がぱっと開けたような気持ちになった。

「本当ですか。依田さんが、あの子を連れていって下さるのですか」

「願書だ何だ、必要な書類は、親長どのに頼んで書いてもらおうということになった。その後、釧路行きの船に乗るまでは、まあ心配いらんだろう」

「費用のことも？　試験に受かったとして、その後も含めて、でしょうか」

依田さんは、口をへの字に曲げたままで、うん、とゆっくり大きく頷く。

「鈴木くんにも、今こそ義挙に出ずして、いつ義挙に出るのだと、散々言われたもんで。未だ晩成社としての利益は出ておらぬものの、社則にも定めた最初の志に変わりがねえんなら、今動き出さずしてどうするのだとな」

さすが兄上だ。きっと晩成社の規則も持ち出して、懇々と説得したのだろうと思っていたら、依田さんは、また「まいった」と繰り返して頭を掻く。

「今日の鈴木くんは、とにかく社則を手放さねえ。その上、話し出したらまあ長げえこと、長げえこと。金蔵の話がまとまって、やれやれ、今度こそ俺の方から兄上が来たときの相談でもしようと思っとったのに、まるで喋らせてもらえんかった」

兄上は一体、何を言い出したというのだろうか。社則を手放さなかったということは、あの規則書について、さらに何か言うべきことがあったのだろうかと考えているとき、軽い寝息が聞こえてきた。見ると、勝が囲炉裏端であぐらをかいたまま、もうこっくり、こっくりと舟を漕ぎ始めていた。

5

八月上旬、藤江《ふじえ》助蔵《すけぞう》さんが妻のフデさんと共にオベリベリを去った。入植した当初から村を捨てては行き場がなくて舞い戻り、それでも「嫌だ嫌だ」と言い続けていた二人を、もうこれ以上引き留める人はいなかった。彼らが去ったことで、晩成社としてオベリベリに入植した家は当初の十三軒から六軒にまで数を減らした。

「なあに、今が踏ん張りどきだがや。道さえ通れば人は入ってくる」

勝は歯を食いしばるような顔つきで、何度となく同じ言葉を繰り返した。

中旬を過ぎると、依田佐二平さんが函館に着いたそうだ、いや、既に函館を発ったと、依田さんや松元兼茂さんが頻繁に知らせてくるようになった。村の人々は「大旦那様がおいでなさる」と、誰もがそわそわと落ち着かない様子になり、助蔵さんが去った衝撃も忘れたかのように表情を輝かせた。

「無理もなゃあ。あの佐二平どのだぞ。村の衆でなくても、こう、気持ちが沸き立ってくるがや。佐二平どのがご自分の足で歩いて、ここを見て下されば、きっともっと力を貸してくださるに違がゃあなゃあ」

勝も興奮を隠せない様子で、佐二平さんが来たら貴重な子豚を一頭つぶして丸焼きにしようとか、口汚しにごま団子を作ったらどうだなどと言い始めた。皆がこれほど心待ちにしている佐二平さんとは果たしてどんな人なのだろうかと、カネもだんだん楽しみになってきた。

朝晩は秋風が立ち始め、今週末にもいよいよ佐二平さんが着くだろうという月末の日曜日、このところずっと手伝いに来ているフシコベツのウプニという娘が、昼に粥を食べた後で急に具合を悪くした。食べたものをすべて吐き戻した上に、ふらふらすると言い出して土間にへたり込んだのだ。助け起こそうと手を伸ばすと、カネ以上に小柄な上に痩せているウプニの全身が熱く汗ばんでいる。その額に手をあてて、カネは慌てた。

「いやだ、すごい熱だわ」

ついさっきまで笑って粥をすすっていたはずなのに、この急激な体調の変化はどうしたことかと、取りあえず奥の間にウプニを寝かせて、仕事の合間に様子を見ているうちに、日暮れ頃になって勝が帰ってきた。ウプニは、もう胃袋に何も残っていないほど何度も吐いたのと高い熱にすっかり弱り切った様子で、アイヌ茣蓙の上で喘ぎながら細い身体を丸めていた。

「こらゃあ、フシコベツまで帰らせるわけにいかんな」

気遣わしげな表情でウプニの顔を覗き込む勝に、カネも「悪いものでも食べさせたかしら」と首を傾げていたのだが、その夜遅くなって、今度はカネの体調に異変があった。妙に息苦しくて目が覚めたときには、もう吐き気がこみ上げそうになっており、嘔吐《おうと》した後は全身に悪寒《おかん》が走って、瞬く間に熱が出てきたのだ。実は、少し前から二人目の子を身ごもったのではないかと思っていたから、最初こそ「悪阻だろうか」という思いがよぎったが、これほど熱が出るのはおかしい。それに、これはウプニと同じ症状だった。そのまま朝を迎えて、隣でようやく目を覚ました勝が、驚いたようにカネの肩を揺すった。

「何だ、どうした」

「――朝までに治るかと思ったんですけれど」

「おまゃあまでか」

朦朧《もうろう》とする中で、勝が髪をかきむしりながらチッと舌打ちするのが聞こえた。

「間が悪るいでいかんわ、こんなときに限って」

「——すみません」

「とにかく、今日中に治さんといかんぞ」

「——はい」

「そんで、どうする」

「どうするって——」

自分でも目が潤んでいるのが分かる。胃は石のように硬くなっている気がしたし、喉を通る息は熱い。それに、身体の節々が妙に痛かった。そんなカネを見下ろして、布団の上にあぐらをかいたまま、勝は苛立った顔をしていたが、やがて「まあええわ」と吐き捨てた。

「ちいっと、ウプニの様子を見てくる」

そう言って奥の間に行き、またカネの横にあぐらをかく。

「全然、下がっとらん。おまぁあら、本当に何か悪いもんでも食ったんでなゃあのか。まったくもう——」

目をつぶり、自分の荒い呼吸を聞きながら、カネは、「どうして」と心の中で呟いていた。どうして「大丈夫か」のひと言がないのだろう。何が「まったくもう」なのだ。どうして、こんなに情のない言い方をするのだろう。自分の女房が隣で苦しんでいるというのに、この人は平気なのだろうか。

「しょうもなゃあ、どうするんだゃあ」

「あなた、せんを、私から出来るだけ遠ざけて。出来れば兄上の家に——何かの流行《はや》り病だったら困りますから」

切れ切れの息の中からやっと言うと、勝は「流行り病？」と、初めて真剣な表情になった。

「普通の風邪ではないような気がして——」

勝はにわかに慌てた様子で、まだ眠っているせんを抱き上げ、そのまま家を出ていった。その間にカネは、必死で起き上がり、よろけるように土間に下りた。とりあえず葛根湯《かっこんとう》を煎じてみようと思う。他に思い当たる薬がなかった。

戻ってきた勝は、カネが土間の片隅にうずくまっているのを見てさすがに少しばかり気の毒に思ったのか、「寝ていろ」と言い、そこからは煎じた葛根湯をカネとウプニに飲ませたり、粥を炊いたりしてくれた。裏の川から冷たい水を汲んできて、額にのせた手拭いも替えてくれたが、その手拭いがあっという間に温くなる。翌日も、翌々日になっても変わらなかった。

「流行り病というわけではなやあようだがなあ。他に、こんなことになっとる家はなやあもんで」

さすがに次第に深刻な顔つきになってきて、勝はカネの額に手をあてる度にため息をついた。時折、兄上や常盤が様子を見に来ては、アイヌに伝わる薬草だと言って何かを煎じたり、粥に混ぜたものを作ってくれたりしたが、カネにもウプニにも、一向に効き目がなかった。

もしかしたら、このまま死ぬんだろうか。

自分の荒い呼吸を聞きながら、何度となくそんな思いが頭をかすめる。

天主さま。私をお召しになるのですか。新しい命を授かったに違いないと、密かに

喜んでおりましたのに。もし、お召しになるのでしたら、後に残されるせんを、どう

ぞお守り下さい。あの子が強く健康に育ってくれますように。

どうか、どうか、と祈りながら、また意識が途切れる。

「おい、おい、カネ。お着きになったがや」

何日目だろうか、相変わらず熱でうつらうつらしていたら、勝に肩を揺すられた。

ぼんやりした頭で「どなたが」と呟くと、即座に「佐二平どのに決まっとる」という

答えが返ってくる。もうお着きになったのかと、そのときだけは少しばかり頭がしっ

かりしたが、強ばった身体は一向に言うことを聞かない。

「――すみません。お出迎えも出来ずに」

それだけ言うのがやっとだった。すると、ふいに身体が揺れるのを感じた。地震

か、または寝ながらにして目眩《めまい》を起こしたのだろうかと思っている間に視界が動く。

布団ごと引きずられているのだと気がついたときには、カネはウプニが寝ている奥の間まで運ばれていた。

「佐二平どのはうちにも来られるつもりらしい。見苦しいとこは見せれんもんで。しばらくここで我慢しやあ」

それだけ言うと、勝はぴしゃりと障子戸を閉めてドタドタと音を立てて出かけたらしかった。少しして人の気配がなくなったところで布団から這い出して、とにかく水をはった桶と土瓶に湯飲み茶碗だけ枕元に置き、それからは夢から覚める度に息を切らしながら土瓶の薬湯をウプニに飲ませ、自分も飲んで、カネは、手拭いを濡らしては額を冷やすことを繰り返した。

時折、外で人の声が聞こえた。朦朧としていても、ああ、依田さんの声だ、あれは宮崎濁卑さんの奥さんだ、などと聞き分けることが出来る。

「いや、それは心配だな」

ふいに、聞き慣れない声が聞こえてきた。障子戸の向こうが何やらざわざわと落ち着かない様子なのが伝わってくる。そのうちに、誰かの気配が近づいてきた。

「今、起こしてきますので——」

障子戸がかたん、と動いた。カネは力の入らない手で必死になって髪を撫でつけようとした。そのとき、「渡辺くん」という声がして、障子戸の動きが止まった。

「やめておきたまえ。病人に無理をさせるもんじゃあ、ないよ」

「ですが、せっかく――」

「こんな土地で寝込むほど心細いものはないだろう。それよりも、大津まで連れていかなくていいのかね。一度、医者に診せたらどうなんだ」

「もともと丈夫な女ですから、そうは心配はいらんと思うんだがなも――」

ああ、あの声の主が佐二平さんに違いない。どんな風貌の方かは分からないが、さすがにある種の落ち着きと、何とも言えない余裕のようなものが感じられる声だった。カネは、「心配いらない」と言い切る勝を、また腹立たしく思いながら、せっかくの佐二平さんの来訪に、きちんと挨拶も出来ない自分を情けなく思った。勝の台詞《せりふ》ではないが、よりによってどうしてこんな時に寝込むことになったのだろうかと改めて思う。

「わしも才媛の誉れ高い鈴木親長どののご息女と話してみたいと思っておったが、まあ、まだ時間はある。とにかく早く治してもらうことだ。じゃあ、行こうか」

ざわめきが去っていき、家の中はまた静寂に包まれた様子だった。隣でウプニがごそごそと動いた。

「奥さん、誰だろう、今の」

「――依田さんの、お兄さんだと思うわ」

「依田さん？」

最近になって手伝いに来るようになったウプニは、今や滅多に戻ってくることのない依田さんを知らないのだと気がついた。だが、それを説明する力が残っていない。カネは「そう、依田さん」とだけ呟いて、また目をつぶった。

「お姉さん、お姉さん」

どれくらい眠っていたか、額にひんやりした感触があって、目をあけると常盤がこちらを覗き込んでいる。

「なかなか熱が下がらないですね」

常盤の黒目がちの瞳をこんなに間近で見るのは初めてだった。カネが名を呼ぼうとして口を開きかける間に、常盤は長いまつげに縁取られた目を優しげに細めてカネを横向きに寝かせ、器用に片腕ずつ着物を脱がせると、温かい湯を張った桶に浸した手拭いを固く絞って背中や首筋、腕などを丁寧に拭ってくれ始めた。さんざん汗をかいているから、その感触は何とも言えずに心地好かった。

「あのね、お姉さん。利八さんの奥さんが女の子を産みましたよ」

「――え？　生まれたの？」

ああ、そうだった。きよの出産が近かったのだと、そのときになって思い出した。手伝いにも行かれなくて申し訳なかった。自分もまた、きよの後を追いかける格好になったみたいよと話したかったのに。息を切らしながら「それで」と尋ねると、常盤は母子共に元気だと背中越しに教えてくれた。

「せんちゃんと一緒に見にいってきました。せんちゃん、赤ちゃん見て『可愛い、可愛い』って。自分のところにも赤ちゃんが来ればいいのにって」

「――せんは、どうしてる？」

「大丈夫、元気です。毎日、『かーかは？』って何回も言いますよ」

ああ、せんに会いたかった。あの子とこんなに離れているのは初めてだ。

「ウプニの身体も拭いたら、お粥を炊きますね」

常盤が部屋を出て行くと、カネは薄がけ替わりのアットゥシを襟元まで引き上げて、ウプニに背を向けて涙をこぼした。もしもこのまま治らなかったら、せんは兄上と常盤に託すしかないのだろうか。勝がそれを承知するだろうか。そして、おなかに宿ったかも知れない命は、このまま誰に知られることもなくカネと一緒に葬られるのだろうか。

ごめんね。せんちゃん。

ごめんね。赤ちゃん。

ああ、天主さま。

祈りながら、いつの間にかまた眠りに落ちる。まるで自分の身体が骨も肉も溶けていくのではないかと思うような感覚だった。

翌日も、ウプニ共々熱は下がらず、やはり佐二平さんの声が聞こえる時があったが、朦朧とした中で、そうらしいと思うだけだった。元気で動き回っているときとは比べものにならないほどに時間の流れは速く、気がつくと朝になり、また気がつくと外から夜の気配が忍び寄っている。しばらくして、障子戸が開けられ、外の空気がすうっと入ってきた。そしてまた、戸が閉まる。

「寝とるわ――まあ、座ってくれ。カネがこんな具合なもんで、たゃあしたつまみも出せんが」

「珍しいことだらな。いつも元気なおカネさんが、こうも長患《ながわずら》いするっていうのも」

「小さい頃から考えても、こんなのは初めてだな。ほとんど風邪一つひかない子だったのに」

「おこりでもなゃあし、まったく厄介なことになったでいかんわ」

三人は囲炉裏を囲んで酒を酌み交わし始めたらしい。いつもの光景のようだが、三人揃うのは、実は久しぶりのことかも知れなかった。

「そんで、鈴木くんが今朝、うちの兄貴に渡した、あれは何だら」

兄上の「あれか」という声が、いつもより重々しく聞こえた。このままた眠りに落ちるだろうと思っていたが、その次に「建白書だ」という言葉が聞こえて、カネは耳をそばだてた。

「建白書？」

依田さんの声に被さるように、勝の「ついに出したか」という、うなり声に近い呟きが耳に届いた。

「そんなものを渡しただらか。何だってまた急に」

「急ではない。俺は前から依田くんに言っておったではないか。今のままでは、晩成社は立ちゆかなくなるときがきっと来る。何より、農民らが疲弊しきってしまうと」

このところの兄上が、依田さんのやり方に対して何か思うところがあるらしいことはカネも感じていたことだ。だから、シブサラの開拓を始めると言い始めたときにも、このまま依田さんと袂《たもと》を分かつつもりではないかと不安になった。

「今は明治の世の中だぞ。ようやくこぎ着けようとしている国会の開設だって――」

「そういえば、佐二平どのは国会議員にならゃあすおつもりだと聞いたが、あれは本当かゃあ」

勝が話の腰を折った。依田さんの声が「そのようだ」と聞こえる。

「三年後に向けて、もう色々と動きだすつもりだって、言ってたら」

「いよいよ議員さまか！　たゃあしたもんだがや！」

「その国会にしたところで、もとをただせば板垣退助《いたがきたいすけ》と後藤象二郎《ごとうしょうじろう》らが建白書を提出したところから始まったんだ。つまり、これからの時代、我らはまず声を出すことから始めねばならんということだ。声を上げて、動かしていかねばならん」

「ほんで、うちの兄貴に、何を建白しようということだったら」

「無論、この晩成社についてだ」

「また始まった——例の、社則をどうにかしろっていうことだらか。それについては、この前、俺が無理だと言ったら」

「ああ、だからだ。依田くんが駄目だというのなら、晩成社本社の株主を動かすしかないじゃないか」

しばらくの間、沈黙が流れた。社則をどうのと言っていたが、一体、兄上は佐二平さんにどんなことを建白したのだろう。それで晩成社に何か変化は起こるのだろうかと考えながら、カネはまた眠りに落ちていった。

6

翌日になるとウプニがようやく熱も下がり、吐き気もすっかり治まったと言ってフシコベツへ帰っていった。だが、残されたカネの方は相変わらず高熱が続いていて、勝が作った薄い粥をすする元気さえない。

「食わんと死んでまうぞ」

勝は苛立った様子でカネの枕元にあぐらをかき、「ほれ」とさじですくった粥を突き出してくる。カネは目をきつく閉じ、口も閉じたまま、小さく首を振った。

「ええがやあ、死んでまっても」

「――あなたは、その方がいいとでも思っていらっしゃるんですか」

肩で息をしながら、やっとの思いで目を開けて勝を見上げた。すると勝はいかにも心外だという顔つきになってひと際大きく目を見開いている。ウプニがいたときには遠慮もあったが、今なら言いたいことを言える。いや、言わずにいられなかった。カネはアットゥシを握りしめて力を振り絞った。

「このところの、あなたの仕打ちはあんまりです」

「――何言っとるんだ」

「そうではないですか。私だって、好きでこんな具合になったと思ってらっしゃるの。それを、やれ間が悪いだの、迷惑だの」

「だって、そうでなゃあかっ。何も佐二平さんがおいでになるというときに――」

「仕方がないではないですかっ」

言いながら、涙が滲んだ。勝は、さらに驚いた顔になって、粥をすくったさじを宙に浮かせたまま、ぽかんとしている。

「大体、あなたは鈍いのです」

「何だと」

「鈍すぎますっ。どんなことを言われたら人が傷つくか、何も分かっていらっしゃらない。何度も言いますが、好きでこうなったと思いますか？　苦しい思いをしているのは、こちらなのですよ。それに、流行り病だったら皆にも迷惑をかけると思うから、こうしていたって気が気じゃないし、その上――」

ここまで話すだけで十分に息が切れる。だが勝は、口を大きくへの字に曲げて目をぎょろつかせ、今にも売られた喧嘩を買おうとでもいうかのように梲にさじを戻して、ぐっと顎を突き出してきた。

「その上、何だ。言いたゃあことがあるのなら、言ったらええがや」

額に青筋を立てて、いつもは涼やかで優しげな瞳も、こういうときにはいかにも陰険そうな光を帯びて、嫌らしく見える。

「その上――」

「ほれ、言うてみろ。その上、何だっ」

「――お腹の子にさわったらと」

その瞬間、勝の瞳がさらに大きく見開かれ、頬の辺りがぴりっと動いた。カネはがっくりと力尽きたように目をつぶった。

「――こんな形で言いたくはなかったのに」

勝の機嫌のいいときを見計らって、もっと喜んでもらえるように伝えたかった。

「おい、カネ――」

「苦しい――疲れました」

そのまま目をつぶっていたら、がさがさと立ち上がる音がして勝は部屋を出て行った。狭い空間だが、ウプニがいなくなった分だけは広くなり、その分だけ、心細さが増すようだ。

ノブ、延子。

可哀想な延子。

私を迎えに来るの？　お姉ちゃんに会いたい？

私だって、心からあなたに会いたい。けれどね、延子、お姉ちゃんはまだ死ぬわけにはいかないのよ。

私はここで、生きなければならない。

分かってね、延子。私を守って。

幼かった頃の妹が、しきりに思い出された。その笑顔を追いかけるうち、いつの間にか延子がせんに変わり、きゃっきゃっと笑い声を立てながら庭先を駆けている夢を見ていた。

「カネ、おい、カネ」

気がつくと遠くから勝の声がする。呼吸は相変わらず苦しく、額からも首筋からも、汗が伝って落ちた。やっとの思いで目を開くと、勝の顔がこちらを見ていた。

「川を、鱒《ます》が上ってきたぞ」

「——そうですか」

「だもんで、獲ってきたがや。早速、粕汁《かすじる》を作ったもんでよ、これで精をつけんといかん」

言うなりカネの肩に手を回して布団の上に抱き起こす。そして、カネの目の前に湯気を立てている椀を差し出してきた。確かに桜色をした鱒の切り身が、白濁した汁の中から顔を出している。その椀に目を落としてから、カネは改めて勝の顔を見た。勝は、さっきとは打って変わって、別人のように柔らかい表情でカネを見ている。

「ややこが出来とるんなら、どうして言わなんだ」

「——言おうと思った矢先に、こんなことになったのですもの」

「だゃあ事にせんといかん時じゃなゃあのか」

「——多分」

「そんなときに、ウプニの奴は一体ぇあ何をうつしてくれたんだ。なあ」

言いながら、カネの手をとり、椀をのせようとする。さっきから、どれほどの時間がたったのだろう。だが、何しろ大急ぎで裏の川で鱒獲りをしてきたのに違いない。そして、懸命にこれを作ってくれたのだろう。それが、勝という人だった。

「少しでいいから食ってくれ。汁を飲むだけでもいい」

「――いただきます」

何はどうあれ、これが自分の夫なのだと思う。この人と生きるために、すべてを捨てて船に乗り、はるばるこんな場所まで来た。そうして子をなし、今さら後へは退けないところまで来てしまった。

「そんなに熱くにゃあと思うがな。どれ、湯気を吹いてやろうか、うん？」

何度も促されて、カネはそっと椀を口に近づけた。食欲などまるでなかったし、正直なところ、熱のせいか匂いもよく分からない。それでもひと口すってみる。味も、よく分からなかった。ただ温かいものが喉を通り、胃に染み込んでいくのだけは分かった。

「うまゃあか」

「――あったかい」

「卵も入っとったもんで、チポロも漬けたがや。夜には、それで粥を作ってやろう」

「――それより私、バタートーストとクリームシチューがいただきたい」

勝の顔が「えっ」というように変わった。一瞬また怒り出すのかと思ったら、今度は困り果てたように眉根を寄せて、がっくりと肩を落としてため息をついている。その顔を見て、カネはようやく密かに胸のすく思いを味わった。一矢報いたと、つい口もとがほころびそうになったが、すると、いつの間にか出来ている熱の華が引きつれて鋭い痛みが走った。

「バタートーストかゃあ――」

「冗談ですってば」

勝は何とも情けない表情でカネを見て、それからそっとカネの手に自分の手を添えてきた。

「不自由かけとるな――特に、横浜育ちのおまゃあさんには辛いことも多いのは、よおく承知しとる。だがな、依田くんが言っとったんだわ。牛飼いが軌道に乗ったら、きっとバターも作るつもりだと」

「本当に？　バターを？」

依田さんはそんなことまで考えているのか。バター作りなど、本当に実現出来るものだろうかと思いながら、それでも何となく嬉しくなった。もしもバターが手に入ったら、こんな鱒の汁にもバターを落としたい。それだけで香り豊かなシチューになるだろう。たとえば畑の馬鈴薯をふかして、そこにひとかけらのせるだけでも、きっとご馳走になるに違いない。ああ、風味豊かなバターの味わいが恋しかった。

「佐二平さんは？」

「さっきまで『臨水亭』におられた」

「豚の丸焼きは？」

「銃太郎の方で作った」

「そうですか――私はとうとう、ご挨拶出来ないままかしら」

「仕方がなゃあ。佐二平どのも、よく承知しておられるし、どえらゃあ心配されとったがや」

申し訳ないのと同時に、依田さんによく似ているという佐二平さんを見てみたかったと思うと残念でもあった。

翌日、またも佐二平さんがやってきて、カネに薬を置いていってくれた。これほどまでに熱が長引くのは、どうやら単なる風邪ではなく、流行性の感冒なのではないかと、それに効くという漢方薬を試してはどうかということだった。早速、勝が煎じてくれたものを飲んでみたところ、間もなくして本当に熱が下がり始めた。

「さすが佐二平さんだがや！　いやあ、生命の恩人だ！」

勝は躍り上がらんばかりに喜び、カネも、せめてひと目でも会って礼を言いたいと思った。だがそのときには、佐二平さんは既に依田さんと一緒に川を下っていった後だった。五日間にわたったオベリベリ滞在で、果たして何を見、何を感じて下さったか、せめてその一端でも聞きたかったと、カネは残念に思い、そして、布団の上で手を合わせた。

翌朝には、すっかり楽になっていた。平熱とまではいかないが、ほぼ十日ぶりに床を上げて、身体に力は入らないし多少はふらつくものの、出来るだけいつも通りに過ごそうとしていたら、陽が高くなった頃に勝がせんを迎えに行ってくれて、兄上も一緒に戻ってきた。

「かーか！」

せんは、カネの顔を見るなり駆け寄ってきて、しっかりとしがみつく。思わずよろけそうになりながらも小さな娘を抱き留めて、カネは胸がいっぱいになった。ああ、生きていて、この子をまた抱きしめることが出来てよかったと、心から思う。

「大丈夫なのか、もう」

兄上が「痩せたな」と、いかにも痛ましげな表情でカネを見ているときに、ちょうど初二郎さんが「よう」と顔を出した。

「先生が病気って聞いたもんでよ」

初二郎さんは、勝と兄上に「二人もお揃いだらな」と言いながら、おずおずと木桶を差し出してくる。

「うんどんを作ってみたもんでよ、こんなら病人も食えるんでねえかって、うちの母《かか》かぁも言うもんで」

木桶の中には、打ちたてのうどんが入っていた。

「金蔵も心配しとるら」

「そういえば、金蔵くんの合格通知は、まだでしたか」

初二郎さんは曖昧に笑いながら「まだだら」と頭をかく。

「試験を受けさしてもらえただけで、おめえ、もういいんでねえかって、俺なんか言っとるら。だけんど金蔵は、『いや、俺ぁ自信ある』とか言いやがって」

普段は口の重たい人だが、最近は息子のこととなると饒舌になる。カネだって、金蔵が農芸伝習科に受かっていてくれたらいいと心から願っていた。

「せっかくだから、すぐに茹でていただきましょうか。よかったら、兄上も食べていって」

しばらく立ち話をしてから初二郎さんが帰っていくと、カネは早速、竈の火を熾しにかかった。「ゆっくりでいいぞ」と勝が声をかけてくるが、自分がやろうとは言わない。

「じゃあ、呼ばれるかな。ちょうど今日から常盤が母親のところに行ってるから」

兄上は、実は明日から大津へ行くのだそうだ。すると、留守中は常盤が一人になる。それなら実家に帰っていればいいだろうと、シブサラへ帰したのだと言った。せんと一緒に一週間以上も過ごしたものだから、いなくなったら淋しくなると、常盤は少ししょげていたのだそうだ。それで、気持ちを切り替えるためにも里帰りさせたらしい。

「そんで、佐二平どのは何か言われたか」

湯が沸くのを待つ間にも、勝は昼だというのに酒を持ち出してきて、カネの視線に気づくと「にっ」と笑った後、二つの湯飲み茶碗に酒を注いでいる。毎度のことながら、笑っては呑み、怒っては呑み、本当にこの人はお酒との縁を切れないらしかった。兄上は慣れた手つきで注がれた茶碗を受け取り、それを見つめたまま「ああ」と、大きく一つ息を吐いた。

「受け入れられんとさ」

途端に、勝が「なにっ」と大きく眉を動かした。

「ここにいる間に、もう、そういう答えを出していかれたのか」

「一蹴《いっしゅう》されたよ」

「そりゃあ、にゃあがや。まずは伊豆に持ち帰ゃあって、株主と相談するとも言わにゃあでか？」

「その必要は感じないと言われたよ——それから、今後も一切、社則は変えられん、変えるつもりはないとも言われた」

そういえば熱に浮かされて夢うつつで過ごしていたとき、兄上が、勝と依田さんに何やら話していたことを思い出した。茹であがったうどんをよく水で締め、器に取り分けて、上から大根おろしと勝が先日漬け込んだ初物のいくら、刻みネギとを惜しみなく盛りつけて生醬油をひと垂らししたものを皆の前に出しながら、カネはつい「それって」と兄上を見た。

「建白書のこと？」

丼を手に、兄上は一瞬訝《いぶか》しげに勝を見ている。口出ししてはいけないことだったかと思ったが、もう遅い。

「この前、寝ているときに依田さんと三人で話すのが少し聞こえたものだから」

「そうか――俺なりにずっと考えていたことだから、この機会に是非とも伝えねばならんと思ってな」

何ごとか考える顔をしたまま、兄上は「取りあえず食おう」と箸に手をつけ、勢いよくうどんをすすり始めた。

「おっ、うん、うまい」

「おう、こらゃあ、ええわ」

勝もうんうんと頷いて箸を動かす。

「やっぱり、カネの作る飯は旨まゃあ」

せんも「美味ちいねえ」と嬉しそうにうどんを一本ずつ口に運んでは、すぼめた小さな口で、つるつると吸い込むように食べている。カネも久しぶりの喉ごしと歯ごたえを楽しんだ。薄い粥ばかり、それも布団の上で食べていたのだから、食感も何もかもが新鮮で、ことのほか美味しく感じられた。

食事が終わり、よもぎ茶を淹《い》れたところで、兄上は改めて話し始めた。

「要するに、社則を変えて欲しいと訴えたのだ。我々の借金に一割五分の利息がつくことも、収穫の中から二割を納めなければならんのも、すべては社則に決められているからだが、それが我々の困窮の原因の一つなのだ。しかも、まだ畑も広がっておらず、収穫など何もなかった二年目から、俺たちはずっとこれに縛られている」

そのことは、カネも常々考えていたことだった。働いても働いても、暮らしは楽になるどころか借金ばかりが増えていく。とにかく利息だけでも早く返さなければと、鶏から始まって山羊や豚を飼い、冬は冬で勝は毎日のように猟に出てはキツネやウサギを獲り、鷲《わし》や鷹《たか》の羽まで売りものにしているというのに、そうまでしても追いつかないのが現実だ。

第一、この土地では畑の広さの問題は別として、バッタの害や天候の不順などのせいで、まるで安定した収穫が見込めない。収穫がなければ、衣食住から始まって、すべてにおいて借金でまかなわなければならないことになる。こんな繰り返しでは、こいつまでたっても自分たちの土地を持ち、自信をもってオベリベリに根付いているなどと言えるものではない。

「もともと晩成社の当初の目標は、十五年で一万町歩を拓くというものだった。だが、見てみろ、五年たって、やっと三十町歩拓いただけなのが現実ではないか。これは俺たちだけの責任か？」

兄上はわずかに頰を紅潮させて、この部分も建白書で訴えたのだと言った。せっかく株式会社として設立したのなら、そして、出来るだけ多くの配当を受けたいと真剣に望むなら、どうして株主たちはもっと開拓事業に興味を持ち、毎年のようにでもこの土地まで来て視察でも何でもしないのか。自分たちが出資した会社の事業がどうなっているのか、もう少し気にするべきではないのか。もっと働き手を増やす方法を考えるべきではないのか。それに、たとえば、あれほど馬を使って耕作しようと訴えたときだって、実際に馬を入れるまでに、どうしてあんなに時間がかかったのか。

「あれぁ、依田くんの頑迷さもあったなあ。一頭入れるだけでも、えらぁこと時間がかかったもんなあ」

「依田くんだけに任せておくから、ああいうことになったのだ。もっと柔軟に物事を考えられる人がこの土地を見て判断すれば、迷うことなくごく早い段階で馬を入れただろう。原始の時代ではない、今は明治の世だぞ。便利な道具や機械はどんどん西洋からも伝わってきているのに」

兄上はまた、明治政府が発布した北海道土地払下規則にも触れたと言った。昨年発布され、今年の五月には北海道庁長官・岩村通俊《いわむらみちとし》の演説が官報に載せられており、そこでも触れられていたという。それによれば、個人または会社で最大十年以内に最大十万坪の土地を開墾して認められれば、千坪一円で払い下げられ、十年間は税を免除するという。つまり国が開拓者を支えようとしている、国をあげての事業として北海道開拓に乗り出しているということだった。晩成社もこの保護を受ける条件を満たしているのだから、ぜひとも届け出て優遇策を受け、その分を小作人たちに分け与えるべきではないか。

「晩成社は、もともと資金そのものが足りていないんだから」

北海道開拓は大事業だ。船会社を経営したり学校を持つなどという事業とは、その規模も、軌道に乗るまでの年月も、まったく違うということを、出資者にはもっと感じてもらわなければならない。

時に囲炉裏の縁を指先でとんとんと叩きながら滔々と語る兄上を見ていて、カネは改めて、兄上の中に長い間渦巻いていた鬱憤と疑問とを感じていた。もしも以前のように、常に勝と依田さんとの三人が集まって、夜通しでも話し合う時間さえ持てていれば、その都度小さな問題でも解決していくことが出来たに違いない。だが、それがまず無理になった。そのことを思うと、やはり依田さんの行動が性急に過ぎ、また独りよがりだったとも思えて、今さらながらに歯がゆくなる。今となっては、確かにオイカマナイも大切だろう。オベリベリの開拓が思うように進んでいないからこそ、依田さんだって焦《あせ》っているのに違いない。だが結局は、それが逆効果になってしまってはいないか。勝と兄上、三人の力が分散してしまっては、突破できることもできないのではないだろうかという気がしてならない。

「そういったことを一つ一つ建白書に書いて、それが受け入れられなかったっていうことなの？　私が聞いている限りでは、きちんと理屈が通っていると思うのに」

食事が終わって落ち着くと、せんはカネから離れて猫と遊び始め、やがてとことこと外に遊びに出た。小さな後ろ姿に「遠くに行かないでね」と声をかけて、カネは再び兄上の顔を見つめた。兄上は「そういうことだ」と口もとを歪めた。

「しかも、晩成社の出費の多くは、役員の報酬に割かれてるんだ。何一つしているわけでもないのに。俺と勝を見ろよ。俺らは晩成社の幹事だぞ。ただ畑仕事だけしていれば済むというものではない。実測、帳簿付け、その他の雑多なことはすべて我々で片づけていて、それについてはまるで無給ではないか。つまり、小作人扱いの連中よりさらに仕事量ばかりが多くて、まったく報われておらんということだ。おかしくないか、これは」

勝が難しい顔で「そうなんだわ」と、深々とため息をつく。

「村の連中も、おんぶに抱っこというのか、何でもかんでも俺たちにやらしとけば大丈夫だという気になっとるもんでね」

「それに依田くんだって、実のところは会社経営というものが分かっておらんのではないか。まず基本的に、労働には対価がつきものなのに、未だに庄屋気取りだ。俺たちに対してだって、彼は、何かすれば実費を支払う他は『心付け』とか『日当』とか、せいぜいそんな形でわずかな金を置いていくだけじゃないか。それも自分の金を使っているのだから、文句を言うなという姿勢だな」

「依田くんの得意技は、前へ前へと突っ走ることだもんでよ。あとは、自分が号令をかければ誰でも言うことを聞くものと思っとるようなところは、確かにあるわな」

勝は「お坊ちゃんだもんで」と、皮肉っぽい表情で首の後ろを掻いている。

「それに、あの兄さんのそばにおれば、そりゃあ自分まで偉くなったような気にもなるってもんだがや」

「――佐二平さんという方も、そんなに立派な方なら、どうして兄上の建白書を、せめてすぐにはね除けないで、もう少し時間をかけて吟味するつもりには、なって下さらなかったのかしら」

カネは、胸の中に不安が広がっていくのを感じないわけにいかなかった。晩成社の屋台骨である三人のチームが、ついに今、揺らぎ始めている。

「まあ、明日、大津へ下ったら、父上ともよく話してみるさ」

兄上は言うだけ言ってしまうと、吹っ切れたような表情になり、にっこり笑いながら「ごちそうさん」と腰を上げた。

その晩、久しぶりに親子水入らずで囲炉裏を囲みながら、勝は一人ちびちびと酒を呑んでは時折、ため息をついた。

「銃太郎も一本気な男だからなあ。こうと決めたら、てこでも動かんとこがある」

「でも、決めるまでにはとことん考える人です。今度のことだって、建白書まで出そうと決心するからには相当に色々と考えていたんじゃないかしら」

勝は、うん、と頷き、兄上の考えていることは前々から聞いていたのだと言った。建白書を出そうと思っていることも予《あらかじ》め知らされていたという。

「そのとき、あなた、賛成なさったんですか？」

「賛成も反対もなゃあわ。銃太郎の言うことはいちいちもっともだし、この村の全員が思っとることだ。それに、俺は多少なりとも佐二平さんを知っとるつもりだったからな。こうも簡単にはね除ける人だとは思っとらんかったがや。いや、むしろ銃太郎に痛たゃあとこ突かれて、面白なゃあ思ったかも知れんな」

カネは、結局は声しか聞くことの出来なかった佐二平さんという人のことを考えてみた。素封家の当主で、こんな開拓事業にぽんと出資するほどの財力と度量があり、ゆくゆくは国会議員の選挙に打って出るかも知れないという人は、少なくともカネの病状を心配して薬を置いていってくれるような気配りの人でもあった。それなのに、どうして兄上の意見を真剣に聞き、自分たちが作った社則を再検討するつもりにはなってくれなかったのだろう。それなりの考えがあるのなら、そこを説明して欲しかった。それとも、「小作人風情」が文句を言うなとでも言いたかったのだろうか。人は財力で測られるものなのか。

「兄上は、どうするのかしら」

「親父どのが、どう考えておられるかにもよるだろう」

兄上の一本気と武家としての誇りは、そのまま父上から受け継いだものだ。しかも建白書まで提出して、それが受け入れられなかったとなれば、父子ともども「けじめをつける」と言い出すことは、まず間違いがない。そうなれば、結論は目に見えているようなものだった。

「あなたは、大丈夫なんですか」

囲炉裏越しに勝を見ると、勝は「うん」と聞き返すように眉を動かす。

「兄上と行動を共にするとか――」

勝はしばらく何か考える顔をしていたが、やがて「心配ゃあするな」と、わずかに皮肉っぽく頬を緩めた。

「もう一人家族が増えるというときに、そう無茶なことは考えにゃあ」

「——佐二平さんとの約束も、あるんですものね」

少なくとも五年は依田さんの傍にいるという約束をしたと、以前、勝は言っていた。だが、今年が入植五年目なのだから、そろそろ約束の期間も終わりになるはずだ。つまり、もう、いつ離れてもいいようなものだった。

「銃太郎と俺と、二人いっぺんに抜けたら、晩成社は本当に駄目になるがや」

湯飲みに残っていた最後の酒を一気にぐい、と呷ると、勝は「飯にするか」と言って、せんに「なあ」と笑いかけていた。

7

兄上が大津へ下って四日目の夜、兄上の乗った舟を操っていったパノが戻ってきて、兄上からの文と共に、金蔵の合格通知を届けに来てくれた。カネは戸口に立ったまま、即座にその通知を開いた。

「受かった！　受かったって、ねえ、あなた、金蔵くんが受かったって！」

朝から雨の降り続く肌寒い日だったから、今日は一日家にいた勝も、「本当かっ」

と炉端から飛び出してきた。

「よしっ、初二郎さんに知らせて来るがや!」

言うが早いか、もう雨の中を駆け出していく。カネは実に久しぶりに気持ちが浮き立つのを感じながら、急いで酒の支度を始めた。こうなったら酒盛りにならないはずがないのだ。

「ウプニ、納屋からお漬物を出してきてちょうだい。それと、馬鈴薯とタマネギも」

「どれくらい?」

「そうね、ザルに一杯」

竈の火を大きくして湯を沸かし、その間に徳利の用意をしたり、漬物を出したり煮物の鍋を囲炉裏に移したりしている間に案の定、勝は初二郎さんを伴って戻ってきた。その後ろから、金蔵も照れくさそうに笑いながら顔を出す。

「よかったわねえ、金蔵くん!　おめでとう!」

この何もない中から、よくぞ頑張ってくれたと思うと、思わずカネも胸に熱いものがこみ上げてくる。

「まさか、うちから学校に行くようなもんが出るとは思わんかったら。こんな、先祖代々の水呑百姓の家から」

初二郎さんは、半ば信じられないというような顔つきで、むしろ慌てているようにさえ見えた。

「これからの時代は、農民でも誰でも、望めば学問できるようになりますよ」

「そんでも、びた一文持っとらん、こんな村の百姓だもんだでよ。いやあ、カネ先生がおらんかったら、どうもこうも、無理な話だったで」

初二郎さんと金蔵とは、身体が二つに折れ曲がるほど深々と頭を下げる。カネは恐縮しながら「さあさあ」と彼らを家に招き入れた。その間に勝が自分で徳利に酒を注ぎ、湯の沸いた中につけている。

今夜は特別ということで、金蔵も最初の一杯だけ、お相伴にあずかった。そうこうするうち彦太郎さんがやってきて「聞いたぞ！」と金蔵を祝福した。続いて利八が来て、それから山田勘五郎さんが来た。これで村の男たち全員が、金蔵を祝福することになった。

「そんで、いつ出立だら」

「銃太郎さんからの便りだと、十三日には大津を出た方がいいんだそうです。入学に必要な書類は鈴木親長さんが書いて下さるそうですから、それを持ってオイカマナイに行けと。まだオイカマナイにおいでの依田佐二平さんが、内地にお帰りになるのに、札幌までついていけばいいからって」

猪口《ちょく》一杯の酒で顔を赤くして、金蔵はいかにも嬉しそうに兄上からの手紙を広げて読み直している。「これがすらすら読めるんだらなあ」と彦太郎さんが感心したように「ふうん」とうなり声を上げた。

「十三日に大津を出るっていうことは、その前の日には向こうに着いとらんといかんわけだから──何だ、遅くとも明後日の朝には、もう出んといかんがや！」

「明後日だらかっ！」

「もう、日がねえだら！」

男たちが口々に声を上げるのを聞きながら、初二郎さんは黙って猪口を傾けている。赤銅色に日焼けして深い皺の刻まれているその顔には、嬉しそうでもあり淋しそうにも見える、何とも言いがたい表情が浮かんでいた。帰りしな、カネが「きっと立派になって戻りますよ」と声をかけると、初二郎さんはわずかに酔った様子で、ただ何度も頭を下げていた。

九月十二日は朝から気持ちよく晴れ渡る日になった。おそらく昨日一日で、母親のとめさんが仕立てたのだろう、一張羅に身を包んだ金蔵は、初二郎さんと彦太郎さんも同行する形で村中の皆に見送られ、大津へ下っていった。

母上からの便りを受け取ったのは、その数日後、金蔵とともに大津に下った初二郎さんたちが戻ってきたときだ。悪阻が始まって、日によっては気分のすぐれない日もあったから、母上からの便りは何より元気をもらえるものと、カネは喜び勇んで封を切った。ところが、懐かしい母上の文字を紙の上に追ううちに、言いようのない重苦しい気持ちが胸に広がっていった。

〈――一体いつまで、夢物語のようなことを続けているのでしょうか。可哀想な延子が逝ってしまったと知らせたときに、せめてあなただけは飛んで帰ってくるものと待っていましたが、その様子もまるでなく、この哀れな母を気遣う様子もないというのは、どういう了見なのですか。忙しい、子どもが小さい、費用が捻出できないと、あなたのことだから、さぞ色々と理屈を並べるに違いないけれど、要するに誠意がないのだと母は感じざるを得ません。そのつもりさえあれば、どんなことだって出来るはずではないですか。そちらに行って、はや五年にもなろうというのに、あなたは本当にこのまま母や弟妹たちと会えなくなってもいいと思っているのですか。いえ、思っているのでしょうね。

あなたは鈴木家の長女としての責任を、どのように感じているのでしょう。あのような男に嫁いだばかりに、母や弟妹たちに、どれほどの不便をかけているか、分かっていますか。もともと銃太郎は、牧師になると言ってみたり、蝦夷地へ行くと言ったりで、はなから長男としてはあてにはならないのです。あなた方の父上という方も、耶蘇教に染まってからというもの、私の言うことなど耳を貸して下さらなくなった。それならば、せめて教師という恥ずかしくない仕事について、それなりの収入も得られていたあなたこそが頑張るべきだったのに、そんなことも投げ捨てて百姓仕事などを面白がっているあなたの気持ちが、母にはまるで分かりません――〉

何度読み返しても、そこには「元気か」のひと言もなければ「孫に会いたい」などという言葉も見当たらなかった。勝を「あのような男」と書き、父上や兄上のことまで悪《あ》し様《ざま》に言って、母上がいきり立っているのが、あまりにも生々しく伝わってくる。カネは背中から力が抜けていく気持ちだった。

なぜ、そうも感情のままに文をお書きになるのですか。それでご自分だけが溜飲《りゅういん》を下げて、受け取る側はどうすればいいのです。

離れているからこそ、互いに思いやらなければならないはずなのに。

カネだって時間を見つけては母上や弟妹たちに便りを出している。その都度、心配をかけてはいけないと思うから、大変だ、苦しいなどということは口が裂けても書けないと自分に言い聞かせて、それでも慣れない畑仕事や人間関係に右往左往していること、冬の厳しさ、親となった今こそ母上からの助言が欲しいことなどを、精一杯に書きつらねているつもりだった。兄上だって必死で頑張っている。少しでも生活にゆとりが出来たら、仕送りでも何でもしたいと、互いに語り合っていることも繰り返し書いている。それでも母上には、何も伝わっていないのかも知れない。変わらないといえばそれまでだが、これが母上という人だった。

すっかりしょげかえっていた翌日、きよが久しぶりに、生まれて間もない子を抱いてやってきた。

「あら、この子はきよさんに似てるみたい」

「だもんで、うちの人が『可哀想になあ』とか言ってるら。何ていう亭主だろう」

笑っているきよに、カネは出産を手伝えなかったことを詫びて、それから自分もどうやら二人目を身ごもったらしいと伝えた。すると、きよは「また一緒だらか」と、嬉しそうに笑った。

「村に子どもが増えんのは、いいことだら」

「そうよね。そのうちに、もっと増えていけばいいわ」

「だけんど、もう二人の子持ちになっちゃったら、こっから逃げ出すなんて、出来やしなくなったよねえ」

「本当ね――ねえ、きよさん。きよさんは、お母さんはお元気なの？」

例によって、竈にかけてある鍋の中を覗き込んで「いい匂いするら」などと言っているきよのために、味見用の器を棚から取り出しながら尋ねると、きよは、「え」という顔になってこちらを振り向き、親ならとうに死んでいると答えた。

「おっとうもおっかあも、どっちも」

「そうだったの――ごめんなさい」

だが、きよはけろりとした表情で、たとえ生きていたとしたって、読み書きの出来ない自分には、カネのように便りのやり取りが出来るわけでもないのだから、かえって死に別れていた方が気苦労がなくていいのだと言った。なるほど、そういう考えもあるかと、カネは密かにため息をついた。いなければいないで、何かと心細いときもあるに違いないが、実際こうして遠くにいながら悩まされていることを思うと、不謹慎にもきよが羨ましいような気持ちさえする。

「これ、うんめぇら。どうやったの」

「最初に油で、軽く焼いたの。ほら、佐二平さんがお土産にって、皆の家にも配ったでしょう？」

「あの油を使っただらか？　あれ、口に入れても平気なもん？」

「もちろんよ。ごま油だもの」

鍋の中には今年の鮭と馬鈴薯、ニンジンとの煮物が出来上がっていた。この前、勝とバターの話をしたら、どうにもバターが食べたくなって、それは無理な話だから、せめて風味づけだけでもしてみようと、煮物を作るときに予め少しの油で焼き色をつけてみたのだ。ごま油だから、バターとはまったく違うが、香ばしい独特の香りを放っている。

「そんじゃあ、この匂いは、ごま油だけ？」

「あと、プクサも少し」

「プクサ？　へえ、そんなに臭くないねえ」

「水で戻したのを使ったからかしらね。これも最初に油で軽く炒めて、香りだけ出してね」

きよは「へえ」としきりに感心しながら、それからもまだ生まれて間もない赤ん坊を抱いたまま、ひとしきり雑談をした後、カネが取り分けてやった煮物を入れた器を抱えて嬉しそうに帰っていった。

きよは、おそらくバターの味など知らないだろう。ジャムも、ピーナッツバターも、七面鳥も知らないと思う。親には早く死なれ、読み書きも出来ず、それでも彼女は実に屈託なく、たくましく生きている。もう以前のように「帰ろう」とも言わなくなり、彼女は確実に、この地に根を下ろしているように見えた。

自分もきよを見習わなければとカネはため息をついた。母からの便り一つで、こんなにも気を滅入らせていては、とても日々を過ごせない。きよの言葉ではないが、二人の子の親になったら、いよいよここから逃げ出すことなど出来なくなるのだ。ここで、勝と生きていく。それしかなかった。

数日後、勝が今度は「湯殿を建てる」と言い出した。

「風が吹いても雪の日でも、安心して入れる風呂場を作ったるがや。何せ、風呂桶から出たときの風は、身体が切れるほど冷たゃあもんで、前からたまらんと思っとった。ちゃんと板で囲って、洗い場もある湯殿を造ろう」

それに、これからは「臨水亭」に泊まる客も増えていくに違いない。客に風呂をすすめてやることを考えても、やはりもう少しまともな湯殿があった方がいいだろうと勝は言った。カネに異論のあろうはずがない。そういえば、初めてこの土地に来て、勝が最初に見せてくれた優しさも、カネのために鉄砲風呂を据え付けてくれたことだったのを思い出した。つい最近のことのようにも、もうずっと昔の出来事のようにも思える。

「よし、風呂だ、風呂だ！　こういうときは余計なことを考えんように、次から次へと仕事を見つける方がええに決まっとる」

勝が「こういうとき」と言う意味は、今年の畑が駄目だったことを指している。春からずっと汗水たらして懸命に働いてきたし、バッタの被害もなかったから、途中までは安心して皮算用までしかけたのに、最後の最後になってまったく見事なくらい不作の年になった。佐二平さんが来た頃までは順調に育っているものも多かったのだが、その後になって早霜《はやじも》が降りたのだ。それからも霜が何度か続いて、収穫直前だった作物はほとんどやられてしまった。昨年の今ごろは豊作に沸いて、誰もが笑顔で正月を楽しみにした秋だったのに、今年はまた逆戻りだった。

「冬場、どっかに働きにでも出ねえと、また借金が増えるら」

「だけんど、大津も景気はよくねえっていうしなあ」

村の人たちも、顔を合わせる度にため息をつきあった。一年の苦労が、収穫直前になってたった数回の霜で水の泡になってしまう虚《むな》しさは、他の何でも埋めようがない。佐二平さんに励まされた興奮も醒めて、人々の間にはまたも沈鬱な雰囲気が流れ、ついに彦太郎さんが嘆願書を出したいと、勝のところに言ってきた。

「嘆願書って、誰に」

「決まっとる。会社の一番えらい人だら」

「そんなら社長か」

「そういうことだらな。つまり、善六《ぜんろく》さんだら」

依田善六さんは、依田さんや佐二平さんの従兄弟《いとこ》に当たる人で、以前は園《その》という名だったが、その後改名して今の名前になった、リクさんの兄さんだそうだ。伊豆松崎《まつざき》にある「ぬりや」を屋号とする依田分家の当主だということだった。本家の佐二平さんと同じように土地の名士であり、また、最近は汽船会社も始めて、やはり実業家として名を馳せているらしい。聞けば聞くほど、伊豆の依田家はすごいらしいことが、ここへきてカネにもようやく分かってきた。そんな家の息子である依田さんが、よくもこの未開の地で頑張っているものだと思えば、それはそれで感心する。だが一方では「だから駄目なのか」という気持ちにもなった。いざとなれば、依田さんには帰るところがあるのだ。何なら絹の布団でだって眠れることだろう。このオベリベリに張りついて、爪を立ててでもこの地に残ろうと思っているようなものとは、根本的に違っている。

「まあ——そんなら、全部の収穫が終わったところで、考えてみるか」

本当なら、こういうことは兄上の方が得意なはずなのだが、以前、兄上と大喧嘩したことのある彦太郎さんとしては、今は仲直りもしてわだかまりなどないと口では言っているものの、やはり何となく頼みづらいのかも知れなかった。

「佐二平どのがあんな調子だったのに、善六さんが動いてくれるとも思えなんだがなあ。どっちかっていったら、名前を貸しただけの、頼まれ社長だもんで」

勝は、取りあえず再び誰かが催促してくるまでは、自分からは動かないことにすると言った。普段は何ごとにもすぐに熱くなって、真っ先に動き出すようなところのある勝にしては、その腰は重く、さらに、晩成社の経営陣に対して相当に懐疑的になっているらしいことが、カネにはありありと感じられた。兄上だけでなく勝もやはり、この五年の間に晩成社への思いが変わってきているのだ。

こんな時に依田さんは何をしているのだろう。

そう思うと焦れったい。無論、依田さんだって今ごろは大変なのだろうと思う。多少なりとも、それは分かっているつもりだ。オイカマナイで四苦八苦しているのに違いない。だが、このままではチームは空中分解する。そのことを、依田さんは感じていないのだろうか。

収穫作業の傍らで造り始めた新しい湯殿がいよいよ出来上がろうとしていた九月の末、朝は霜が降りてひどく冷え込んだ日の夕暮れ時に、兄上がひょいと顔を出した。ほんの数日前にも勝とさんざん呑んで結局泊まっていくことになった兄上は、家に入ってくるなり「今日は早く帰るからな」と宣言して笑っている。勝は区切りのいいところまで仕事をするつもりらしく、まだ湯殿作りの金槌《かなづち》の音が聞こえていた。

「いいな、湯殿は。俺のところも造るかな」

「これから寒くなったら、お風呂ほどありがたいものはないものね」

「常盤も風呂が好きだから」

いつものように穏やかな口調で「よし、造るか」と言いながら草鞋を脱ぎ、囲炉裏の火に手をかざそうとする兄上の膝に、せんが早速よじ上っていく。取りあえず勝が仕事を切り上げるまではとトゥレプ湯でも出そうとしていると、背後から「今日な」という呟きが聞こえた。

「依田くんに、辞表を送ったよ」

カネは「え」と振り返って、思わず兄上に歩み寄った。せんを抱いた兄上は、実に静かな表情をしていた。もうすっかり腹が決まっているという顔だ。

「――やめるの？　晩成社を」

いつか、そういうことになるのではないかとは思っていた。三人で築いてきたチームがついに今、ほころび始めた。

「――父上は、何て？」

「俺がやめるのに自分だけ残っているのもおかしなものだから、父上も身の振り方を考えると言っておられる」

「身の振り方って？」

「今のまま大津に一人でいて、留守居役を引き受けておられるのは、そろそろ終わりにするという意味だ。それに、出来れば一度は内地に戻って、延子に線香を上げてやりたいとも言っておられた」

兄上の前にトゥレプ湯を置いて、ついため息をつきながら、カネは囲炉裏端に腰を下ろした。

「依田さんは、どうするのかしら」

兄上はトゥレプ湯の湯気を吹き、ひと口すすって、「うん」と小さく頷いた。

「まず、伊豆にお伺いを立てるんだろうな。向こうから返事があるまでは、俺としては粛々とこれまで通りにやっていくだけさ」

それで、もしも辞表が受理された場合、または、受理されなかった場合は、兄上はどうするのだろう。カネが尋ねると、兄上は、受理されないはずはないと思うと静かに言った。

「建白書まで出した俺が、晩成社の方針に合っていないことは、もう十分に伝わってるだろうからな」

「そうしたら、兄上はシブサラに移るの？」

「あそこも、いい土地だぞ。少しずつだが、目鼻もついてきたし」

「そうは言ったって——せっかくここまでオベリベリを拓いたのに」

このオベリベリに真っ先に入って、たった一人で冬を過ごし、誰よりも耐え忍んできたのは、兄上だ。それなのに、ついにその土地を捨てる覚悟をした。依田さんの気持ちは、とうに離れている。そうなると結局、ここに残るのは勝だけということになってしまう。

「おおっ、さぶ。外はだゃあぶ冷え込んできたがや」

勝が慌ただしく戻ってきて、兄上に向かって「先にやっとってちょうよ」と笑いかけた。

「兄上、辞表を送ったんですって」

カネが伝えると、手を洗おうとしていた勝も「えっ」という表情になって兄上の方を振り返った。せんを膝に抱いたまま、兄上は相変わらず静かな表情で、口もとだけで微笑んでいた。

「そうか、出したか」

「ああ、出した」

もしかすると、勝は既にその話を聞いていたのかも知れない。その晩は、特に兄上の去就について話し合うことはなく、それよりも兄上が取りかかっているシブサラの開墾の話が中心だった。二人が抱える目下の問題は、互いの家で順調に数を増やしてきている豚のことだ。勝はフシコベツにも豚を運んでいる。この豚を、もっと増やして貴重な収入源にするためには、やはりある程度の広さと世話をする人手、そして、流通の方法とが必要だった。

「よし、取りあえずはシブサラを、俺も手伝うとするか」

「だが勝、フシコベツとオトプケだけで手一杯だろう」

兄上が湯飲み茶碗を手に尋ねると、勝はそのときに初めて、そろそろアイヌの農業世話係をやめようかと思っているのだと言った。

「ちょうど、フシコベツにアイヌの土人事務所を建てようとしておるところだと、前に言ったな」

勝は兄上の茶碗に酒を注いでやりながら、ようやくそこまでこぎ着けたのだとわずかに口もとをほころばせる。

「俺がつきっきりでおらんでも、自分らで畑に取り組んでいく気持ちが、フシコベツの連中にも出来上がってきたと思うもんでね。何も、このまま放り出すというわけでなゃあ。ただ、こっちも手一杯の状態だ。そんなもんで、ここらで一旦、お役御免でええんでなゃあかと思っとる」

それに、ある程度の収穫作業が終わったら、そろそろハムを作ろうかとも思うのだと勝は言った。以前、田中清蔵さんがいた頃に作り方を伝授していってくれたハム製造工場の「ラクカン堂」を、いよいよ稼働させようということだ。

「これからはカネの腹も大きなる一方だもんで、栄養もつけさせないかん。もちろん売りもんにしたゃあからだが、カネには旨ゃあもんを食わせんと」

このところにしては珍しく優しいことを言うから、カネもつい笑顔になった。勝は、ちらりとこちらを見てにやりと笑い、そしてまた兄上と酒を酌み交わしていた。

翌十月の半ば、ほぼ半年ぶりに父上が戻ってきた。

「せん、大きくなったなあ」

孫娘を見て目を細める父上は、さらに頭髪が白く少なくなり、頬がそげたように見えた。父上を覚えていなかったせんは、最初のうちこそカネの後ろに隠れたりしていたが、もともとさほど人見知りしない子に育っているから、じきに父上に抱かれて、教えられるがままに「じぃじ」と繰り返すようになった。

「依田くんにも申し出てな、一度、内地に帰ってくることにした」

「すぐに、ですか？」

出来れば年内には高崎の定次郎のところに行って、まず延子の墓参りをしたいのだと、父上は少し遠い目になった。末娘の訃報を一人で受け止め、その死を噛みしめて、おそらく今日まで周囲の誰にもほとんどその話をしてこなかったに違いない父上は、そのことだけでも疲弊しているように見えた。父上も、確かもう五十七になる。老いたという言葉はまだ使いたくないが、還暦間近ともなれば、以前に比べて気力も体力も、衰えていて無理はなかった。

「行っていらして下さい。そうして私の分も、是非とも祈ってきてくださいね」

父上は、うん、うん、と頷き、それからは何日かごとに泊まりに来てはカネととりとめもない話をしたり、せんの相手をしたり、また夜は勝と酒を酌み交わして過ごした。日中は、自分が不在だった間にオベリベリがどう変わったかを確かめて歩き、その景色を心に刻むように過ごして色々と記録をつけていた。

「父上は、こちらに向かうときからずっと、帳面をつけ続けておいででしたものね」

「時間が出来たら、書物としてまとめたいとも思ってな。我らが歩んだ北海道開拓の道のりは、おそらく、後から来る人々の役に立つに違いない」

内地に戻ったら、そんな時間も作りたいと思うなどと話していた父上は、大津から戻ってちょうどひと月後の十一月十七日、内地へ向けて旅立っていった。さすがに父上に対しては、多少なりとも礼儀を通そうと思ったのか、数日前にオベリベリへ戻ってきた依田さんも、その朝は舟着場まで来て父上を見送った。

「どうせなら、親長殿と一緒に帰らせればよかっただらか」

遠ざかる舟を眺めながら、依田さんがふと呟いた。カネがちらりと見ると、依田さんも、やはりちらりとこちらを見てため息をつく。

「文三郎の調子がよくねえもんで。この前もなあ——血を吐いたら」

「血を？　文三郎さんが？」

つまりそれは、肺を病んでいるということではないのか。このところ、ずっと顔を見ていない文三郎さんが、そんなことになってしまっているのかと、カネは思わず眉をひそめた。

「よほど、無理をさせ過ぎたのではないですか」

「分かっとる」

「一度ちゃんとお医者様に診せた方が」

「分かっとるって」

苛立った声を出してから、はっと我に返ったように口をつぐみ、しばらくして依田さんは「俺だって心配しとるんだら」と目を伏せた。

文三郎さんが一人で伊豆に向かって旅立ったと聞かされたのは、それから一カ月ほどした師走の半ば過ぎのことだ。既に厳寒となり、ありったけのものを着ていても火を絶やすことが出来なくなっていた。カネと一緒に横浜から船に乗り、何を見ても一緒に歓声を上げていた青年が、血を吐いて弱り切り、たった一人で、どんな思いで故郷への道をたどるのかと思うと、カネは何とも切なく、また文三郎さんが気の毒に思えてならなかった。

天主さま。

あの若者をお守り下さい。どうか、健康を取り戻しますように。

洋犬を連れて笑っていた文三郎さんの姿を思い出しては、カネは祈った。

父上が大津から戻った頃に、村の男たち六人全員の連名で提出した嘆願書を却下するという知らせが届いたのは、それから間もなくのことだ。今年は霜の害があまりにひどく、地代を支払うどころか自分たちの食料さえもままならなくなりそうだ、どうにかして今年の地代は免除にしてもらいたいと懸命に訴えたものだったが、伊豆の本社からの返事は「一切受けつけられぬ」のひと言だった。

「また社則だがや！　何でもかんでも社則を楯にしくさりやがって」

勝は我慢がならないというように、あぐらをかいた自分の足を拳でなぐりつけ、その場にいた利八も「俺らより、社則が大事だらか」と肩を落とした。

「だからって、今さら帰れねえら。赤ん坊だって生まれたばっかだしよう、身動きなんか出来ねえら」

「当ったり前ゃあだっ。今、ここを放り出したら、俺らの負けになるでなゃあか！」

誰にもぶつけようのない怒りばかりが、皆の中で膨らんでいく。どう気持ちを切り替えようとしてみても、日に日に寒さは厳しくなり、お陽さまさえ凍えて空から落ちてくるのではないかと思うような日が続くと、カネの気持ちもどうしても塞ぎがちになった。

十一月末、勝はアイヌの農業世話係を辞任したいと届け出ていた。色々な意味で疲れが溜まっていたせいもあるだろうと思う。仕事ばかりが増えていき、実りをもたらすものがほとんどないことへの、ある種の虚しさのようなものもあるのかも知れなかった。

第八章

1

明治二十年も押し詰まった頃、常盤のおめでたが分かった。ちょうど鮭を獲るのに夜じゅう川辺にかがり火を焚《た》いて、働きに来ているセカチらも一緒に総出で川に入り、数百匹も獲ったなどと兄上が自慢した直後のことだったから、カネは自分もずい分と目立ち始めたお腹を抱えて兄上を叱《しか》った。

「こんなときに身体を冷やすのが何よりよくないんだから」

「俺だって、分かっていたらそんなことはさせなかったに決まっているじゃないか。そのう――知らなかったから――」

初めて父親になる喜びと戸惑いとで、兄上がひどく慌てているのが、カネには微笑ましくてならなかった。これでようやく兄上も新たに守るべきものが出来るのだ。日頃からせんを可愛がり、自分も早く子どもを授かりたい様子だった常盤も、「お姉さん色々と教えて下さい」と、実に嬉しそうにしている。

「いいなあ、コカトアンはハポになるんだ」

兄上か常盤のいずれかが顔を出すたび、ウプニが羨ましそうにため息をつくから、カネは「ウプニだって、そのうちになれるわよ」と笑いかけた。

「お母さんになりたかったら、もっと丈夫にならないとね」

秋にカネが寝込むきっかけを作ったウプニは、もともとが病弱な体質なのか、今もひっきりなしに具合を悪くする。最近ではほとんど住み込みのような形で、家の雑事から子どもの世話などをしてくれているのだが、何しろ少し元気でいたかと思うと、すぐに熱を出したり腹が痛いなどと言って寝込むのだ。そうなれば結局、カネの仕事が余計に増えることになる。これでは何のために手伝いに来てもらっているのか分からないと、ついため息をつきたくなることも少なくなかった。

「奥さん、私を帰さないで。家は嫌だよ、帰りたくない」

具合を悪くする度に、ウプニはカネに懇願した。ウプニの父親はペチャントへという男で、実は血のつながりはないという。カネから見ると寡黙《かもく》で働き者の印象のあるペチャントへだが、ウプニは時々フシコベツに帰り、戻ってくる度に、またペチャントへに叩かれた、昨夜も食事を与えてもらえなかったなどと言うことがあった。幼い頃からそういう目に遭ってきたのだという。満足な食事もさせてもらえないから、これほど痩せて、身体も弱いのではないかと、カネは考えずにいられなかった。

「一度、ペチャントへと話をした方がいいのではないでしょうか」

勝にそう提案してみたこともある。だが、勝は腕組みをしたまま、首を縦には振らなかった。

「ペチャントへはそこまで細かゃあ日本語を理解せんから、ただ文句を言われたと思うだろう。それに、ウプニが俺たちに告げ口をしたと思って、余計に辛く当たるようになったら、これはこれで困りもんだがや」

そう言われてしまうと、カネも何とも言いようがない。

これまで病死者や餓死者の多かったアイヌは、親を亡くした子どもを養子にして育てている場合が珍しくない。そう聞けば、アイヌの人たちの情愛の深さを感じるというものだが、だからといって、どの家でも必ず子どもたちが可愛がられ、我が子同然に育てられているわけではないことは、この数年の間にカネも学んでいた。ただでさえ貧しい人たちにとって、食い扶持《ぶち》が増えることはそのまま死活問題につながる。そのため、引き取った子どもたちは、単なる働き手に過ぎないという場合も多いらしかった。ウプニの場合は思ったほど働き手として役に立たないことから、ペチャントへを苛立たせるのかも知れない。そして、この哀れな少女は、カネの家にいることが生き延びるための唯一の術だと、ほとんど本能的に感じ取っているのに違いなかった。それなら、置いておいてやるまでだ。大した報酬は与えてやれないが、それでも元気なときは、ウプニは機嫌良く働く娘だった。それなりの気働きも出来るし、せんのことも可愛がる。具合を悪くしても大抵の場合は二、三日も休めばまた起きてきて働くのだから、それでよしとすべきだった。そして、夜の授業にもウプニは参加するようになった。少しずつ読み書きを覚えていくにつれて、ウプニの表情が明らかに変わっていくのが、カネには嬉しかった。

不作だった年の瀬は何とも侘しく、明治二十一年の正月は、もう以前ほどには賑わなかった。何しろ六軒しかない村だ。村人全員が集まったところでたかが知れている。斉藤重蔵さんのように移住の意思を示す人も何人か現れはしたのだが、結局は誰一人として長続きしなかった。

「だゃあじょうぶだ。もうしばらくしたら、まずヲビヒロ川に橋を架けることになっとる。いよいよ動き出すんだ。ここからが、俺らの踏ん張りどころだがや、なあ！」

それでも勝は、雪を踏んで誰かが訪ねてくる度に酒をふるまい、同じ言葉を繰り返した。

「オイカマナイの方は、どんな様子なんだらな」

時折、皆で寄り集まったときなど、誰ともなく言い出すことがあった。オベリベリよりも可能性があるからと依田さんが選んだ土地が、今どんな状況になっているか、村の男たちは常に気にかけている。もしも牛飼いに成功して、田畑まで拓けてきたというのなら、自分たちだって呼び寄せて欲しいという思いもあるのだ。オイカマナイに足を運んだことのあるのは、勝の他は兄上くらいのものだから、自然、みんなの視線が勝たちに集まる。その度に、勝も兄上も曖昧な表情になって「向こうも大変らしい」と言うのがせいぜいだった。

「あそこは海が近かやあもんで、潮風が強いでいかんし、何しろ湿地ばっかりなもんだでよ」

「まず、牛が肥《ふと》っていかないらしいしな。田んぼも畑も、まるで駄目だったと」

ふうん、と、誰もが浮かない表情でため息をつく。それでも、今年こそ、今年こそと、合い言葉のように言い合うしかない。

数日後、村の男たちが総出で材木の伐り出しなどを手伝って、いよいよヲビヒロ川に初めて橋が架かることになった。依田さんが案内役となって、役場の人間と技術者が来たから、指示を受けながら皆も手伝って一週間程で架かった橋は、さすがにこれまでの丸木橋に毛が生えたようなものとはまったく違う、しっかりとした橋だった。

「これで、荷車でも馬や豚でも、簡単に渡らせることが出来るら」

凍てついた身体を熱い燗酒《かんざけ》で温めながら、男たちはこのときばかりは歓声を上げた。ほんの少しの距離なのに、川が隔てているために永遠に届かないのではないかと思っていた向こう岸が、たった一本の橋によってまるで魔法のように近くなったのだ。危険を冒して舟で渡ったり、水に直接入る必要もなくなった。

「この橋の向こうに、こう、ずっとな、道が出来ていけばいいんだよな」

「ああ、目に浮かぶようだらなあ。この橋を渡って、色んな人や物がよう、この村をめがけてやってくんだ」

　このところ意気消沈することばかりだった村に、ようやくわずかながら活気が戻ってきたと喜んでいたら、数日後、兄上がまたもや沈鬱な表情でやってきた。

「依田くんから知らせが来たんだが──喜平が、逃げたと」

「喜平？」

　一瞬、誰のことかと首を傾げかけて、カネもすぐに思い出した。

「山田喜平くんのこと？　逃げたって、オイカマナイから？」

　身寄りのない少年が、たった一人で晩成社に加わってこのオベリベリに着いたときは、たしか十二歳になるかならないかだった。とにかく一日も早く独り立ちをしたい、食っていかれるようになりたいのだと言って、いくらすすめても文字を覚えようともせず、ただひたすら働いて、たった一人で依田さんとオイカマナイに移っていった少年は、今は十六か七のはずだ。

　兄上のところに届いた依田さんからの文によれば、ちょうどヲビヒロ川に橋を架ける作業に取りかかっていた最中に、喜平は誰にも何も言わず、一人で姿を消したらしいということだった。あのときは依田さんもこちらに来ていたから、当然のことながらオイカマナイにはいなかった。その隙を狙ったのに違いなかった。

「こんなに寒いときに――無事でいてくれればいいけど」

「まったく――それぐらやあ、オイカマナイにいたくなかったということだがや」

勝も、兄上から便りを見せてもらった後、苛立った様子で顔をしかめた。

「文三郎が身体をこわして帰ることになったと思ったら、次には喜平か――一体ぁ全体ぁ依田くんは、やつらをどんな風に扱ってたんだがやっ」

二人とも、晩成社の中では若い世代の、つまりオベリベリの未来を担っていく中心的役割のはずだった。ことに喜平は、依田さんを唯一の頼りとして、だからこそ依田さんに従ってオイカマナイに行ったのだ。それなのに、挨拶ひとつするでもなく、何もかも捨てて逃げ出したということは、よほど耐えきれないことがあったとしか考えられなかった。

「依田くんを呼ぼう、呼べっ」

まなじりを決し声を荒らげて、勝はもうその場に立ち上がりそうになっている。兄上が「やめろ」となだめた。

「今さら、無駄だ」

「たとえ無駄でも、あの面を見て、じかに言ってやらんことには気がすまんがや！　苦しいのはお互がやあさまだと、例によって依田くんはまた宣《のたま》うつもりかも知れんが、喜平は、まだ子どもだがやっ。心細さもあって当たりまゃあだし、大人が傍にいて支えてやらんことには心が駄目になるに決まっとるがや。それを、依田くんは怠ったってことだがやっ！」

「でも、あなた――もう、喜平くんは行ってしまったんですから」

カネも、自分の腹を支えるようにしながら勝をなだめる方に回った。実際にもう手遅れだという気持ちが強かったし、ここで三人がさらに仲違いして、余計にそれぞれの溝が深くなることが恐ろしかったからだ。

「それより、喜平がこっちに戻ってきたら、面倒を見てやって欲しいと依田くんは書いてきているから――」

囲炉裏の火がぱちぱちと爆ぜるのを眺めながら、兄上が、来るのならもう着いていていいはずだとため息をつく。逃げ出したと思われる日から、既に一週間余りが過ぎていた。喜平にしてみれば、本当なら唯一の頼れる場所に違いないが、ここに帰ってきてもまたオイカマナイに連れ戻されると考えたのかも知れなかった。彼は、もはや誰のことも信じられなくなってしまっているのかも知れない。カネの脳裡には、この冬景色の中を寒さに震え、飢えた背を丸めてさまよう喜平の姿が浮かんで仕方がなかった。

「行き倒れになど、なっていないといいんだけど――」

「オイカマナイから大津までなら、この時期は浜辺も沼地も凍ってるから、かえって歩きやすい。無事に大津に着いて、船にでも潜り込んでくれていることを祈るより他にないな」

兄上も、何とも痛ましげな表情をしていた。こんな形で若い仲間を失うのは、本当にいたたまれない。それでもカネに出来ることは、ただ祈ることしかないのだ。

天主さま。

オベリベリにいる限り、一体どれほどの人を見送り、失い、心配し続けなければならないのでしょう。

何とか気持ちを奮い立たせたいと思っても、明るい話題が見つからない。しかもこの冬は、ことのほか寒さが厳しく、雪が多かった。たったひと晩のうちに五、六十センチも積もる日があって、利八の家では鶏小屋が潰れたし、兄上のところでは澱粉工場が一夜にして傾いて使い物にならなくなった。そして、カネたちの家のすぐ裏に何本も生えていたドロノキは、夜の間に何本も凍って破裂した。しん、と静まりかえった寒い晩に、ビシーン、バーンという激しい音が響き渡る。すると翌朝には、背の高い木が折れて、納屋の一つを押しつぶしていたりするのだ。とにかく鶏や山羊、豚たちが凍え死なないようにと、勝は常に家畜たちの心配をして日に何度も家畜たちを見て回り、カネはせんやウプニに風邪を引かすまいと羽毛を詰めた綿入れを着せ、囲炉裏の火を絶やさないように気を配った。そうして何とか毎日をやり過ごした。

四月に入っても寒さが弛むことはなく、まだ大雪の降る日があった。カネはいよいよ臨月に入って、いつ産気づくか分からないから、いざという時にどうすればいいかをウプニに教え込んで、あとはいつも通りに動き回っていた。家の中での仕事ばかりでなく、外に出て雪の下に埋もれているニンジンやダイコン、芋などを掘り起こさなければならない日もある。大きな腹を抱えて凍てついた畑に立つのは息が切れるし、何しろ腰が痛んだ。そんな頃に、兄上が今度はぼた餅を持って現れた。戸口に立つなりぼた餅を差し出されて、驚いて兄上を見上げると、兄上は白い息を吐きながら「誕生日じゃないか」と笑う。

「誰の？」

「おまえのだよ」

カネが何を答えるよりも先に、勝の「あっ」という声が響いた。振り返ると、鉄砲の手入れをしていた勝が悪戯を見つけられた子どものような、何ともばつの悪そうな顔で半笑いしている。

「そうだった。今日はカネの誕生日だがやあ」

「えっ、あら――そうだったわ」

「何だ、夫婦揃って忘れてたのか」

苦笑する兄上が囲炉裏端に腰を下ろす間に、ウプニが「お茶だよね」と、もう竈の火を大きくしている。

「次の誕生日は一緒に祝えるか分からないからな」

確かにこのところ、兄上は本格的にシブサラに家を建てる計画を立て始めている。提出した辞表が受理されるかどうかの返答はまだ来ていないが、生活の基盤そのものを移すことになれば、当然、今のように気軽に行き来はできなくなるだろう。

「せめて無事に赤ん坊が生まれるまでは、俺も傍にいてやりたいと思ってるし」

「そんなに早く引っ越すの？」

「いや、まだまだだが」

「驚かさないで。その拍子で生まれるかと思った」

冗談を言い合って笑いながら口に含む出来たてのぼた餅は、甘くて柔らかく、美味しかった。せんも「おいちいー」と、文字通りほっぺたが落ちそうな顔をしてにこにこと笑っている。そんなせんを眺めて穏やかに笑っている兄上を見ていると、やはり年月というものを感じないわけにいかなかった。

「早いものだ。お前が、もう二十九になるんだものな。来年で三十か」

兄上も同じことを思っているらしかった。実際、十九や二十歳だった頃には、まさか十年後の自分がこれほど未開の地にいて、しかも困窮に喘ぎながら百姓仕事をしているとは想像すらしなかった。

「十年前の私が今の暮らしを見たら、どう思うかしら」

つい呟くと、勝も兄上も、もぐもぐと口を動かしながら何とも言えない顔つきになっている。

「十年前っていったら、俺は神学校を出て、宣教師の資格を取ったばかりの頃だ。聖書の教えに従って、主の導かれる道を歩むことしか考えていなかったな」

勝も「うーん」とうなり声を上げる。

「俺は伊豆におって、ちょうど豆陽学校の教頭になった頃だがや。毎日、教壇に立ってなあ、言うことを聞かんガキどもを怒鳴りつけとった」

そう考えると、誰にとっても文字通り波乱の十年だった。

「波乱の始まりは、すべて依田さんね」

兄上も勝も、依田さんとさえ知り合わなければ、こんなことにはならなかったのだと、改めて思う。今さら責める気などないが、その張本人がこの場にいないことだけが、何とも割り切れない。

「シブサラに移ったら、兄上は、もう、依田さんとはつきあわないつもり？」

思い切って聞いてみると、兄上は「まさか」と笑う。

「何かあれば助け合っていくさ。ついこの間だって、オイカマナイに行って豚を増やす件を相談してきたばかりだしな。今は、何かしようと思ったら、まず依田くんから金を借りなければ身動きが出来んというのが正直なところだ。依田くんも、俺が社を辞めるからと言ったって、別段、敵になるというわけではないことは百も承知しているからこそ、金を用立てる約束もしてくれるんだ」

　要するに、と、ぼた餅を食べ終えた兄上は、ウプニが淹れた温かいよもぎ茶をすすって、ほう、と息を吐く。

「俺は、依田くんとは、あくまで対等な関係でいたいのだ。というより、どうあっても小作人のままで終わるわけにいかんという気持ちが譲れんのだな。鈴木家の嫡男として」

「そらゃあ、渡辺家も同じだがや」

　勝もよもぎ茶をすすって息を吐いた。

「そうそういつまでも、今のままの立場で甘んじておられるはずがなゃあ」

　カネは勝と兄上とを交互に見て、お腹の重さと腰の痛みに背を反らしながら、「それなら」とため息をついた。

「これまでのような三人のチームは、もう終わり、なのかしらね」

　勝も兄上も、それには何も答えず、それよりも最近、オイカマナイの周辺やこの辺りでも再び頻発している野火の話をし始めた。鹿の角を拾い集める業者が、雪がなくなった今ごろを見計らって草地に火を放ち、鹿の角を見つけやすくするのだ。その火が、オイカマナイの農場に近づいてくることもあって、今のところ依田さんの頭を一番に悩ませているらしい。

「どんなことをしてでも放火犯をとっ捕まえて、警察に突き出してやると息巻いておった」

「もらい火でもしたら、たまったもんじゃにゃあからな。依田くんも、次から次へと気苦労が絶えんことだ」

依田さんは依田さんで、伊豆の親戚をはじめとして内地から連れてきた数人を雇い入れているし、アイヌの人たちにも働いてもらっているという。だから、文三郎さんや喜平がいなくなっても、まったく一人になってしまったというわけではない。だが、かつてこの家で勝たちと豚の餌を突きながら俳句をひねったときのように、仲間として囲炉裏を囲んで呑み、笑い、何でも話し合えるような、そんな相手はいないに違いなかった。

「せめて、ぼた餅でも作ってくれる人がいればいいんだろうけれど」

いつだったか、腹具合を悪くして依田さんが泊まっていったときのことを思い出した。何の変哲もない粥を「うまいなあ」と言って嬉しそうに食べていた依田さんは、リクさんも戻らないまま、どうやって過ごしていることだろう。

二週間ほどした四月二十六日早朝、カネは前回同様、山田勘五郎さんのところの、のよさんに取り上げてもらって、無事に元気な女の子を出産した。せんのときほどお産そのものも重くはなく、あの時のようにマラリアにかかっていることもなかったから、その点ではさほど苦しまずに済んだのは有り難かった。

「うわぁっ、赤ちゃんだ！」

カネが産気づいてからは常盤のところに行っていたせんは、ウプニに手を引かれて家に戻るなり赤ん坊を見つけて大喜びし、それ以来、赤ん坊のそばから離れようとしなくなった。

「せんちゃんは、もうお姉ちゃんね。赤ちゃんを可愛がってね」

「せんちゃん、お姉ちゃん！」

勝によってナカと名付けられた小さな赤ん坊を見ているのは、以来、ウプニ以上にせんの役割になった。お蔭で、カネは早々と床を上げていつも通りに身体を動かし始めることが出来た。

出産のときには家に来てくれた兄上は、落ち着くとすぐにシブサラの家の建築に戻っていき、また、勝の方は松元兼茂さんに懇願されて、一度は辞任した「土人世話係」と、さらに「芽室《めむろ》村事務所在勤農業世話係」まで引き受けることになった。その話を聞いたときには、カネはナカに乳をやりながら、思わず「また？」と眉をひそめそうになった。もう手一杯だ、これ以上は無理だと言って辞表を提出したはずだったのに、どうしてこうも、人から頼み事をされると断れないのだろうか。

「大丈夫なんですか？」

「仕方がなゃあ。何せ、俺は和人からもアイヌからも頼りにされとるもんでよ。俺がやらんことには、どうにもならんと言われて頭まで下げられたら、そりゃあ引き受けんわけにいかんがや」

ナカのごく小さな握りこぶしを、今や節くれ立ってどこから見ても農民の手となった指先で微かに突きながら、勝は満更でもないという顔で笑っている。

「赤ん坊のためにも、俺はまだまだ頑張らんといかん。見てろ、そのうちオベリベリに渡辺勝ありと、十勝中、いや、北海道中のアイヌと開拓者たちに知れ渡るぐらゃあの、ひとかどのもんになったるもんで」

さあて、ますます忙しくなるぞ、と、勝は勢い込んだ様子で立ち上がり、また意気揚々と出かけていった。

2

五月に入ってすぐ、勝は大津へ向かうと言い出した。道庁の理事官で、この頃えらく権勢を誇っていると、オベリベリまで噂が流れてくるほどになった堀基さんに会って、前々から兄上にも相談しながら少しずつまとめていた「土人教育ノ議ニ付建白書」を手渡すのだという。

「ナカのお七夜《しちや》がまだですよ」

ただでさえ本当の生後七日目は過ぎてしまっているのにと、カネがつい責める口調になると、勝は初めて思い出したという顔つきになって、「土産を持って帰るもんで」と機嫌を取るような笑みを浮かべた。

「ナカが生まれた記念になるもんを、な」

「記念て――お金もないのに」

「だから、お七夜は銃太郎に祝ってもらえ。俺からも言うておく」

「兄上に祝ってもらったって、父親のあなたがいらっしゃらないのでは――」

「だから、仕方がなゃあもんで――」

「それは、あなたが次には男の子を望んでいらしたことは分かっていますが――」

途端に「うるせぁっ！」という怒鳴り声が響いた。勝は目をむいて、食いつきそうな顔になっている。

「そんなこと、誰も言っとらんがやっ！　ええかゃあ、男には、赤ん坊の祝いよりだゃあ事にせんといかんことがあると言うとるんだがやっ！　堀理事官さまは、いつでも大津におられるわけでなゃあんだぞ！　今、お渡しせんことには、次はいつになるか分からんで、行ってこなならんと言っとるんだっ」

　最後には癇癪《かんしゃく》を起こして声を荒らげ、その勢いにカネがつい怯《ひる》むと、勝はまた急に猫なで声になって「悪りぃな」と言いながら、カネの懐に抱かれて眠っているナカの頬をちょっと撫でてから、跳びはねるようにして出かけていってしまった。つい数日前にはメムロプトまで行ってこれまで世話係をしていた粟屋三郎《あわやさぶろう》さんから「農業世話係」の事務に関する様々なものを受け取ってきたばかりだ。生まれたばかりの赤ん坊をゆっくりと抱いてやる暇もなく、それほどまでにあちらこちらに手を広げて、果たして大丈夫なのかとカネとしては気がもめてならないのだが、勝は逆に、こうして可能な限り責任を背負うことで自分を奮い立たせているのだろうと兄上が言った。

「広い目で物事を見ているのだ。と、思ってやれ」

　結局、生後十日目、ようやくナカのお七夜を祝ってやることが出来たとき、ずい分とお腹が大きくなった常盤を伴ってやってきた兄上は、ナカの命名書を半紙に向かって書き上げてくれてから、穏やかに笑った。

「あいつだって、これで二人の子の父親になったんだ。一日も早く、今より少しでもまともな暮らしにしたいと思っているのは、間違いないんだから」

　それはカネだって承知しているつもりだ。別段、大津で遊んでくるわけでもないことだって分かっている。それでも、こういう大切なときくらいは家族揃って過ごしたいと思うのがそれほど贅沢なことだろうかと、カネはまだ納得しきれないものを感じていた。

「一生に一度のことなのよ。生まれてから最初の、お祝いなのに」

「それはそうだが、まあ、本人にはまだまだ分からないんだし」

「じゃあ、兄上でも同じことをする？　この先、常盤さんが子どもを産んで、さあお七夜だっていうときに、わざわざ大津に行くなんて」

推し量るように兄上を見て、それから常盤を振り返ると、せんと遊んでいた常盤は何とも不安げな表情を兄上に向けている。兄上は「俺は」と言ったきり、困ったように常盤とカネとを見比べて腕組みをした。

「まあ、しないだろうな」

「ほら、そうでしょう？　よかったわねえ、常盤さん」

「だが、確かに堀理事官に会える機会は滅多にないんだ。あいつは俺以上にアイヌへの思いが熱いっていうことだよ」

常盤が、カネを励ますかのように大きく頷いているから、カネもこれ以上、愚痴《ぐち》をこぼすのはやめることにした。勝がアイヌのために動いていることを、常盤は日頃から「嬉しい」「ありがたい」と繰り返し言っている。そんな勝の行動を非難するようなことばかり言っていては、まるでカネがアイヌのために動くことを嫌がっているように思われるかも知れない。それは本意ではなかった。

結局、勝は欠けていたけれど、山本初二郎さんや宮崎濁卑さんらも代わる代わる顔を出してくれたから、その日は賑やかに過ぎた。貧しい壁には墨痕《ぼっこん》鮮やかな命名書が飯粒で貼り付けられて、来る人ごとにナカの顔を覗き込んでは、すやすやと眠る小さな赤ん坊を見て笑顔になった。

兄上が正式に晩成社の幹部を解任されたと知らせてきたのは、それから四日ほどした日のことだ。勝は大津から戻るなり今度はメムロプトに行っていて、やはり不在だった。せんがナカを見ていてくれるから、その間にウプニには掃除を頼み、自分は溜まった襁褓《むつき》を洗っていたカネは、青空の下でたらいの前に屈み込んだまま、兄上を見上げた。

「――そう。知らせが来たの？」

カネが立ち上がろうとする間に、兄上は桶に積み上げてあった洗い終えた襁褓に手を伸ばして、手早く物干し竿に通してくれ始めた。

「やっとな。これで、すっきりした」

実際、吹っ切れたような表情の兄上は、手早く襁褓を広げていき、カネが三股を使わなければならない高さにまで、ひょいと物干し竿を上げてくれる。以前なら、赤ん坊の襁褓どころか自分の洗濯物にだって指一本触れるような兄上ではなかったことを思うと、今さらながらに兄上は変わったと思う。どこかで鶯《うぐいす》が鳴いた。

「ああ、ようやく本格的な春が来たな」

兄上が手を止めて空を見上げる。

「これからは、きっと、いいことがある」

よく響く鶯の声に耳を澄ますように目を閉じて、兄上は深々と息を吸い込んで呟いた。

「この時期の、この辺りの匂いは本当に何とも言えん。甘くて、清々《すがすが》しくて、胸の底まで洗われるようだ」

「晩成社から離れたから、余計にそんな気がするんじゃない？」

「そうかも知れん。それでも、ここの畑は晩成社の名義だし、借金だって相当なものだ。本当の意味で対等な関係になるまでには、まだまだ時間がかかるだろうさ」

だが、これでもう細かく帳簿をつけたり、晩成社の事務仕事などに忙殺されることもなくなり、自分の仕事に集中出来る。何よりも、自分とは方針が異なると分かっていながら、依田さんや会社と折り合いをつけなければならないという精神的な負担から晴れて解放されたと思うと、心持ちがまるで違うと兄上は笑った。

「うちの人も、本当はそう思いながら続けているのかしら」

兄上に「なんで」と振り向かれて、カネは曖昧に首を傾げた。うまくは言えないが、何となく最近、勝が以前とは少し変わってきたような気がするのだ。日々の暮らしを共にする中で、どことなく以前のように生き生きとしている感じがせず、逆に常に何かしら他のことに気をとられているように思える。アイヌ関連の仕事も増えて、どれにも熱心に取り組んでいるはずなのに、その成果についてもあまり語らなくなった。酒の量ばかりが増えているわりには、気がつけば以前のように酔ってふざけるようなこともなくなった。他愛ない冗談を口にしてカネを笑わすようなことも、めっきり少なくなった。

「やっぱり兄上と同じように、辞表を出したいと思ってるんじゃないのかしら」

「だが、勝の場合は俺なんぞよりもずっと、依田家との縁が深いからなあ。佐二平どのとの約束にも縛られてるかも知れんし、それを息苦しく感じているとしても、無理もない」

佐二平さんは、最低五年は依田さんを支えて欲しいと勝に頼んだという。その五年目は、もう過ぎようとしている。とはいえ今、勝までが抜けてしまったら、晩成社は間違いなく空中分解するだろう。利八は兄上と一緒にシブサラの開拓に乗り出しているし、山本初二郎さんは息子の金蔵が学問を修めて帰ってくるのを待つ楽しみがあるが、山田勘五郎さんと山田彦太郎さんの一家は、下手をすればオベリベリを放り出すかも知れない。だが、放り出したところで帰れる土地があるわけではないのだ。一家揃って、ただ路頭に迷うことになりかねない。ただでさえ義理と人情だけで生きているようなところのある勝が、自分が抜けることでそんな事態が生じることを、何よりも避けたいと考えていることは明らかだった。

それでもカネから見ていて、近ごろの勝は、どこか破滅的というのか、希望に向かって進んではいないような気がしてならない。ただ、その心の裡《うち》を問いただす勇気が、怖い。カネの方にもなかった。本当は何もかも投げ出してしまいたいなどと言われるのが怖い。無論、内地へ帰るとでも言い出してくれたらと夢見ないこともないのだが、実際に勝がそんなことを口にしたら、それはそれでカネは困惑し、懸命に押しとどめなければならないような気もするのだ。いずれにせよ、自分たちはもう引き返せないところまで来てしまっている。

ところが、カネがこんなに気を揉んでいるというのに、翌日メムロプトから戻ってきた勝は見るからに上機嫌で、背負子《しょいこ》には見事な桜の枝を何本か差し込んでいた。まるで勝自身が、春を背負って戻ってきたように見えて、カネは思わず「どうしたのです」と目を丸くした。枝にはいくつものつぼみがついていて、そのうちの半分ほどは、今まさに開こうとしている。横浜などで見かけていたものよりも幾分色が濃く感じられる可愛らしい花びらが、勝の背後でいくつも揺れていた。

「ほれ、ナカへの土産だがや。大津では何も見つけてやれんかったからな」

背負子を下ろしながら、勝がいかにも自慢気に言うから、カネも「まあ綺麗」と喜んで見せたものの、心の内では苦笑するしかなかった。子どもの誕生祝いというからには、ナカが成長するまで残しておけるようなものを考えてくれるのではないかと思っていたのだ。それなのに勝という人は、どこかしら空とぼけたところがある。それでも、こういう花に目を留める気持ちの余裕があるのは、安心の材料にはなった。このところの勝がどこか変わったように感じたのは、カネの杞憂《きゆう》に過ぎなかったのかも知れない。

「ほうら、ナカちゃん、ととさまからのお祝いよ」

まだろくに目も見えていないはずの赤ん坊に向かって桜の枝を差し出しながら、「よかったわねえ」と話しかけると、勝はそれだけで満足そうな顔になっている。

「どれ、銃太郎のところにも分けてやってくるとするか。常盤が喜ぶだろう」

「そういえば兄上の所に、正式に解任の通知が来たんですって」

「ほうか。来たか」

なるほどというように頷いて、勝はそれなら尚更のこと、すぐに行ってくると、桜の枝の一本を手に取って、もう片方の手には酒瓶を提げ、意気揚々と出かけようとするから、カネは慌てて呼び止めた。

「あなた、せんにも声くらいかけてやってくださいな。最近ずっといらっしゃらなかったんですから。この子だってずっと、お帰りを待っていたんですよ」

するとと勝は「あ、ほうか」と言って、ナカの傍に座り込んでいるせんの方を向き、カネの手から桜の枝を取り上げると、「ほれ、せん」と話しかけた。

「どうだ、きれいだがや。これが桜の花だぞ。せんに、持ってきてやったもんでよ」

「それ、ナカのじゃないの?」

じきに三歳になろうとしているせんは、さっきのカネたちの会話を聞いていたに違いなく、何となく怪訝そうな表情をしていたが、それでも桜の花を見て「きれい」とあどけない笑顔になった。幼いなりに親に気をつかっているように見えて、カネにはいじらしく思える。だが、勝は「そうだろう」と自慢気に笑っているばかりだ。そして、カネが前から兄上に頼まれていた黒大豆《くろだいず》二升も背負子に入れて、「ほんじゃな」と出かけていった。結局、帰ってきてから一度も草鞋も脱がず、腰掛けもしないままだった。

「ととさまは、忙しいからしようがないんでしょう?」

せんに見上げられては、カネも「そうね」と頷くより仕方がなかった。やれやれ、とため息をつきながら空いている桶に水をはって桜を活けていたら、少しして山田彦太郎さんが「依田さんから」と、りんごの苗を持ってきた。最近、彦太郎さんは大津に行くことが多く、依田さんの使い走りのようなことをすることも増えていた。もしかするとそれで多少の小遣い銭でももらっているのではないかと、山田勘五郎さんの女房が耳打ちしに来たことがある。

「青森のもんだと。赤ん坊が生まれた祝いにすりゃあええって言ってたら。今し方、銃太郎さんのところにも持ってってたら、『シブサラに植える』って言うて喜んどった」

苗は、全部で五本あった。りんごの木が、この土地の寒さにどれくらい耐えてくれるものか分からないが、五本もあれば一本くらいは根付いてくれるのではないかということだった。

「まあ、依田さんが」

兄上のところでは夏に生まれるはずの子が、この家ではナカが、それぞれ物心つく頃には、りんごは赤い実をつけるかも知れない。そう考えると、今はずい分と離れてしまった感のある依田さんだが、決して自分たちや、このオベリベリを忘れたわけではないのだと思うことが出来た。それどころか、勝の桜よりもよほど誕生祝いらしいではないか。

「どこに植えようかしらねえ」

カネが苗木を家の横に並べていると、せんが手伝おうとして苗木を持った。この子はまだりんごを知らない。あの大きな赤い実がなったら、どれほど喜ぶことだろうかと想像するだけで、カネの気持ちも弾んできた。

「一つは、ナカの木ね。それで、これはね、せんの木にする！」

「はいはい、そうしましょうね」

ちょうど種まきや植え付けが忙しい時期だった。勝が方々を飛び回っている分、いくらセカチらに手伝いを頼んでいても、カネがまったく畑に出ないというわけにはいかない。鶏は毎日卵を産み、何日かに一度はまとめて出荷出来るほどの数になるし、雛《ひな》も順調にかえっている。山羊や馬の世話もしなければならず、豚も増えつつあったから、餌の用意だけでもひと仕事だ。頼みのウプニは相変わらず、引っ切りなしに具合を悪くする。せんが、幼いなりに懸命にナカをお守りしていてくれるから、ずっと負ぶっている必要はなかったが、それでも離れていればいたで、ひっきりなしに「ナカが」と呼ばれるから、その度にカネは畑からでも川べりからでも駆けつけなければならなかった。子どもたちへの夜の授業も再開した。そんなてんてこ舞いの日々を送っていたら、ナカが生まれてひと月ほどしたころ、カネは強烈な歯の痛みに襲われた。顔が大きく腫れて、食事はおろか、まともに話すことも出来ない。その顔を見て、勝が笑った。

「とんでもなゃあ、お多福顔になったもんだがや」

またもやこういう無神経なことを言うのかと、カネは思わず勝を睨みつけた。それでも勝は「お多福が睨むか」などと言ってさらに笑っている。

「あなたって、本当――いやな人」

濡らした手拭いで冷やしながら、やっとの思いで口を開いても、勝は、歯痛ならばイケマの根を噛めばいいだろうなどと涼しい顔をしている。以前、勝が雪目になったときに煎じて使ったことのあるイケマだ。アイヌの人々が魔除けと信じている草の根だが、ウプニが言うには、歯痛には掘ってきたばかりで汁が出るような柔らかい根でなければ効き目はないという。つまり、どこかの草むらまで行って掘ってこなければならないということになるが、花の咲く季節ならまだしも、今の時期にどうやって探せばいいのかと、カネは顔をしかめながらため息をついた。野の草を細かく見分けられるほどの眼力は、まだ備わっていない。ただでさえ貧相な体格のウプニは「分からないよ」と心細げな顔をするばかりで、まるであてにはならなかった。

そのままひと晩たっても痛みは一向に治まらなかった。勝は「そんなに痛むなら、いっそ抜くか」などと、本気とも冗談ともつかないことを言いながら、さっさとメムロプトへ出かけてしまい、カネは「人のことだと思って」と、本気で腹を立てた。

「自分はやれ胃が痛いだの、頭が痛いだの、泣き言ばかり言っているくせに。私がこうなったら、あの有様《ありさま》よ」

こうなったら本当にセカチの誰かに頼んで、イケマの根を掘って来てもらわなければならないだろうかと考えていたら、ちょうど松元兼茂さんと、戸長の大笹守節《おおささもりとき》さんがやってきた。

「奥さん、どうしたんです、その顔」

戸口に立ったカネの顔を見るなり目を丸くしている客に、カネは「お恥ずかしい」と無理矢理のように顔を歪めて見せながら、ことの顚末を話した。

「歯痛ですか。それなら、僕がいいものを持っていますよ」

松元さんは雑嚢《ざつのう》袋をごそごそと探って、黒い丸薬を取り出してきた。

「ケレヲソートです。腹下しに抜群に効くんですが、歯痛にも効くと聞いたことがある。これを痛む歯に押しつけて、強く嚙んで」

はい、と手渡された丸薬は独特の匂いがあって、とても口に入れたいようなものではなかった。それでも、この痛みから解放されるならと、カネは目をつぶって口の中に丸薬を含み、痛む歯に押し当ててぎゅっと嚙みしめた。力を入れただけで脳天に突き上げるような衝撃が走る。

「しばらく、そうしているんですよ」

「――はい」

「それで、今日はご主人は」

唇だけ動かして「メムロプトに」と答えると、松元さんたちはしばらく何やら話し合っていたが、それなら明日また寄ってみると言い残し、カネに、あと三粒、ケレヲソートを置いていってくれた。

「強い薬ですからね、しょっちゅう使うものじゃない。また痛みが出て、もう我慢ならないときのためです」

カネは、小さな丸薬を押しいただくようにして二人を見送った。しばらくは息を殺すようにして竈の傍で目をつぶっていたら、やがて嘘のように痛みが退き始めた。

「奥さん、どう？」

ウプニが心配そうに顔を覗き込んでくる。カネは「大丈夫よ」と微笑んで見せた。顔の腫れも退いてきたようだ。

ああ、助かった。

天主さま。

こうして、どこからともなく、救いの手が差し伸べられるのですね。

全身から、ほうっと力が抜けていくようだった。それと同時に、さっきまでの怒りとは異なる、静かな諦めのようなものが新たにカネの中に広がった。勝のことだ。

もう、あてには出来ない。

そう思うべきだった。あの人は、開拓のこととアイヌのことしか頭にない。こうなったからには、今後はどんなことがあろうともカネ自らが判断して、動いて、子どもたちと自分と、そしてウプニらを守っていかなければならない。まだ少し腫れている頬の辺りをゆっくりとさすりながら、カネは、「あてにしない」という言葉を繰り返し、自分に言い聞かせていた。

3

六月に入って、せんが三歳の誕生日を迎えた頃、二度にわたって強い霜が降りた。遅い雪解けを待って土を起こし、種をまいた作物が、ようやく芽を出しすくすくと育ち始めたときだというのに、それらすべてが霜枯れしてしまった。

「またか」

これには、勝もただ呆然と畑を眺め回すより他にない様子だった。セカチらも腑抜けたような顔つきで、ぼんやりとしている。カネも、天を仰ぎたい気持ちだった。育てても育てても、こういう思いをしなければならない。働いても働いても、どうしてこうも叩きのめされるのか。

「やっぱり、豚の方がいいのかも知れんわな」

腕組みをして何度となくため息を繰り返しながら、勝が難しい顔で呟く。たしかに、豚はこのところ順調に数を増やしている。だが問題は、さほど売れないということなのだ。

冬場ならいざ知らず、まず生肉を消費地まで運ぶのに日数がかかりすぎる。この辺りで豚肉を大量に消費する土地と言ったら、真っ先に思い浮かぶのは函館と、せいぜい釧路だが、いずれにせよ、まずは大津まで舟を使って運ばなければならず、その先も船なのだから、時間も費用もかかりすぎた。それらの輸送費は肉の値段に上乗せされて、結局はかなり高額になる。そうなれば余計に売れ行きは伸びなかった。

「でも、今の状態では、生肉では無理があるし、ハムを作っている暇だって、そうないじゃないですか」

「そこなんだわなあ。だゃあいち、ハムはまだ、味さえしっかり決まったものが出来ん状態だしなあ」

以前、一年だけこの村にいて馬の使い方などを指導してくれた田中清蔵さんにハムの作り方を教わって、「ラクカン堂」と名付けた工場まで建てたはいいが、やはり素人の仕事には限界があった。張り切ってハムを作る度に塩味が強すぎたり、肉が締まりすぎたり、または逆に生っぽさが抜けなかったりして、今一つ品質が安定しないのだ。肉の部位によっても仕上がりがまったく違うことも分かってきた。そういうことを少しずつ学びつつはあるのだが、何よりもハム作りにだけ集中していられる余裕が、今の勝にはどこにもありはしない。ハム、ハムと簡単に言うものの、片手間で出来るような仕事でないことは、もう十分に学んでいた。そんな豚にすべてを賭けるのは危険過ぎる。

「豚だけじゃあ、やっとられんし。こうしてぼんやり見ていれば、作物が息を吹き返すわけでもにゃあ」

勝は難しい顔のまま霜枯れした畑を眺めていたが、やがて大きく一つ息を吐き出すと、のしのしと畑に踏み入っていって、昨日まで青々と天を目指して育っていた作物を片っ端から引き抜き始めた。それに倣《なら》ってセカチらも畑に入っていく。

天主さま。

私たちは何度同じ思いを繰り返さなければならないのでしょうか。これほどまでに何度も私たちをお試しになる、その理由があるのでしょうか。

あるのなら、教えて欲しい。

つい、ぼんやりしかかっていると、せんがちょこちょこと畑に入っていき、大人たちと一緒になって霜枯れした作物を引き抜き始めた。小さな手で、一本一本無心に引き抜く姿を見ているうちに、カネの胸に熱いものがこみ上げて来た。

〈よく聞きなさい。心をいれかえて幼な子のようにならなければ、天国にはいることはできないであろう。この幼な子のように自分を低くする者が、天国でいちばん

偉いのである〉（マタイによる福音書十八章三、四）

思わず身体の前で両手を組み、目をつぶって、カネは「天主さま」と囁いた。

感謝します。また気づかせていただきました。

この子のように、ただひたすらに土に向かい、また新たに種をまいていきます。

霜の害を受けたのは、カネたちの家ばかりではない。兄上のところもシブサラやメムロプト、フシコベツなどの畑も、また他の家でも等しく作物の大半がやられたから、新しくやり直すには、とにかくそれぞれの家に残っている種を融通し合うしかなかった。六軒しかない家々は、足繁《あししげ》く互いの家を行き来しては、麦だの豆だのを貸し借りして、何とかしのごうと相談し合った。

「やっぱり、このことをよう、早えうちに社長に手紙を出して、今のうちから伝えといた方がいいんでねえか」

兄上と一緒に開墾しているシブサラに出作《でさく》に通っている利八が、収穫期になって文句を言われても困るから、今のうちから手を打っておこうと言ってきた。

「これからもう一回種まきしたって、時期がこんなにずれちまってたら、それだけでも収穫は落ちるら。こっから先だって、何があっか分かんねえんだしよう」

「それはそうだが――そういう文章を書くのは、俺より銃太郎の方が得意とするところなんだがなあ」

「んじゃあ、行こうよ。銃太郎さんに頼もうよ」

利八にせがまれて勝も兄上の家に向かい、そして、もう晩成社の幹部ではないのだからと渋る兄上を説き伏せて帰ってきた。

「清書は俺がやるもんで、文面だけ考えてくれるので構わんと言ったらな、そんなら今度は俺が憎まれ役になるだろうと、結局、銃太郎が便りを出してくれることになったがや」

戻ってきた勝は、やれやれといった表情で、早速、冷や酒を一杯あおっている。

「本当は俺が憎まれ役になったって、一向に構わなんだがな」

常になく力が抜けたような、憂鬱そうな顔つきの勝をそっと見て、カネはまたもや、勝が何かしらの踏ん切りをつけようとしているのではないかと感じた。兄上が晩成社を辞めて、事実上チームは崩壊している。それなら勝だって辞めてもいいのではないかと、カネも考えるようになっていた。だがここでカネが下手に口出しをすると、かえって依田さんや佐二平さんへの義理の方を大切にしようとして、意地でも辞めないと言い出しかねないのが勝だ。だから、何も言わない。

どうにかこうにか種を融通し合い、気持ちも新たに畑を作り直して、その合間には札内川に上ってきたチョウザメを見にいったり、森の向こうから七尺にも育ったフキを見つけてきて、山ほどのきゃらぶきを炊いたりしている間に、鬱々とした気持ちもやがて消えていった。ちょうどヤマニの大川宇八郎さんがやって来て、国のお偉い方々が十勝の海岸線の視察に回ったらしいという話をしてくれたせいもある。

「その中さ、大井上輝前《おおいのうえてるちか》さまっていう、典獄《てんごく》さまがおいでになったんだど」

いつものように馬を曳いて、その馬の背に山のような荷を積んできた宇八郎さんは、カネの家の前に置かれた縁台に、頼んでおいた品物を並べた後、のんびりとキセルをふかし始めた。せんが、いかにも珍しそうに見慣れない品々を眺めては、そっと手を伸ばしたりしている。ナカを負ぶっていたカネは、小さく身体を揺すりながら「てんごくさま？」と首を傾げた。真っ先に思い浮かんだのが「天国」という文字だったからだ。

「んだ。監獄のよ、いちばんお偉い方なんだど。今は釧路の集治監《しゅうじかん》のな、典獄さまだそうだ。その人ぁ、あれだべ。奥さんらと同じでよ、アーメンの人なんだど」

「ああ、その典獄さま」

カネが大きく頷いている間に、その大井上典獄の一行には、他にもどこかの県知事やら長官やら、政府の偉い人たちが含まれていて、オイカマナイにいた依田さんは、わざわざ歴舟《ベルフネ》村まで出向いていって、一行に謁見を申し込んだらしいと宇八郎さんは話を続けた。

「依田さんも、自分の農場を知ってもらうのに、本当に一生懸命なのね」

「んだども今度は、オイカマナイを見せでえっていうより、あれだ。このオベリベリさ、監獄をおっ建てでもらいでえって、そういう話をしたらしいんだ」

「ここに、監獄を、ですか？　監獄？」

カネが目を丸くしている間にも、宇八郎さんは「んだよ」と頷く。

「そんな、物騒な」

「物騒なんてごどあるわげね。奥さん、考えでみれ。本当に監獄が出来るってごどになれば、まんず、そのための人足らが大勢、来るごどになるべ、なあ？　んで、その人らの腹ぁ満だすために、食いもんの世話するものどが、寝泊まりする場所どが何どが、出来るごどになるべ。監獄で働く役人だって、大勢、来るんでねえべが。中には家族連れでよ」

ああ、と、初めて目を開かれた気持ちになった。

「そう——そうね。そうだわ」

ただただ不気味な犯罪人たちを閉じ込めておく牢屋を造るだけのような印象を受けたが、考えてみれば、そうだった。それなりの規模の監獄が出来るとしたら、宇八郎さんの言う通り、それなりの人手が必要になる。

「第一、道が通るわね」

「んだ。まんず、でっけぇ道が通るべ。釧路の方だば、監獄に入ってる囚人連中さ駆り出しで、道路工事さ、させでるんだど。これが、はがぁ行ぐって話だ」

「それで——人が集まれば、町になる」

「んだ。店も建づんでねぇが」

何という夢のような話だろう。その監獄をオベリベリに造ってほしいと、依田さんが役人たちにかけ合ってくれたということか。

「さすが、依田さんだわ」

「んだども、あん人も今、大ぇ変なんだど。今年は野火が、何度も何度もオイカマナイに迫ってなあ、牛っこの餌にする草がら何がら焼げそうになってしまっだっで、もうカンカンでよ。当縁《トーブイ》の郡長にあでて、何とかいう嘆願書出しだり、色々とやってるんだど。放火の犯人さ自分でつかまえで、警察さ突ぎ出しだりもしでな」

こんこん、とキセルを縁台の縁で叩きながら、宇八郎さんはそれからもひとしきり、オベリベリの外で起きている様々な出来事について話してくれ、そのお礼の意味も込めて、カネは粥を一杯振る舞ってやった。宇八郎さんは、せんを抱き上げて「めんこぐなっだなあ」と歯の抜けた顔で笑って、また馬を曳いて去っていった。

「今度という今度こそ、いよいよこのオベリベリにお役人の目が向くかも知れんな」

帰ってきた勝にその話をすると、勝も久しぶりに表情を輝かせた。それからは、たまに勝が家にいて、家族で夕食をとるときなどは、いつでも監獄の話が主になった。そうして家の空気も明るくなってきていた矢先、依田さんから勝に便りがあった。いよいよいい知らせかと、カネも胸を躍らせて勝が文を開くのを見つめていた。

「――文三郎が、死んだそうだ」

ところが、囲炉裏端で立ったまま封を切って便りに目を通すなり、勝は遠い目になった。てっきり、監獄建設の話でも書かれているのではないかと期待していたカネも、言葉を失いそうになった。

「――いつ、ですか」

「六月の、十九日だそうだ――肺をやってまったら、やっぱりなあ、もう、助からんがや。あんなに若くて元気なヤツだったのに」

依田さんとオイカマナイに移ってから、果たしてどれほどの無理をしたのか、肺を病んで血を吐いたという文三郎さんが、カネたちに別れの挨拶もないまま一人で伊豆に発ったのは、去年の暮れ近くだった。それから半年たつかたたないかで、彼は天国に旅立ってしまったということになる。

依田さんとはあまり似ていなくて、いつでも穏やかに笑っているような青年だった。横浜で初めて会って、このオベリベリに向かうまでの旅の思い出が、カネの中には今も鮮やかに残っている。見るからに健康そうで、あんなに溌剌としていた文三郎さんが、もうこの世にいなくなったとは。

「――殺されたようなものだわ」

つい呟くと、勝がぎょろりと目を剝いた。

「誰にだっ。おい、カネ！　言ってみやあ。誰に殺されたっていうんだ！」

依田さんだと言われるのではないかと、勝が咄嗟に身構えたのが分かった。つまりは勝だってそう思ったに違いない。だからこそ、いきなり怒り出したのだろうと思った。カネの中にもそう言ってしまいたい気持ちがあるから、よく分かる。まだ大人になりきってもいない山田喜平を、一人で逃げ出すほど追い詰めたのだって依田さんだ。そしてついに、弟まで死なせた。いくら開拓に必死だって、依田さんのやり方はどこか間違っている。だが、それをそのまま勝にぶつけてしまうわけにはいかないと、カネは咄嗟に判断した。

「おいっ！」

「――いいんです」

「ええもんかっ。言えっ、誰に殺されたって思っとるがやっ」

「強いて言うなら――この土地でしょう。ここの自然、天候、この厳しさにです」

勝は唇を嚙んで拳を震わせている。まるで、今にも頰を張られそうな鬼気迫るものを感じながら、それでもカネは「そうでしょう」と、毅然として勝を見上げた。

「ここの土地は、そう簡単には私たちを受け入れてはくれない。太古の昔から、アイヌの人たちが守り続けてきた土地は、よそ者の私たちを、まだ受け入れようとしてはいないんです。ここを去っていった人たちも、文三郎さんも、結局は、この土地に負けたんです」

「そんで、どうしろって言うんだっ」

視界の片隅で、ウプニがせんを抱き寄せたまま、恐怖に引きつったような顔をしているのが見えた。それでもカネは、もう一度大きく息を吸い込んで、勝から目をそらさなかった。

「勝つしかないでしょう」

勝が目の下をぴくりと震わせている。

「たとえ私たちの代では無理だとしても」

「何ぃっ、カネ、おまえは俺たちでは無理だというがやっ！」

「そうではありませんっ。ただ、たとえそうだとしても、私たちの代が、耐えて、耐えて、この土地の捨て石になるつもりでやっていかなければ、この土地は、そう容易《たやす》くは私たちを受け入れてはくれないと言っているのです。天主さまは、私たちを、お試しになっているんです！」

せんの小さな声が「こわいよう」と聞こえた。その途端、瞳からすっと力を失ったのは勝の方だった。依田さんからの便りを握りしめたまま、勝はその場にどっかりとあぐらをかいて、うなだれている。それから小さな声で「酒だ」と言った。

「あなた、胃の調子がよくないのに——」

「いいから、持ってこいっ！」

ウプニを振り返ると、カネはせんを抱き寄せて「大丈夫よ」と囁きながら、小さな頭を撫でてやった。その間にウプニは素早くせんの傍から離れて土間に降りていく。その幼いせんは、カネにぎゅっとしがみついて「こわいよう」と蚊の鳴くような声で繰り返した。

「ごめんね、せんちゃん」

この子は日増しに物事が分かるようになっている。この澄んだ瞳が常に自分たちに向けられていることを忘れてはならないと、カネは茶碗酒をあおっている勝を見つめながら、自分に言い聞かせていた。

4

常盤が元気な男の子を産んだのは七月十二日のことだ。兄上の喜びようは想像以上のものがあった。カネは大急ぎで赤ん坊の産着を仕立ててナカを負ぶい、せんの手を引いて兄上の家を訪ねた。一年でもっとも暑い時期にさしかかり、その日も焼けつくような陽射しになった。

「まあ、しっかりした顔立ちの子ねえ」

せんやナカのときとは異なり、生まれたばかりでも男の子らしいとでも言うのだろうか、鼻筋も通っているし、髪の毛も黒々としている。これがアイヌの血が混ざっているということなのかと思った。カネは赤ん坊が頭にうっすらかいている汗を綿紗《めんしゃ》で押さえてやりながら、「元気に育ってね」と柔らかく話しかけた。

「そして、もう少し大きくなったら、うちの子たちとも遊んでやってちょうだいね。初めての従弟《いとこ》だものね」

カネが話しかけるのを、少し離れたところから常盤の実母がじっと見つめているから、カネは彼女にも笑いかけて「ピリカ」と言った。可愛らしいという意味だ。口の周りの刺青も色褪《あ》せて、額や目元に深い皺の刻まれている常盤の母は、表情は変えないまま、ただゆっくりと頭を下げて「イヤイライケレ」と呟く。アイヌ莫蓙の上に起き上がっている常盤も「お姉さん、ありがとう」と、こちらは日本語で頭を下げた。その表情は生き生きと輝いて、前にも増して美しく見えた。

「常盤さん、ご苦労さまでした」

常盤は嬉しそうに微笑んで、いかにも愛おしげに生まれた子を見つめている。そんな母子を見ている兄上もまた、この上もなく嬉しそうだ。ふと、自分の思いを七言絶句にしたためて、カネに見せに来たときの兄上を思い出す。あの時からついに、念願の子どもを抱く日を迎えるところまで来たのだと思うと、カネも感慨深かった。

「父上に、この子の名前をつけていただこうと思っているんだ。文を書いた」

「父上も、さぞ喜ばれるわね」

何しろ、オベリベリの鈴木家が、これでつながることになる。父上の安堵する顔が思い浮かぶようだ。問題は母上だが、実際にこの子を見たら喜ばないはずがない。

「でかしたもんだがや、常盤は。どうだ、カネ、次は是非ともうちも男の子にしにゃあか。なあ」

勝は、少し機嫌のいいときにはそんなことを言ってくるようになった。だが、実のところほとんど家にもいないほど忙しい毎日が続いている。フシコベツに行ったかと思えばメムロプトに行き、ウレカレップに行って、大津へ行くといった具合だ。それぞれに小屋を建ててあって、行けば何日か泊まってくることも少なくない。その上、兄上や利八の話を聞いているうちに、シブサラの土地にも心が動いたらしく、自分もシブサラの開拓に加わるとまで言い出したものだから、勝が家でゆっくり出来ることなど、滅多になかった。そして、勝の不在が増えれば増えるほど、カネは一歩たりとも家から離れることは出来ずに、近所の家を訪ねることもなく、ただひたすらコマネズミのように家事と育児と家畜の世話と、そして畑仕事とに明け暮れた。

その月の末、久しぶりに依田さんがやってきた。ちょうど数日前から、寺沢定徳《てらさわさだのり》さんという測量技術官が「臨水亭」に泊まっていたから、その相手をする必要もあって珍しくオベリベリに留まっていた勝は、依田さんとの再会をことのほか喜んだ。依田さんはといえば、例によってカネの顔を見てもろくに挨拶もせず、ごく当たり前のような顔で「りんごはどうなったら」と聞いてくる。

「五本とも、ちゃんと根がつきました。ナカがもう少し大きくなる頃には、実がなるかも知れませんね」

依田さんは「ふうん」と頷いて、それからカネが嬰児籠から抱き上げてきたナカを、初めてしげしげと見つめた。

「どっち似だらか」

「どうかしら。村の人たちは私に似てるみたいだって言いますけれど」

依田さんは、また「ふうん」とナカを見つめていたが、カネの後ろに隠れるようにして立っているせんに気がつくと、「大きくなったなあ」と、今度は少しばかり驚いた顔になった。

「知らん間に、子どもは育つもんだらなあ」

そういえば、この人は息子を亡くした人なのだと思い出す。永遠に大きくならない子のことを、今、依田さんは思い出すことはあるのだろうか。

「依田くんのところも、早ゃあとこ子どもを作らゃ、ええがや」

早くも徳利と湯飲み茶碗を持ち出してきた勝は、「女子どもがいると邪魔だ」と言って、早々と依田さんを「臨水亭」に連れていこうとする。促されるままに家から出て行きかけた依田さんが、ふいに振り返った。

「奥さん、今夜は泊めてもらってもかまわんか」

当然そうなるだろうと思っていたから、かえって意外な気持ちになりながらカネが「もちろんです」と頷くと、依田さんはわずかに口もとを歪めた。

「そんならな、そのう――団子をな、作ってもらえんだらか」

「お団子、ですか？」

「何かこう――ここんとこ、しきりに食いたくてな」

「ええ、作りましょう」

カネの返答に、依田さんはほっとした顔つきになって、そのまま勝の後を追っていった。

「かかさま、おだんご作るの？」

「奥さん、あの人、前にも来た人だよね？」

せんとウプニが同時に話しかけてきた。カネが頷いて見せると、せんは「おだんご、おだんご」と繰り返しながらはしゃぎまわり、ウプニは「やっぱり」と一人で納得したような顔になっている。嬰児籠に戻そうとしたナカが声を上げて泣き出した。賑やかな声に囲まれながら、カネは、とりあえず酒の肴を支度することにした。

その夜、勝は依田さんと寺沢技官と、飽きることなく語り合ったらしかった。母屋に戻ってきたのはもう空も白む頃で、あちらこちらにぶつかりながら、崩れ落ちるように布団に倒れ込んだかと思うと、すぐに大いびきをかいて眠り、そして目覚めるとすぐにキハダを煮出したものを「苦ぎぁでいかんわ」と顔をしかめながら、それでも湯飲み一杯をごくごくと飲んだ。

「ちいっとも慣れんがや、この苦さには」

「そんなに苦いものを毎日飲まなければならないほど、お酒を召し上がらなければいいんです」

カネが呆れた顔を見せても、勝は知らん顔だ。それでも、案外すっきりとした顔をしているところを見ると、昨夜の酒はいい酒だったらしかった。

「やっぱり、ええもんだがや」

「――何がです？」

「昔からの仲間というもんは」

いつになくしみじみとした表情になり、勝はさも気持ち良さそうに大きく伸びをして、それから思い出したように「団子は」とカネを見た。

「依田くんが、楽しみにしとったがや。カネの飯はうまゃあでいかんとも、言っとった」

「依田さんが起きてこられたら、すぐに作れるように用意してありますよ。小豆《あずき》も昨日から煮てあるし」

勝は「ふうん」と言いながら顔を洗いに行き、戻ってくると珍しく竈の鍋の中などを覗き込みながら「そんなもんかな」と呟いている。

「何が？」

「俺はいつも食っとるで、どうとも思わんが、こんな飯でも依田くんにはうまゃあのかにゃあ」

本当に小憎らしいことを言う。カネは「どいてどいて」と、勝を軽く突き飛ばすようにしながら、ついでに背中をどん、と叩いてやった。

「痛てっ、何するんだ、もう」

「邪魔ですってば」

「クソ力ばっかり、つきやがって」

そのひと言には、カネも呆れた。たった四、五年で、人はここまで変わるものかと言いたくなる。かつては可愛いだの小さいだのと言ってはカネを抱き上げ、髭が痛いと言っているのに何度も頬をすり寄せてきた男が、こうも思いやりのないことばかり言うものか。

「このクソ力で、子どもを育てて畑から何から、やってるんじゃないですか！　あなたが出かけてばかりいるからっ！」

思わず本気で怒鳴っていた。まだ多少、眠気が残っている勝の顔が、わずかに動いた。また癇癪を起こされるかなと一瞬、身構えたのだが、勝は何度か目を瞬いてから、「さてと」などと呟いて、肩をすくめて出て行ってしまった。

あんな顔になど、だまされるんじゃなかった。

一人でぷりぷりしていると、少したってから起きてきた依田さんは、嬉しそうに出来たての団子を頬張った。米粉を湯でこねて、茹でただけの団子だが、たっぷりの粒あんをのせたものと、味噌を塗って軽く炙ったものを用意した。

「うん、これだ、これだ。これが食いたかった」

依田さんが一人で頷きながら団子をいくつも食べるのを、向かいにいる勝は大して面白くもなさそうな顔でしげしげと見ている。それでもカネがわざと「あなたは召し上がらないのですか」と言ってやると、憮然とした顔で「食うに決まっとるがや」と団子に手を伸ばすのが何ともおかしかった。

「ごちそうさん」とだけ言って帰っていった依田さんは、その後はまず兄上の家に寄って、赤ん坊の誕生祝いだと布地を一反《いったん》贈り、また、オイカマナイの農場で働いてくれるアイヌを何人か斡旋《あっせん》してくれないかと頼んでいったということだった。一方、兄上は依田さんから子馬を二頭、買い取る約束をしたという。晩成社の仲間としての縁は切れても、二人の関係がこれまで通り続いているらしいことを知って、カネは胸を撫で下ろした。勝だって、こんな形で依田さんとの関係が続いていくのなら、晩成社から離れてもいいのだ。とにかく、誰とでも助け合わなければ、とても生き抜いていかれないのがこの土地だ。それさえ守られるなら、もはや晩成社にこだわるべきではないのかも知れなかった。

「早けらゃ九月頃には、道を拓く人足が来るっていう話だがや」

寺沢技官も去って、家族水入らずのときを過ごしたその晩、さすがに今日は酒を控えると言って、勝は膝にせんをのせ、いつになく穏やかに話し始めた。

「依田くんの言うことだから、間違がゃあなゃあ」

「では、いよいよ外の世界とつながる時が来たっていうことなんですね？」

「そうなるな。せいぜい、色んな人を迎えてやらんとならんだろう」

「それなら『臨水亭』も今より活躍することになるかしら。でも、そうなると、賄《まかな》いだけでも大変になるわ」

「ウプニの他にもう一人ぐれえ手伝いを見つけてても、いいかも知れんな。今度は、もうちっと丈夫なのを」

そうですね、と頷きながら、カネは、たった一本の頼りない道しか通っていないこの村が、次第に町になっていく様を思い浮かべた。どこまで広がり、どこまで人が増えるものだろう。その様を、つぶさに見届けたかった。そうして子どもたちが大きくなったときに語って聞かせるのだ。昔はね、と。まるで、ロビンソン・クルーソーのような暮らしだったのよ。

子豚が八頭生まれた。翌日には、雛が六羽かえり、卵が五十個生まれていた。新しい命が次から次へと誕生していくことが、カネにとっての力の源になった。

「父上から、やっと便りが届いてな。あの子の名前は『勇一《ゆういち》』と決まったぞ」

赤ん坊が生まれてからひと月以上が過ぎて、兄上が晴れ晴れとした顔つきで教えてくれた。

「勇一くん。いい名前ねえ」

「これでようやく出生届が出せるよ。勝に書式を教わらないとな」

その日はカネの方が兄上の家を訪ねていたから、常盤に負ぶわれている赤ん坊の顔を覗き込むと、生まれた直後よりもさらにはっきりした顔立ちになった子は、意味の分からない声を出してしきりに一人で喋っている。その様子が愛らしくて、カネはつい笑ってしまった。自分も大きく背を傾けて、負ぶっているナカを勇一の方に向けてやる。

「ほうら、勇一くんだって。ナカちゃん、ゆ、う、い、ち、くん」

常盤の方も嬉しそうに、やはり勇一の名を呼びながら「ナカちゃんだよ」「お姉ちゃんだよ」などと話しかけている。この頃の常盤は日本語の発音も滑らかになったし、言葉の数も増えて、実に淀みなく話をするようになった。それだけ兄上が熱心に教えているのだということが、よく分かる。こんな常盤を見たら、父上はさぞかし安心して、また喜ぶに違いない。母上にだって、見てもらいたいものだった。

九月に入ると、本当に七人の人足がやってきて、カネたちの家の小屋を一つ貸すことになった。毎日、埃まみれの泥だらけになって帰ってくるから、さすがにお役人なども泊めるつもりの「臨水亭」は使わせられないと、納屋として使っていた古い小屋の荷物を片づけて宿舎として提供したのだ。

「これで、頼んます」

男たちは自分たちが食べる分の米と、いくらかの金をカネに差し出して頭を下げた。はい、と頷いて笑顔を向けたものの、やはり見も知らぬ男たちが七人も寝泊まりするのは、何とも言えず薄気味が悪い。カネは、彼らがいる間だけは泊まりがけで出作に行くのはやめて欲しいと勝に頼み込んだ。

「うちには小さな子どももいるし、あなた以外に男はいないのですから。何かあってからでは取り返しがつきません」

カネが、いつになく強い口調で迫ると、さすがの勝も嫌とは言えない様子になって頷いた。

「そんなら、今のうちに小屋の修理でもするか」

家にはウプニに加えて、メムロプトのヘタルカという娘が手伝いにくるようになっていた。こうなると、ますます手狭《てぜま》だ。この際だから家を大きくして、直せるところも直そうと、兄上や山本初二郎さんたちもやってきて、連日、手伝ってくれることになった。

道路人足が七人に、建て増しの手伝いの人たち。彼らの食事の世話が増えて、カネの毎日はさらに忙しくなった。ヘタルカという娘は、ウプニとは対照的に大柄で骨太な体格をしており、川から水を運ぶの一つでも器用に天秤棒を使って、実に手際よくせっせと汲んできてくれるから、その分は助かったが、料理だけはカネが作らないわけにいかない。夜明け前から起き出して竈に火を熾し、まずは人足たちのための粥を炊くことから毎日が始まった。人足たちが出かけていった後は、家族の分と建て増しの手伝いに来てくれる人たちのための用意だ。その間に豚の餌も作らなければならない。二穴の竈と囲炉裏には常に鍋がかかり、それでも足りなくて、家の外にも急ごしらえの炉を組んで、塩豚やガラボシの戻したものを煮たり、畑から掘ってきた馬鈴薯を焼いたりした。

「奥さんの飯は、うめえなあ」

それでも、誰かがそう言ってくれると、何とも言えずに嬉しくなる。少しでも精をつけて欲しいと思って、塩豚の脂身の部分を使ってみたり、ごま油で野菜を炒めてから煮物を作ったり、時には少し贅沢をして溶き卵を回し入れたり、カネなりに工夫しているのだ。

人足たちは、一体どこから集められた人々か分からなかったが、朝起き出すとすぐに黙々と粥をかき込んで早くから出かけていき、日の暮れる頃に帰ってくると汗臭い身体で裏の川へ入って行水をする。そろそろ秋風を感じる頃になっていたから、それでは寒いのではないかと思うのに、彼らは「構わんです」と言うばかりで、日焼けした身体を乾かした後は、銘々が自分たちの衣類を洗濯し、カネが用意した夕食を済ませて、そそくさと眠りにつく毎日だった。勝が酒に誘ってみても、それに応じることもない。

「土地の人に迷惑をかけてはなんねえと、上からきつく言われてるんで」

現場監督の男は、愛想笑いを浮かべてそう言うばかりで、これには勝も鼻白んだ様子だったが、最後には根負けしたように「たゃあしたもんだ」と肩をすくめた。

小屋の建て増しは数日で終わり、また、十日ほどで、十勝川からビバイルまでの道も通った。ビバイルは、オベリベリからはずい分と離れているし、カネなどはそちらへ行く用事さえなかったから、実際に見にいくことも出来なかったが、その道が、ゆくゆくは監獄を造るために役立つのかも知れないと勝に言われれば、そうなのかと、蘆ばかりが生い茂る大地を真っ直ぐな道が貫く様子を想像して楽しんだ。とにかく実際に、村の外から役人以外の人が来て、何かしらのことをしていった。それだけでも、また空気が変わったような気がした。

5

今年は六月の霜の影響はもちろんのこと、その後も低温の日が続いたために、せっかく秋になっても大豆、小豆、玉蜀黍《とうもろこし》と、いずれも収穫は皆無に近かった。寒さに強い大麦と小麦、馬鈴薯だけは辛うじて収穫出来たものの、量はわずかだ。ある程度、覚悟はしていたものの、この結果はやはり皆の気持ちを沈ませた。それでも今年は村はずれに道が通ったことや、もしかしたら近い将来、監獄が建設されることになるかも知れないという話が、辛うじて村の人々の希望の灯火になった。

「こうなったら、依田さんに頑張ってもらうしか、ねえだら」

「監獄造るっていったら、お国の仕事んなるんだら？　そんなら佐二平さまに一つ、力こぶ入れてもらってよう」

　男たちは、寄ると触るとそんな話をするようになった。道路人足が去ってからは、勝はまた出作に通うようになり、家にいるときはアンノイノらと一緒に鮭を獲るためのテシという梁《やな》と、テシ小屋を作ったりしていた。畑が駄目だったのならなおさらのこと、これからの季節は森に分け入って木の実やきのこを採り、獣を捕まえ、また鮭を獲って鳥を撃ち、少しでも食費を浮かせて、収入の足しにするしかないからだ。

「子どもだけ増えたってさあ、かえって食べさすもんに苦労するだけなんだもん、もう、文句を言う気力も失せたよ」

　きよはカネの家に顔を出す度、いつもお約束のように竈にかけてある鍋を覗きこみ、味見をねだりながら、「これどうやったの」と決まり文句を口にした。利八も言っていたが、きよという人は料理に工夫をしないという。放っておけば一年三百六十五日、ほとんど代わり映えのしないものばかり作り続けているというのだ。だから、カネの家の食事が気になる。カネにしてみれば自宅暮らしだった少女の頃も、女学校時代も、おそらく二日と続けてまったく同じものは食べたことがなかったと思う。ひもの一枚、スープの一杯でも必ず違うものを口にしてきた。だから、こんなに貧しい環境でも、とにかく毎日何かしらの工夫をするのが当たり前だと思ってきたのだが、それを、きよは「やっぱり学のある人は違うら」と、しきりに感心する。

「もともとさ、頭ん中に詰まってるもんが違うんだよねえ、カネさんとあたしらとじゃあ」

「大して違いやしないわよ。きよさん、本当は嫌いなんでしょう、おさんどん」

カネがからかうように言うと、きよは「えへへ」とごまかす笑いを浮かべて、何しろ何も思い浮かばないのだから仕方がない、それでも、もしもこの先もっと働きやすい水屋になったら、もう少しは工夫するようになると思うと言った。

「だって、ほら、うちの水屋ときたら、あの狭さだら？　あっちにぶつかり、こっちにぶつかりで、落ち着いて菜っ葉も刻めないもんね」

「それなら、もしもこの先シブサラに移ったら、そのときは頑張れるわね。畑は順調に広がっているんでしょう？」

もしかすると、場所は近くてもシブサラの方が土がいいとか、違う特色があるのかも知れないと、勝も言っていた。だからこそ、その分だけでも期待が持てるというのだ。だが、きよは「ふん」と鼻を鳴らして、たとえ少しばかり土がよかったとしても、天候だけはシブサラもオベリベリも変わらないのだから、大きな期待は持てないはずだと言った。

「けどまあ、水もいいし、畑も拓きやすいみたいだから、張り切っちゃいるけんど。要するにうちの人は、銃太郎さんについていきたいんだら」

「そうなの？」

利八は、依田さんに従うより兄上を信じていく方が、信頼も出来るし未来も開ける気がするというのだと、きよは言った。そんなふうに言われれば、妹としては悪い気はしない。ふうん、と頷いていると、きよは急に、周囲に誰かいるかのように辺りを見回して声をひそめた。

「だって、ここだけの話。依田さんについてったらよう、さんざっぱらこき使われて、最後は喜平みたいに逃げ出すか、文三郎さんみたいにおっ死《ち》ぬか、どっちかかも知んねえって、誰だって、そう思ってるもん。セカチでさえ逃げ出すのがいるってよ。『銭はいらねえから、勘弁してくれ』って」

それにはカネも返答に困った。そう思うのも無理もないと思う。実際、オイカマナイの農場を見たことはないが、どうにも人がいつかないという話は聞いているし、せっかく青森辺りから仕入れてくる牛も、なかなか太れないどころか病気で死んだり、飢えて死ぬ場合もあるとか、そんな話ばかりが聞こえてくる。牛ばかりか豚もうまくいかない。一方では今年も田植えをしたのに、それも全部、失敗したのだそうだ。

「とにかく、悪い年ばかり、そういつまでも続きはしないわ。諦めずに続けることしか、出来ないわよ」

来年が駄目でも再来年。そうして期待をつないでいくより他にしようがない。きよは、つまらなそうに唇を尖らせてため息をついていたが、例によってカネの作った料理を分けてやると、負ぶった子と共に、丸っこい身体を弾ませるようにして帰っていった。

気がつけば九月も下旬にさしかかっていた。前日は晴れ間が見えたが、その日は朝から細かい霧雨が降っていた。秋風が絶えず吹き抜ける中で、カネは午後から畑に出た。インゲン豆の収穫時期になっていたから、たとえわずかでも採ってしまわなければならない。畑の作物は、一日でも待っていてくれないのだ。風は肌寒くなっていても、ナカを負ぶっているだけで十分に暖かかった。ねんねこ替わりに羽織っているアットゥシは、もともと着物のような衽《おくみ》がないうえに丈が長いから、寒い日の羽織り物として使うのにはしごく便利だった。

「かかさま、こんなお花も咲いてる！」

せんは、細い絹糸のような髪を風に散らしながら、さっきから畑のあちらこちらを歩きまわっては、いつの間にか花開いた小さな野の花を摘んで、一人で遊んでいた。時折、森から出てきた鹿が、畑の向こうからじっとこちらを見ている。周囲の色が昨日にも増して秋の色へと変わっていた。

天主さま。

もうすぐ雪の季節がやってまいります。

長い長い、冬です。

ここの冬は何もかも凍らせてしまう、それは恐ろしい寒さです。けれど、私は嫌いではありません。よく晴れた朝などは、本当に天主さまがお降りになったかと思うほど、息を飲むように美しい光景が見られます。白鳥や丹頂鶴《たんちょうづる》が飛ぶ神々《こうごう》しい姿には、これこそ天主さまのお使いだと感じることができます。ああ、あの大きな大きなフクロウは、さすがにアイヌがコタンコロカムイと呼ぶほど美しい。

初めてオベリベリで迎えたお正月のことを、私は一生涯忘れないと思っています。それほどこの大地は神々しく、美しく、本当に天主さまが、すぐそばにおいでになられるように感じたものでした。

けれど、それほど美しくても、この大地は私たちをまだ受け入れてはくれない。それは、なぜなのでしょう。天主さま。天主さまは、アイヌの言うカムイたちを、ご存じでいらっしゃるのでしょうか。カムイたちがどういう思いで私たちを受け入れてくれないのか、全能の神である天主さま、ぜひとも私たちにお教えくださいませ。

祈りなどというものではなかった。ただただ、天主さまを相手に好き勝手なことを話しかけているだけのことだ。日頃、入れ替わり立ち替わり現れる人たちと、ひっきりなしに言葉は交わしているものの、心の裡を明かすことが出来る相手はいなかった。大半はアイヌの若者たちだし、勉強を教わりに来る生徒たちはさらに幼い。きよや他のお上さん連中とは、日常の他愛のない話しか出来ない。勝はといえば、頭の中は開拓のこととアイヌのことで一杯で、あとはいつでも酔っているか、外を飛び回っているかのいずれかだ。とてもではないが、カネの心の叫びを聞くつもりなど、さらさらないことは明白だった。

母校や実家に手紙を書いても、悩みや苦しみを打ち明けることは絶対に出来ないと自分に言い聞かせている。もしも近くに礼拝所があれば、すぐにでも駆け込みたいところだが、それはないものねだりだった。それでも、澱《おり》のように溜まっていくものを吐き出し、ため息をつきたいときが、カネにだってどうしてもある。結局その相手が、今は天主さまになってしまっていた。

だって天主さま、お聞き下さい。

次第に陽が傾く中で、ただブツブツと囁くようにしていたら、風の音とは何か違うものが聞こえた気がした。鹿が近づいてきたのだろうかと顔を上げると、せんが慌てたような表情で、懸命にこちらに向かって走ってくる。その背後に、山高帽《やまたかぼう》を被った洋装姿の男性が、背嚢を背負って畑を横切ってくるのが見えた。カネが腰を伸ばして眺めている間に、その人の方でもカネに気がついたらしく、「おうい、バッコ！」と手を振った。バッコとは、老婆の意味だ。

「バッコ、日本語は分かるかい」

カネは、急いで豆を摘んでいたカゴを地面に置き、乱れるままになっていた髪を手早く束ね直して、簡単に笄《こうがい》でとめた。アットゥシを着ているのだからアイヌに間違われるのは仕方がないにせよ、老婆に見られるとは、我ながらだらしのない格好をしていたと恥ずかしくなる。

カネが慌てて身繕いをしている間にも、男の人はずんずんと近づいてきて、やがて間近にカネを見ると、はっとした顔つきになった。面長の輪郭に秀でた額をしている。濃い眉の下の丸い瞳は、穏やかな人柄を感じさせた。

「あ、いや、シャモ――シサムですね」

「――はい、和人です」

「これは、失礼しました」

男の人は帽子に軽く手を添えて、小さく会釈《えしやく》の真似をする。それに合わせてカネも会釈を返した。

「ひょっとして、晩成社の方ですか」

カネが「さようでございます」と頷くと、男の人はいかにもほっとした様子で大きく息を吐き出し、自分は北海道庁の殖民地選定主任をしている内田瀞《うちだきよし》というものだと名乗った。

「内田さんて——晩成社がこの土地に入るときに、たしか、色々とお力添え下さった方ではないでしょうか」

そんな話を聞いた覚えがある。すると、内田さんという男性は「そうです、そうです」と大きく頷いた。

「今度も仕事で来たのですが、大津からずっと歩いてきたら、今日になって川の水がひどく増えていて、渡ろうかどうしようか、この辺で野宿しようかと思案にくれていたんです。そのとき、こっちの方から犬の声やら鶏の声やらが聞こえてきたものだから、誰かいるのではと、思い切って川を渡ってきました」

川を、と聞き返しながら内田さんという人をよく眺めると、なるほど腰から下の服の色が変わっている。どうやらそのままの格好で、川を渡ってきた様子だった。確かに三日ほど前の雨のせいで、この辺りの川は昨日あたりから水かさを増していた。

「そうしたら、この女の子がいたものだから」

内田さんはせんを見て、口もとをほころばせながら「ありがとう」と声をかける。だがせんは怯えたような表情で野の花を握りしめたまま、さっとカネの陰に隠れた。カネは苦笑しながら「すみません」と頭を下げて、そのまま内田さんを家まで案内することにした。

「まず、その服と靴を乾かさなければなりませんね。もうずい分と寒くなってまいりましたから、冷えるとすぐに風邪をひいてしまいますわ。炉棚にあげておけば、すぐに乾きます」

「それはありがたいことです」

片方の手に収穫した豆を入れたカゴを持ち、もう片方の手でせんの手をひきながら歩き始めると、内田さんの声が追いかけてきた。

「お世話になるついでに、図々《ずうずう》しいお願いごとになりますが、今晩、泊めていただくわけにいかんでしょうか。庭先でかまいません」

カネはくるりと振り向いて、当たり前のように「どうぞどうぞ」と頷いた。細かい霧雨を受けて、内田さんの目が細められたのが分かった。

「うちは、よそからお客さまが見えたら、いつでも泊まっていただくことにしているんです。そのための離れもございます。この辺りには宿屋などもございませんでしょう？　ですから」

そうなんですか、という声に、振り返りもせずに「ご遠慮なく」と続けながら、カネは家まで戻った。庭先で薪割りをしていたヘタルカが、まず客人に気づいて「こんにちは」と笑顔になり、同時に、家の中からウプニが顔を出して「いらっしゃいませ」と、カネが躾けた通りに丁寧に頭を下げた。

「うちの仕事を手伝ってくれている子たちなんですが、お客さまをお迎えするのにもだんだんと慣れてきました」

それからカネは、ヘタルカに風呂を沸かしてくれるように頼み、ウプニには納屋から干し肉と漬物、それから今朝生まれた卵をいくつか出してくるようにと言いつけた。客人には、少しでも豊かな料理を味わってもらいたい。

「あのう、ご主人は――」

家に入ると背嚢を下ろして山高帽を脱ぎ、土間で所在なげに立っていた内田さんが、さり気なく家の中を眺め回しながら尋ねてきたから、カネは慌ててアットゥシを脱いだ。背中からナカが「あー」と声を上げる。内田さんは、カネが赤ん坊を負ぶっていることに初めて気づいた様子で「あれ」と目を瞬いた。

「赤ちゃんも一緒でしたか」

「申し遅れました。晩成社幹部、渡辺勝の家内の渡辺カネと申します。主人は、この辺りの土人世話係をしておりますものですから、本日はフシコベツの方にまいっておりまして、明日には戻ると思うのですが」

内田さんはわずかに改まった表情で「いや」とか「ああ」とか言っていたが、それから「渡辺カネさん」と、改めてこちらを見た。

「先ほどは失礼しました。バッコだなんてお呼びして――ああ、赤ちゃんがいたから、背中が丸く見えたんだな」

　カネは自分も恥ずかしくなって、一度まとめたはずの髪に軽く手を添えた。

「こちらこそ、お恥ずかしい姿をお見せしましたわ。いつも忙しくしておりまして、自分の身の回りのことは、ついつい後回しになってしまうものですから」

　カネが話す間、内田さんは、どこか不思議そうな表情で、軽く小首を傾げるようにしている。そんなに真っ直ぐに見つめられること自体が久しぶりで、カネはつい恥ずかしくなった。

「もう少しお待ちくださいね。とにかくお風呂に入っていただいて、それからすぐにお食事にいたしましょう。ああ、お荷物は『臨水亭』にお持ちいただいて」

「『臨水亭』、ですか」

「先ほどお話ししましした、離れです。川の近くに建てたものですから、主人が名付けました。うちは、このように小さな子もおりますから落ち着きませんし、何しろ手狭ですのでね」

　とにかく囲炉裏端で少し休んでいてくれるようにとすすめて、内田さんが靴を脱ぐ間も、せんはずっとカネの着物の裾を握りしめたままだ。その緊張した様子に、カネは思わず我が子の顔を覗き込んだ。

「どうしたの、せん。お客さまに『いらっしゃいませ』しないの？　ほら、『こんにちは』って。いつも、出来るじゃない」

カネがいくら促しても、せんはイヤイヤをするように首を振るばかりだ。普段、どれほど髭を長く伸ばして、一見猛々しいほどの面差しに見えるアイヌの老人が現れても、まったく臆することなく飛びついていく子なのに、洗練された洋装の和人は、この子の目にはどんな風に見えているのだろう。

やがて、風呂から上がってサッパリした様子の内田さんは服も着替え、囲炉裏端に腰を下ろした。カネは内田さんの前に、干し肉入りの粥に、野菜の煮物や漬物と卵焼き、それに山菜の和え物や、昨年の鮭だが、よく戻して煮つけたものなどを並べていった。

「何もございませんが」

「とんでもない。こんなご馳走にありつけるとは思いませんでした」

給仕するつもりでカネが傍に控えていると、内田さんは箸を動かすごとに嬉しそうにうん、うん、と頷きながら、「ところで」とこちらを見た。

「奥さんは、ご出身はどちらですか」

「生まれは江戸の真砂町《まさごちょう》です」

内田さんは「ほう」と言うように丸い目をさらに大きく見開く。

「失礼ですが、何年のお生まれですか」

「安政六年」

「六年ですか。じゃあ、僕より一つ、姉さんだ」

カネが「そうですか」と頷いている間に、内田さんは、江戸生まれの人間が、よくもこんな場所まで来たものだと、いかにも感心した表情になっている。そうでしょう、と、カネも小さく笑って頷いた。

「もともと父は信州上田藩士だったものですから、五歳の時には信州にもまいりました。その後、御維新の後に、また、江戸に戻りまして」

「なるほど。では、寺子屋のようなところへも行かれたのですか」

カネは「いいえ」と首を横に振り、漢文などは父上から教わったが、その後は横浜の共立女学校《きょうりつじょがっこう》に行ったこと、卒業後も母校に残って教鞭を執っていたことなどを簡単に話して聞かせた。内田さんは「共立女学校ですか！」と、今度こそ驚いたという表情になった。

「いや、そうですか——道理でお話しぶりが違うと思いました。正直なところ、こんな未開の地で、奥さんのような話し方をする人と出会うとは、まったく思っていなかったものですから」

「見た目はバッコですけれど」

わざとからかうように言ってみた。すると内田さんは酒も飲んでいないのに顔を赤くして、しきりに恐縮して頭をかく。その様子を見て、カネは思わずくすくすと笑ってしまった。笑ってから、ああ、こんな風に笑うのはいつ以来だろうかと思う。こんな他愛ない言葉を交わすだけで、心が解けていくようだ。さっきまで、畑の中で天主さまを相手にぼやいていたときの胸のもやもやまでが、すっと晴れていく気がした。自分が、ただ土にまみれ、家畜の世話に追われているばかりの人間でないことを、世の中の誰かに知って欲しかったことに、改めて気づかされる。

「それにしても、よく決心したもんだな。もったいなくはなかったですか。そこまで学問を修めて、教鞭を執っていらしたような方が」

「私の父と兄が、まず、晩成社に加わることを決めておりまして、それに――主人も依田さんとのご縁から、晩成社を作るというときから、一緒にこちらに来ることを決めておりましたものですから」

「そういうことですか」

「それと、どんなところにいても、子どもたちには等しく学ぶ機会を与え続けたいというのが、私の一つの信念でもございました。そのつもりで最初からまいりましたし、母校からも何かとお助けいただいて、お蔭様でこちらでも子どもたちに教えることが出来ているんです。その甲斐あって去年この村から、札幌の農芸伝習科に受かった子が出たんですよ」

するとこ内田さんは「ほう」とまたもや感心したように頷いて、自分は札幌農学校の一期生なのだと言った。今度はカネが「さようですか」と感心する番だった。

「僕は、もともとは高知《こうち》の土佐《とさ》藩士の息子なんですが、上京して東京英語学校に行きまして、それから札幌農学校に入ったんです」

その後、開拓使勤務を経て北海道庁で働くようになり、現在は殖民地の選定の任務を負っているのだそうだ。

「英語学校ですか。うちの主人は名古屋の人なんですが、芝《しば》のワッデル塾で英語を修めまして、やはり一時期、学校で教えていたことがあるんですよ」

内田さんは、それは何となく話が合いそうだと、今度は嬉しそうな顔になった。

「ここでそういう方にお目にかかれるとは思いませんでした。何だかいっぺんに、近しい感じがしてくるものですね」

確かに、内田さんのたどってきた道筋を聞いていると、少なくとも途中までは勝やカネたちと似通っている部分がなくもないように思えた。だが今となっては、片や役所のお偉方となり、此方《こちら》は貧しい水呑百姓だ。どうにも埋めがたいほどの、雲泥の差がついてしまっている。

「晩成社は、役所に出されている届けを見る限りでは、依田勉三《べんぞう》氏が副社長の立場でこちらにおられて、あと、幹事としてお二人の名前がありますね。つまり、ご主人は、その一人ということですか」

「さようです。もう一人は鈴木銃太郎と申しまして、こちらが私の兄なんですが、兄は、この夏で幹事は辞めさせていただきました」

「すると、あなたは依田勉三氏とも近しい関係なのですか」

カネは「そうですね」と少し曖昧に首を傾げた。

「今、依田さんはオイカマナイの方で牧場をやっておいでですから、そう頻繁に会うこともなくなりましたが」

それでも、こちらとしては近しいつもりでいる。だが、依田さんの方ではどう思っているのかわからなかった。これまで揺るぎない一つのチームとして晩成社を守り立てていくものとばかり信じていたものが既に崩壊しているとは、初対面の客には言えないことだった。

6

翌日の午前、フシコベツから戻ってきた勝は、道庁の内田さんが泊まっていき、朝早くに発ったことを伝えると、なぜもう少し引き止めておかなかったのだとカネを責めた。

「道庁の人なら俺だって話したゃあことが山ほどあったに。まったく、気がきかんヤツだな。『主人がもうすぐ戻りますから』とか何とか言って、どうして引き止めておかなゃあんだっ」

「そんなこと言ったたって――」

何時頃帰ってくるかも分からないのだから、引き止めようがないではないかと言い返したくて、カネがつい膨れっ面になっているとき、当の内田さんが戻ってきた。札内川の水がまだ引かないために、渡るに渡れず、舟を出すことも出来なかったのだそうだ。

「ちょうどええじゃなゃあですか！　ほんなら、今日もう一晩、うちに泊まってってちょうよ」

勝は大喜びで早速「臨水亭」に内田さんと共に行って、昼前だというのにカネに酒を用意させ、内田さんと話しこみ始めた。時折、母屋に戻ってきては手文庫をがたさせたり、押入の茶箱の中をひっくり返したりして、色々な図面やら資料を持ち出しては、また「臨水亭」にとって返す。そうこうするうち、午後になって今度はメムロプトで勝と同じように土人世話係をしている新井二郎さんが勝を訪ねてきた。アイヌとのつきあい方や仕事の進め方などについて、話がしたいという。

「ひどく忙しくしておいでだと聞いてきたんですが、今日もお留守ですか」

「今日は珍しくおりまして、今ちょうど、道庁のお役人さんも見えておりまして、離れの方で話しているところです」

カネが案内してやると、新井さんはそのまま「臨水亭」に上がり込んで、それから三人は夜が更けるまで、ずっと話に花を咲かせていた。

「お蔭様でずい分と色々なことが分かりました。奥さん、お世話になりました」

翌日、内田さんが発つときには、勝はセカチに言いつけて舟を二艘《そう》、貸してやることにした。これからさらに奥に行くには川を上っていく方が早い。

「いやあ、あの人は話の分かる人だがや。年は若いが、頭がえらゃあこと切れるでいかん。ああいう人こそが自分の目で見て、判断してくれゃあ、間違がゃあなゃあ。これからの十勝は、変わるぞ！」

内田さんを見送って戻ってきた勝はまだ興奮が覚めやらぬ様子で、今度はまだ残っていた新井さんと呑み直しながら、話し込み始めた。ときどきカネが様子を見にいくと、二人は好い加減酔っ払った様子で、「そうだ」「そうじゃない」などとやり取りをしながら、アイヌに農業を教える難しさや、彼らに適した農作業の内容などについて、飽きることなく語り合っていた。

羨ましい。

カネは、いかにも楽しげに話している勝を見ていて、つくづく思った。勝にはああして来客と酒を酌み交わし、話をするという贅沢がある。本当の心の裡まで明かしてはいないかも知れないが、ああいう時間を持つことで、内に溜まっているものを吐き出すことが出来ていることは間違いがないだろう。だがカネには、そういうことも出来ないのだ。村の外から訪ねてくるのは男性ばかりだし、そういう相手とカネが話し込むことなど出来るはずもない。

天主さま。

私は結局こうして、天主さまにお話しするしかありません。どうか、おゆるしください。

それから一週間程すると、山本さんという測量士が何人もの人足を連れてやってきた。さらに、その翌日には今度は内田瀞さんと同じく道庁に勤める柳本通義《やなぎもとみちよし》さんという人が現れた。話してみると、この人も札幌農学校の一期生で、内田さんとは学生時代からの仲間なのだという。四角いしっかりした顔立ちで、切れ長の目が特徴的な人だった。

「内田くんと手分けして、こうして殖民地の選定候補地を当たっておるわけです」

既に何度か霜が降りて、その日も冷え込んでいたから、カネは柳本さんを母屋の囲炉裏端に案内し、やはり食事を振る舞った。すると、そこに計ったように新井二郎さんがやってきて、加えて松元兼茂さんやら小俣三郎《おまたさぶろう》さんらも来たから、結局、彼ら全員に泊まってもらうことになった。

「こっちにも炬燵を作らんと、いかんな、こりゃあ」

家は常に活気に満ち、ヘタルカもウプニも、忙しく母屋と「臨水亭」とを行き来するようになった。そういう大人たちを眺めて、せんまでもが興奮した様子に見えた。最初は内田さんを見てもあんなに怯えていたのに、いつしか内田さんだけでなく、柳本さんにもすっかり慣れて、カネが注意しなければならないほど「内田のおじちゃん」「柳のおじちゃん」と呼んでまとわりつくほどだ。

勝の出作は続いている。セカチらも、勝の指示で方々へ行ったり、またオベリベリの畑を手伝ったりしているが、一方では鮭漁も始まっていた。早く粟を刈り、インゲン豆も採り終えなければならなかった。馬の新しい鞍《くら》が届いた。そうかと思えば、荷積みして大津へ送り出した舟が転覆したという報告が来て、皆を慌てさせたりもした。引っ切りなしに泊まっていく客のために、カネは毎日頭を捻り、献立を考え、大鍋一杯の煮物や粥を炊いた。

「おい、カネ、ちょっとこれを見てくれんか」

そんなある日、勝が新聞紙に目を落としたままカネを呼んだ。最近は来客がある度に新聞を持ってきてくれるから、次々に新しい情報が入るし、読むものにも事欠かなくなった。

「ほら、ここ。それと、こっちも」

勝から新聞紙を受け取り、カネは勝の指さすところを読んだ。

【広告】○神経脳病特効長寿丸　内外名医萬法秘術　人間生涯之宝　金壱円　送達費七銭
「なんですか、これ」

「どう思う」

「これだけじゃあ、分かりませんよ」

馬鹿馬鹿しい、と新聞を手放そうとすると、勝はもう一つの広告を指さす。

【広告】○条虫《じょうちゅう》施治　一二時間ニテ条虫ノ頭尾ヲ下ス　東京芝公園地芝園橋交番所脇　虫痔専門　内外科医　市川甫虫治療所
「あなた、虫がいるのですか」

新聞を手にしたまま、今度はカネは、まじまじと勝を見てしまった。すると勝は口をへの字に曲げて首を傾げている。

「分からんけど――」

「では、この神経脳病というのは？」

重ねて聞いても、やはり曖昧な反応だ。カネは、眉をひそめて勝を見つめた。

「ねえ、どこか、おかしいのですか？　それをご自分で感じていらっしゃるの？」

勝は、口をへの字に曲げたままの顔で、「何となくそんな気がするのだ」と、鼻から大きく息を吐き出す。

「そんな気って。どうして？　どんな感じがするんです」

「だから――俺ぁ、脳でも悪いのか、腹ん中に虫でも湧いとるんじゃなやあかと思うときがあるもんで」

「どうして？　どんな具合になるんです？」

「何かこう――妙に腹が立ってな、何でもかんでもぶち壊しにしたやあときがあるもんで」

カネは思わず勝と向き合って座った。勝は、いつになく神妙な顔をしている。

「あなた」

「――ああ」

「いつも、そうなるのですか？　朝から晩まで？」

「そんな訳やあ、なやあ。たまたま、何かのときに――」

「何かのときって、たとえば？」

「たとえば、誰かと呑んでて、とか――」

カネは一つ深呼吸をしてから、「誰かと」と勝の言葉を繰り返した。勝はばつが悪そうな、または不安を隠しきれないといった表情で、何かの拍子に相手の発言が急に腹立たしく思えてきたり、何でもいいからぶち壊してしまいたくなるのだと言った。

「ほら、よく言うだろう。腹に虫がおると、性格まで変わることがあるって。怒りっぽくなったり、暴れたり――それにしても俺は、こっちに来る前ゃあに一度ちゃんと虫下しをかけてきたんだがなあ。だから、だからだ、虫がおるのか、そうじゃなゃあんだとしたら、脳がどうにかなっとるか――」

「あなた」

「――うん」

「それはねえ、呑みすぎです」

「――ああ？」

半分、拍子抜けしたような顔で、勝がこちらを見る。カネは、居住まいを正して、今度こそ勝を正面から見据えた。

「いつも言っているではありませんか。呑みすぎですって。あなたの場合、呑んでそうなるのでしょう？」

首の後ろを掻きながら、勝は「まあ、そういえば」などと言葉を濁す。

「たとえば今年になって一体どれくらい、お酒を呑まない日があったと思います？」

「まあ――ほとんど、なゃあわな」

「そうでしょう。どんなに二日酔いだって、気分が悪くたって、また呑むんですもの。お客さまがいるときなど、時間に関係なく、明るいうちからでも。その上、いつもいいお酒ばかりとは言えないでしょう？　ちょっと変な酔い方をすれば、やたらとしつこくなったり、お客さまにだって失礼なことを言って声を荒らげることだって、あるじゃありませんか」

勝は自覚しているかどうか分からないが、それで気分を害することのある客人だって、決して少なくはないとカネは常日頃から感じている。そんな人には、翌日になってカネが頭を下げているし、何とか取りなしているつもりだが、「昨夜はまいりました」と苦笑されることも少なくないのが実際のところだ。特にこれから先、本当に役所が動き出して、このオベリベリが変わるということになれば、人の出入りはもっと多くなる。そんなときに、勝に酒で失敗して欲しくはなかった。これはいい機会だとばかり、カネは「いいですか」と勝に詰め寄った。

「あなたのは、脳病でもなければ条虫でもありません。呑みすぎなんですよ」

「――そうかなゃあ」

勝はしょげかえった様子で、それなら薬は必要ないだろうか、などと口の中で呟いている。

「ものは試しに、少しはお酒を控えてみればいいじゃないですか」

「――そうか」

「そうです。大変なことになってからでは、取り返しがつかないんですから。いいですね、ここは思い切って、お酒を控えて下さい」

ちょうどその頃から、内田瀞さんと柳本通義さんとが二人揃って来ることも増えて、ときには二、三日かそれ以上も泊まっていくことがあった。この地域に注目し始めた役場の人たちが、勝の家を拠点にして入念に歩きまわり、測量したり土地の様子を調べたりしていることは間違いがなかった。彼らに悪い印象を与えてはならないと思ったせいもあるだろう、勝はぴたりと酒を呑まなくなり、いつも礼儀正しく穏やかに、また熱心に彼らと接するようになった。

内田さんたちがすっかり「臨水亭」の常連となり、せんも物怖じせずに抱き上げられたり、簡単な土産物などもらって喜ぶようになった十一月の上旬、たまたま顔を出した兄上が、内田さんたちのいる前で、自分のところで飼っている豚のことを話題にした。

「ことに牡豚が、ある程度よりも大きくなると気が荒くなって、これが実に扱いに困るんです。ときによって食い合いなんか始めようとしますからね」

すると、それまで内田さんよりも常に控えめな感じの印象だった柳本さんが、いとも簡単に「去勢すればいいじゃないですか」と言った。それにはカネも驚いたし、兄上も勝も、一瞬ぽかんとした表情になった。

「去勢、ですか？」

「そう、去勢です。要するに、キンを抜くわけですな。そうすれば、もう、すっかりおとなしくなりますよ」

カネは両手で口もとを押さえたまま、話の成り行きを見つめていた。兄上は俄然、興味を持った様子で「キン抜きねえ」と身を乗り出している。

「いや、豚が奇妙なほど丈夫だということは知ってるんです。以前うちで生まれた子豚がカラスにやられまして、腹が裂けて臓物が飛び出したことがあったんですが、僕が臓物を腹に押し込んで、そのまま傷口を縫い合わせてやったら、あっさり治ったんですから。次の日、それまでと変わらずに、こうね、トコトコと歩いたときには、まったく驚きましたよ」

兄上は身振りを交えて、カネにしてみれば薄気味悪く感じる話を、実に生き生きと語った。手の指を使って子豚がトコトコと歩く様子まで表現して見せるから、男たちは声を揃えて笑い声を上げた。

「そうなんです。豚は何というか、まあ、丈夫なんだな」

「ですが、キンとなると――」

「なあに、わけはありません。何なら僕が教えましょうか。僕は農学校でやっていますから」

そうと決まると早かった。柳本さんは、さっそく腰を上げ、兄上に案内されて出かけていき、ものの二、三時間で戻ってきた。

「明日まで様子を見て、それで大丈夫なら、もう心配いりません」

涼しい顔をしている柳本さんを見て、カネはつい「そのキンとはどんなものですか」と聞こうとしたが、何か誤解されそうな気もして、さすがに控えた。

翌朝、兄上が首を落としたばかりのまだ温かい鶏をぶら下げてやってきた。カネに、ぐいと差し出して、これでうまい鶏鍋でも作れという。

「柳本さんは大したものだ。豚はまるで元気ですよ。何ごとがあったのかといった様子で神妙にぶうぶう、餌を食っています」

ちょうど朝食の途中だった柳本さんは、兄上が鶏を持参したことを知ると、今夜の食事が楽しみだと笑った。

「何でもお出来になるんですねえ」

カネはつくづく感心して、柳本さんと隣で笑っている内田さんを見比べた。すると柳本さんは「とんでもない」と顔の前で手を振る。

「来る度にこうして旨い飯を食わせてもらっている上に、手足を伸ばして眠らせてもらってるんです。こんなことで、お役に立てるなら本望ですよ」

「よし、そんなら俺も、今度は豚の去勢をやってみたるがや」

勝も張り切った表情で粥をかき込んでいる。脳病だの条虫だのと騒いだ日から、ずっと酒を控えているせいか、胃の具合が悪いとも言わないし、その分、食欲も出たようだ。今度ばかりはカネの言葉が効いたのかも知れないと、カネは内心で胸を撫で下ろしていた。このまま呑まずにいてくれれば、家計もずい分と楽になるし、何より余計な心配をせずにすむ。呑んでいないときの勝は昔とそう変わらず明朗快活で、子どもたちと接する時間も増えたし、時にはカネと共に子どもたちに勉強を教えることさえあるほどだった。

「もしかすると、俺には酒は合っとらんのかも知れんな」

時々、冗談とも強がりとも取れることを言って、それでも何となく物足りなげにしていることがあるから、カネはほんの少し気の毒にもなったが、それでもやはり呑まない方がいいのだと思っていた。

そうこうするうち、十一月の半ばに初雪が降った。

〈先生、お変わりないですか。先日の豚の去勢の話は大変面白く拝見しました。それにしても道庁のお役人が農学校の大先輩にあたるとは、大感激です。たとえ今、家畜と関わる仕事をしていなくても、一度身についたものは、そのように役に立つものなのですね。

僕も日々、勉学に励んでおります。残念ながら豚のことは学んではおりませんが、十勝の寒さに耐えられる豆の品種改良などを習い、毎日、実験に追われている日々です。先生方は皆さん厳しくも愛情ある方々ばかりで、常に日本と北海道の未来について熱く語られます。僕も時間を大切にして、学べることは出来る限り学び、身につけて、きっと皆さんのお役に立てる人間になろうと、日々、思いを新たにしております。ところで、父や母、弟たちは元気にしておりますでしょうか。どうか、この手紙を読んで聞かせてやっていただければ有り難いです〉

時折、一、二度ずつ届く山本金蔵からの手紙からは、彼が日々、勉学に励んでいる様子が読み取れて、それもカネを嬉しくさせた。

時折、歯が痛くなる。脂汗が出るほど痛みがひどいときには、ケレヲソートを噛んだ。いちばん最初に松元兼茂さんから分けてもらった後は、内田瀞さんなどが持っていたものを少し分けてもらうこともあり、いざという時のためにそっと茶色い小瓶に貯めてあるものだ。

この冬が過ぎれば。

独特の匂いに耐えながら、歯の痛みが引くのを待つとき、カネは常に竈の前に屈み込み、天を仰ぐようにして目をつぶった。一番最初に、勝から「お多福」と笑われたときのことを思い出す。それも今となっては、半分笑い話のようだった。後になって、何もかも笑えるようになってしまえば、それでいい。子どもたちが大きくなったとき、懐しく笑って聞かせられるようになれば。

今度こそ、きっと明るい春が来る。

その希望さえ持ち続けることが出来れば、歯痛くらい、どうということもなかった。あとは、どれほど疲れていようとも、床につく前には必ず聖書を開いて心に刻む言葉を探し、天主さまに「お守りください」と祈る。天主さまとケレヲソートが今のカネにとってはもっとも大切な安定剤であり、心の支えだった。

十一月の下旬から宮崎濁卑さんと一緒に大津へ行っていた勝が帰ってきたのは、月末三十日のことだ。

「おい、明日、依田くんが来ると」

荷解きをしながら勝が言うのに、カネは「そうですか」と自分も手仕事をしながら軽く聞き流した。この頃は入れ替わり立ち替わり誰かしら来ているから、依田さんが来ると言われても取り立てて何か用意しようというつもりもない。要望があれば団子でも何でも作れるくらいの準備だけはしておけば、それでいいと思った。

「泊まっていかれるんでしょうかね」

「そうなるだろう。依田くんの小屋は、人が住んどらんだけに傷みが激しいから、この際、取り壊そうかっていう話をしとったし、他にあいつを泊めれるところなんぞ、なゃあんだで」

そうですね、と頷きながら、それなら風呂の支度だけでもしておこうかと考えていると、勝は「それと」と、ふと宙を見上げるようにした。

「そんときに、村のみんなを集めて欲しいんだと。銃太郎も」

一瞬、嫌な予感がした。この年の瀬に来て、依田さんが皆を集めるとなると、どんな話をされるかは大概、予想がつく。いや、火を見るよりも明らかだ。カネが黙って振り返ると、勝の方でもカネの方を向いて、小さく肩をすくめて見せる。それで、お互いに同じことを考えているのが分かった。

依田さんの用向きはまず間違いなく、今年の出来高と、晩成社に納めるべき「年貢」についてに違いない。今年は夏前から霜のことも報告してあるし、冷夏のお蔭で収穫も期待できないことは、もう秋口に報告済みのはずだが、それでも依田さんはいつものように難しい顔で皆の前に立ち、細かい数字を並べ立てるに違いなかった。

「でも、オイカマナイだって大変なんでしょう？　だったら、こっちの様子も分かって下さるんじゃないでしょうか」

「それはそうかも知れんが、依田くんが何とかしたゃあと思っても、伊豆の方から何かしら言われとるのかも知れんしな」

「また、株主ですか」

「まあ、晩成社は株主さまが一番だゃあ事だもんで。向こうから見りゃあ、俺らは単なる小作人だもんでよ」

つまらなそうな顔で首のあたりを掻いている勝は、本当は大津から戻ったときくらいは「一杯やりてぁ」と言い出したいはずだった。それを、じっと我慢をしているらしいのを見て、カネも少し気の毒になった。

「お燗でも、つけますか？」

勝は「うん」と顔を上げて少し考える顔をしていたものの、すぐに「いや」と首を横に振った。

「どうせ呑むんなら、明日、みんなと呑むわ」

それなら明日はせいぜい美味しい酒の肴でも用意してやろうと、カネも頷いた。

7

翌日、依田さんはまだ陽の高いうちに馬でやってきた。ちょうど昨日、勝が大津から買って帰った雑貨や食料品などを受け取りに来ていた兄上と顔を合わせると、三人は「よう」と、当たり前のように声をかけ合う。

「今年は雪が少なゃあみたゃあだな」

「今んとこな。馬で来んのにも、道中が楽だったら」

「それはよかったな。いくら馬だって雪道は好かんだろう」

カネの出したトゥレプ湯をすすりながら、まるでつい先週も会っていたかのように話している。ほとんど毎日こうして集まっては何かしら話していた頃を思い出して、カネは何となく懐かしい気持ちになった。

「うちの姉貴の亭主で、幾太郎《いくたろう》っていう男に留守番として、来てもらったら？」

依田さんの言葉に兄上が「ああ」と頷く。

「たしか、樋口《ひぐち》さんだったかな、樋口幾太郎さん。どうだ、達者で働いとるか」

すると依田さんはしかめっ面になって首を横に振る。

「それがもう、まるで見かけによらん。どうにも寒さに弱いらしいんだらなあ。毎日のように『伊豆と違う』と文句たれとる」

勝が「そりゃあ、しょうがなゃあ」と大らかな声を上げて笑った。

「ここの寒さを、最初っから文句も言わずに乗り切れるような奴は、銃太郎ぐらゃあしかおらんだろうよ」

「馬鹿を言え、俺だって死ぬ思いをしたんだぞ。ただ、それを言う相手がいなかっただけじゃないか」

そう言って三人は笑っている。

「幾太郎さんもそうなんだが、牛も寒さに弱えもんがいるみてえだ。このあいだ、官有のハイグレードっていう種牛を借り受けてきたんだが、種付けも、どうもうまくいかんし、何より痩せてきてな」

「やっぱり餌なんじゃなやあか。その点、豚は楽だぞ。ほいほい子どもを作るし、何でも食うもんで」

勝が言ってやると、依田さんは皮肉っぽく口もとを歪めて「俺は牛と決めたんだ」と言い返している。

「ほんで、函館に店を構えて、そこに肉を出荷するら。バターも必ず作る。専門家に意匠を考えさせて、晩成社の、こう、立派な印を入れてな。それを東京まで出荷するんだ」

兄上が「さすがは依田くんだ」と笑った。

「そこまで考えておるとは」

「いつになるんだがやあ？　そりゃあ」

「まあ、やるんだろうさ。頑固一徹、こうと決めたら動かんのだから」

「何を言うとる。銃太郎だって、譲らんときは譲らんだろうが。そんで、晩成社だって飛び出したんだら」

「飛び出したとは、威勢がいい」

また兄上が笑うのを見てから、依田さんは「とにかく」と言葉を続けた。

「来年はもっと牛に手間暇をかけてやらねばならんと思うとる。だもんで、こっちに来る回数は今よりもっと減ると思うら。それもあって、俺んとこの小屋を、そろそろ何とかせんとと思ってな」

「確かに、外から見ただけでも傷んできとるのが分かるからなあ。雪が積もるようになったら、この冬の間にも屋根が抜けるんじゃなゃあか」

それなら陽が暮れる前に三人で行って、思い切って依田さんが暮らしていた小屋を壊してしまおうということになった。

「ほんじゃあ行ってくるもんで、カネ、酒とつまみの用意を、な」

今夜は久しぶりに酒が呑めるとあって、勝は朝から機嫌がよかった。今夜、依田さんから聞かされる話が予想通りに気の重いものであったとしても、話が済んでしまえば、あとは皆で和気藹々《わきあいあい》、ひとつ忘年会といこうではないかと、そんな話もしていた。だからカネもそのつもりで、料理を用意することにしている。もちろん、夜の授業も今夜は休みだ。

「かかさま、あーん」

時折、せんがそばまでやってきて、普段は子どもたちが口に出来ない酒の肴を食べてみたいとせがんでくる。小さな口に、ほんの少し和え物などを入れてやると、せんは「しょっぱい」と顔をくしゃりとさせたり「おいしい」と笑顔になったりしては、またナカの傍に戻っていった。

「ウプニ、今夜はお食事が済んだら、あの子たちをなるべく早く寝かしつけてやってね。ああ、ヘタルカは、依田さんの荷物を『臨水亭』の方に運んでおいてくれるかしら」

二人の娘にあれこれと指示を出しながら、カネは忙しく立ち働いた。やがて陽が暮れて少しした頃、勝と依田さんが「寒い寒い」と首を縮めるようにしながら戻ってきた。兄上は一旦、家に戻って食事をしてからまた来るのだという。最近の兄上は、可能な限り常盤と勇一と共に過ごしている。そして、やれ勇一が笑った、勇一が何か話したと、会う度にそんなことを言っては、実に嬉しそうだ。

やがて、カネや子どもたちが食事を終え、ウプニに連れられて子どもたちが奥の部屋で寝床に入ってしばらくした頃、村の男たちが集まってきた。それぞれに「嬶《かかあ》から」などと言いながら、きのこの佃煮《つくだに》や鮭の味噌漬け、行者ニンニクの醤油漬けなどを持参している。兄上はラタシケプという、南瓜を煮つぶしてシケレペの実を加えた和え物と、どんぐりの和え物とを持ってきた。どちらもアイヌの料理だ。利八が「俺は手ぶらだ」と恥ずかしそうに頭を掻いた。

「うちの嬶は、こういう気の利いたもんは何一つ、出来ねえもんで」

「大丈夫、気にしないで。それに、もうこれだけご馳走が並んだんだもの」

カネはヘタルカにも手伝わせながら、次々に用意しておいた料理を出し、そこに男たちの持ち寄りの料理も加えた。湯飲み茶碗が回され、次々に酒が注がれていく。それでも、久しぶりに依田さんを迎えているせいか、何となく雰囲気がぎこちなかった。するとまずは勝が茶碗を片手に「そんでは」と男たちを見回した。

「今日から師走ってこともあるもんで、ここは一つ、早めの年忘れということでよ、まずは一杯いこうや。今年もまあ、色々と大変だったが、俺たちは、まず頑張ったなあ！」

男たちは、あまり景気がいいとも言えない声で口々に「おう」とか「ご苦労さん」などと応え、勝の「乾杯！」という音頭に、それぞれが茶碗酒に口をつけた。次の瞬間、勝が「くううっ」と、腹に染み渡るような声を上げた。

「うまゃあわぁ、うまゃあでいかん！」

目をつぶり、天を仰ぐような格好で、勝はしばらく口を噤み、実に久しぶりの酒を味わっているらしかった。それから気を取り直したように残りの酒を飲み干して、すぐに二杯目の酒を注いでいる。

それからしばらくの間は、男たちは互いにぽつり、ぽつりと言葉を交わしながら酒を呑み、料理に箸を伸ばしていた。カネは時折、料理の減り具合を確かめては、次の燗酒をつけた。それでもなかなか座の空気が和んでこないなと思っていたら、やがて依田さんが「そんでな」と口を開いた。

「みんなに集まってもらったのは、まあ、年忘れもいいんだけんど、まずは他でもねえ用向きがあるもんで。酒が回る前に、まずはその話を済ませねえとな」

依田さんが軽く姿勢を整えるのに合わせて、男たちもわずかに背筋を伸ばした。それぞれに箸を持つ手が止まった。

「俺ぁさっき、事務所の方も見てみたが、今年は、あれだなあ、荷積みもほとんど出来とらねえようだな。大津へ出せるようなもんも、ろくろくねえような状態か」

静まりかえった家の中に、いくつものため息が広がった。依田さんはあぐらをかいたまま、みんなの顔を見回している。

「今年は、それほどひどかっただらか」

「――ひでえなんてもんじゃあ、ねえです」

みんなの中で一番年長の山田勘五郎さんが口を大きく引き結んで顔をしかめた。依田さんが「うん」と頷く。

「それは、オイカマナイも同じだったら。六月の霜でな、そりゃあ、えれえことんなった。で、そのことで、こっちから本社に報告が行っとることも、知っとる」

「オイカマナイも同じなら、分かるら。六月にあれじゃあ、今年はもう諦めるよりしようがねえってなもんですわ」

勘五郎さんの言葉に、依田さんも難しい顔のまま大きく頷いている。その間も、勝だけが一人で茶碗に酒を注いでいた。

「もちろん、俺らだって、せめて夏の間に何とかならねえかと、必死だったら。んだけんど、夏だって、ああだったら？　ひんやりして、まるっきり気温が上がらなかったもんでよう」

「オイカマナイなんて、ここよりもっとひでえわ。何しろ海っぱただもんで、霧の日が多くてな、陽もろくに射さん日が何日も続いてなあ」

そんな具合で、田植えをした米もまったく育たなかったし、畑もうまくはいかなかったと依田さんは言った。男たちの雰囲気が、わずかに動いた。

「依田さんのとこもかい」

「そんなら――まあ、あきらめもつくな」

全員が何となくほっとした表情を浮かべかけたとき、依田さんが「そんでもな」と改めて男たちを見た。

「分かっとるとは思うが、納めるもんは納めてもらわにゃあ、ならん。晩成社は慈善事業をやっとるわけじゃねえからよ。まず株主を納得させにゃあならん」

男たちの表情が一瞬のうちに険しくなり、家の中がしん、と静まりかえった。ヘタルカは険悪な雰囲気を察したのか、そっとカネの方を窺うようにするから、カネも小声で「ごくろうさん」とヘタルカの背を押してやった。もう休んで構わないという意味だ。勘のいい娘は、そっと家を抜け出していき、一人になったカネは、水屋の方から男たちの様子を眺めていた。それにしても数を減らしたものだ。かつては今の倍以上もいて、狭い家に溢れんばかりに人が集まったのに、今は依田さんを含めてもたったの七人しかいない。その七人さえも、それぞれに異なる思惑を抱えていることが、離れたところから眺めているとよけいによく分かる。

依田さんが、いつもと変わらない難しい顔で、一点を見つめたまま口を開いた。

「俺だって毎年毎年、決まり切ったことは言いたくねえ。出来高が悪かったなら悪かったで、それは仕方がねえと、いつも言っとるら。そんでも支払いは生まれるもんだし、それに、去年までの貸付金の利息と、今年の貸付金の精算もせんことには——」

「ちょっと待ってくれよ」

口を開いたのは山田彦太郎さんだ。

「依田さん、そらあ、あんまりだ。俺らがどんな思いでこの一年を過ごしてきたか、あんた、分かるって言ったじゃねえか」

「払いたくなくて払わないんじゃ、ねえら。本当に、何にもないんだからよう」

利八も珍しく苛立った声を上げた。

「こんなことになってもらいたくねえから、あの霜にやられたときに、社長にあてて手紙を出したんじゃねえですか。それ、分かってくれてねえんですか」

依田さんは「分かってる」と言ったまま、難しい表情を崩さない。

「そんでもまた、規則だっていうんだらか」

利八があぐらをかいている自分の膝を叩くようにしながら、いかにも悔しそうに顔をゆがめてそっぽを向いた。それでも依田さんは「そうだ」と言ったまま、表情を崩さない。他の男たちは今度ばかりは譲れないという思い詰めた表情で依田さんを睨みつけていた。勝だけが、むっつりと酒を呑み続けている。

「俺ら、もうさんざん、これまでの借金だってかさんでるんですよ。好きでそうなってるわけじゃねえ。こんな土地に、あんたに引きずられてきたから、こんな思いをしてるんじゃねえか。そのことを、あんた、どう思ってるんだよ」

そろそろ還暦を迎えようという勘五郎さんが挑むような顔つきで言っても、依田さんはまるで動じる素振りもみせずに「それはそれだら」と言った。

「だから毎年毎年、同じことばっかり言わせねえでくれよ、なあ。いいか、みんな納得ずくでここに来たんだら、ええ？　証文も残ってる。五年もここにいて、その間には馬だって入れた、ハローや機械も入れた、澱粉の装置だって札幌から買い付けた。そんでも、思ってたように畑は広がらねえ、出来高も出荷量も伸びねえって話を、一体、どこの誰が納得するら」

「それは、ここを見てねえからじゃねえのかよう」

利八が、何とも情けない声を出した。依田さんが大きな顔を突き出すようにして、

「そんなことはねえ」と眉根を寄せた。

「おれの兄貴が、依田佐二平が、わざわざ来たじゃねえだらか。あんだけ忙しい人が、時間を割いてだぞ、ちゃあんと視察してってたら？　それが、つまりは株主だって、心配しとるっていう証拠だら」

佐二平さんの名前を出されてしまうと、一同はしゅん、となる。カネの目から見て、彼らのそういう姿こそが昔ながらの小作人なのだと思わざるを得なかった。まるで飼い慣らされた犬のように、地主の名前を聞いただけで、こうしてうなだれるのは、おそらく先祖伝来の小作人の血がそうさせているのではないかと思うほどだ。情けない、惨めだと腹も立つ。だが今は、カネ自身もその仲間の一人なのだ。

「まあ、俺からも、そう厳しい取り立てはせんでくれと、本社の方に頼んではあるもんで、なあ？　とにかく精算書だけは出さんとならん。あんたらが暮らせてるのも、株主がこらえてくれてるからだってことも、分かってもらって、だ」

それからも依田さんはしばらくの間、懇々と話を続けた。男たちは背を丸めたままで、ただ時折、茶碗の酒に口をつけ、箸を伸ばして料理をつまんだ。結局は、こうして説き伏せられて終わるのだろう。それは分かりきったことなのだから、どうせなら、このまま何とか座が和んでいってくれればいいと、カネはそればかり願う気持ちになっていた。

「来年はきっといい年んなる。そうなりゃあまた、みんなで旨い酒呑んで、わいわい騒いで、なあ、やりゃあいいら」

依田さんが少し口調を変えた。何とかして、みんなの気持ちをなだめ、諦めもつけさせようと、慰めるような言葉まで口にした。そうして重苦しいながらも、どうにか座がまとまりそうになるかと思ったときだった。それまでずっと口を噤んでいた山本初二郎さんが、「一体、いつの話をしとるんだら」と、ぼそりと呟いた。

「――大旦那さまがおいでんなったのなんてえのは、もう去年のことだら。そのことを、今になっても、まだ恩に着せるつもりかい」

最近、髪に白いものが目立つようになってきた初二郎さんは、ふうう、と長い息を吐き出して、それから、下からすくい上げるようにして依田さんを見る。

「さっきから黙って聞いてりゃあ――なあ、依田さんよう、あんた――そういう呼び方をしちゃあ、怒られんのかも知れねえが――そんでも、あんたぁ一体どっちを向いとるんだら、ええ？　株主か、俺たちか、ええ？　伊豆か、この十勝か、どっちなんだら」

普段は口も重いし、激するところなど見せたこともない初二郎さんが、眉間にぎゅっと皺を寄せ、目をぎらぎらとさせながら依田さんを睨みつけている。依田さんは、まるで胸もとに匕首《あいくち》でも突きつけられたかのように顎を引いて、背を反らす格好になった。

「俺ぁ、前からいっぺん聞いてみてえと思ってたんだ。ほら、答えてくんなよ。どっちだら」

「俺は——俺はもちろん、晩成社の副社長としてだな」

「そんなこたあ、聞いてねえっ、どっち向いとるんだって、聞いとるらっ！」

さっきから見ていても、初二郎さんは、まださほど呑んでいないはずだ。それでも顔から首筋までが真っ赤になって、血管が太く浮き出ているのが見えた。

「あんた、二言目には晩成社だの副社長だのと言うとるが、あんたの頭は、未だに依田家の若旦那のまんまじゃねえだらか。俺らを水呑百姓と思って、馬鹿にしくさって、年貢ばっか取り立ててよう」

「何ていうことを抜かすんだら。俺は——」

「そんなら、聞くぞ。いいだらか、ええ？　あんたは、俺らを捨ててとっととオイカマナイとかに行って、そこで好き勝手なことを始めてよう、さんざんぱら牛を死なせて、米の一粒も穫れねえ分を、晩成社には、どうやって支払っとるんだ、ええっ？　そこんとこ、聞かしてもらいてえ。社長だか副社長だか知らねえが、あんたも晩成社の一員だっていうからには、会社にそこまで損をこかせとるんだから、その分を、どうしとるんだっ」

依田さんの顔色も変わったように見えた。難しい顔のまま口を噤んでいる依田さんに「俺も聞きてえ」「そうだよなあ」と、他の男たちからも声が上がった。黙っているのは兄上と、黙々と酒を呑んでいる勝ばかりになった。

8

初二郎さんは怒りが収まらない様子で、「大体よう」と、また口を開く。

「結局、俺たちは金持ちの道楽につき合わされとるだけなんじゃ、ねえのか、よう？　こーんな何にもねえとこに連れてこられて、ほれ、畑を作れだの、豚を育てろだの、いいようにこき使われてよう」

依田さんの表情が変わった。

「――本当にそう思っとるんだらか」

初二郎さんは挑みかかるような表情のまま「おう」と頷く。すると今度は依田さんの方が気色《けしき》ばんだ様子で、「そんなら」と顔を突き出した。

「あんたんとこの、息子のことはどうなんだら。俺が兄貴に頼んで、口をきいて頭を下げて、そんで金蔵は上の学校に行っとることを、あんた、忘れとるわけじゃあ、ねえだらなっ」

初二郎さんが、大きく目を剝いたまま、喉の奥から「ぐう」というようなうめき声を出した。

「金蔵は優秀だ、可能性がある、だから上の学校にやってくれと、ここにいる銃太郎も勝も繰り返し言うもんで、俺だってそんならと、兄貴にも頼みこんで、試験を受けるときの旅費から学費から、何から何まで出してやることにしたんじゃねえだらかっ。それでもあんたは、俺が株主の方しか向いてねえと言うだらかっ」

「それは——」

初二郎さんが、いかにも苦しげに喉から声を絞り出したときだった。それまで黙々と酒を呑んでいた勝が「依田、勉三、か」と、低い声で呟いた。依田さんが、「うん」という顔をして勝の方を見る。

「依田勉三、なあ」

ゆっくりと顔を上げた勝の顔を見て、カネは息を呑んだ。目つきがすっかり変わっている。こんな顔つきの勝は、かつて見たことがなかった。

「依田家のお坊ちゃま、依田勉三、くん」

勝は大きく息を吐き、どろりとした目で依田さんの方を見ている。首が大きく揺らいでいた。

「あれか、依田勉三——貴様には、人の気持ちってもんが、分からんのか」

呂律が回っていなかった。ぐらり、ぐらりと頭を揺らしながら、勝はそれでも依田さんから目を離さない。兄上が「おい、勝」と声をかけたが、勝はそれには反応しなかった。

「依田勉三——金に縛られて身動きならん俺らの気持ちが、おまゃあなゃあ、分からなゃあんだ」

「勝——」

「どうだ——どうだ、依田勉三っ。武士の血筋でありながら、こんな地のはてまでやってきて、土にまみれて生きねばならなゃあ、その情けなさ、その苦しみが、おまゃあ——おまゃあに、わ——分かるかあっ！」

言うなり勝は立ち上がり、よろけながらも背後の押入に歩み寄って、力任せに荒々しく襖《ふすま》を開け、いつも茶箱にしまっている小刀を取り出してきた。投げ捨てるように鞘を抜き捨てて、ぐらぐらと揺れる身体で小刀を構える勝に、今度こそ男たちがどよめいた。

「おいっ」

「勝さん、やめろっ」

皆が一斉に立ち上がる。それでも、勝がぐるぐると狙いを定めず男たちに刀を向けるから、誰も身動きが出来なくなった。カネは思わず「兄上っ」と声を上げた。

「止めて！　あの人を止めて！」

兄上も頷いて、勝に近づこうとするが、すると勝は兄上にも小刀を向けた。

「動くんじゃなゃあっ！　俺はなあ、この、依田、勉三、くん、に話をしてるんだ。誰も、邪魔ぁすんじゃなゃあっ！」

皆が勝から離れて部屋の端に寄った。囲炉裏を挟んで、勝と依田さんだけが向き合う格好になった。依田さんも、さすがに顔を引きつらせている。

「勝、話は聞くから、とにかくその物騒なものをしまえ」

だが勝は、明らかに正体をなくしかけていた。ぐらぐらと上体を揺らしながら、焦点の合わない目で、ただ構えた小刀だけは下ろそうとしない。

「お——俺を誰だと思っとるんだ、ああ？　俺は源頼光《みなもとのよりみつ》の四天王の一人、渡辺綱《わたなべのつな》の、だ、第、三十五代目だっ、ええかっ！　尾張《おわり》——徳川《とくがわ》家、藩士、槍術指南役——渡辺綱良《つなよし》の、嫡男だがやぁ！」

「——分かっとる、分かっとるから」

「その渡辺勝が、米粒一つ買うのにも、人に頭を下げて、帳面に記入して、女房や子どもらにも、薄い粥しか食わせられん——来る日も来る日も、朝から晩まで身を粉《こ》にして働いて、豚と同じ飯食って——」

何度も大きく息を吐きながら、勝は呂律の回らない舌で言葉を続け、それでも小刀を構え続けている。

「今の俺の、この姿を見たら、名古屋の父上は何と言われるか——馬鹿くさゃあことはしとらんで、早ゃあとこ帰ゃあってこいと言われるに違ぁなゃあ」

そういえば数日前に、名古屋の実家から便りが届いていたことを思い出した。何と書かれているのかは聞かなかったが、勝はずい分長い間、じっとその文に目を落としていた。勝は、父からの便りを読んで、何を感じたのだろうか——カネが考えを巡らしている間にも、勝の構えた小刀は、虚空に向かって突きつけられたままだ。

「そんでも、帰ゃあることさえ、出来なゃあわ、なあ。何でかって——おあしだ、銭だ。帰ゃあろうにも、帰ゃあることさえ出来ん——ここにいるみんなが、そうだ！」

勝は今にも嘔吐するのではないかと思うほどに青ざめた顔で、身体をぐらぐらと揺らしている。そして「依田、勉三！」と、また声を張り上げた。

「おまゃあさんに、分かるか。何のかんの理由をつけては、ひょいひょいと内地に帰ゃあっとる、おまゃあさんによう——ここに縛り付けられとるもんの気持ちが——分かんのかあっ！」

　言うなり、勝が小刀を振り上げた。

「俺はもう──晩成社なんか、まっぴらだぁ！」

　破鐘のような大声を出して、勝が依田さんに向かっていった。「おいっ」「やめろっ」という怒声が響き、その中を、小刀の鈍い光が走ったように見えた。あっと思ったときには、炉端に並べた料理がひっくり返って食器ががちゃがちゃと音を立て、囲炉裏から激しく灰神楽《はいかぐら》が立った。それと同時に依田さんが「あっ」と声を上げてその場にうずくまった。

「うわあっ！」

「やっちまった！」

　男たちの声が上がる。さらに小刀を振りかざし、わけの分からない叫び声を上げながら、よろめきそうになっている勝に、ついに兄上が飛びついた。勝が獣のような声を出す。兄上は、その勝から素早く小刀を奪い取って、そのまま勝を突き放した。勝はいとも簡単に尻餅をついて、そのまま押入に倒れかかった。安普請の襖が外れた。

「あっ、血っ」

「血だ、血だ！」

　囲炉裏からはしゅうしゅうと音を立てて、まだ灰神楽が立っている。狭い家の中はまるで修羅場のようになった。倒れかかってきた襖を背負うような格好で、勝はうなだれたまま動かない。一方の依田さんは、右手をかばって立て膝をついていた。カネの心臓は、もう爆発寸前だった。頭の中で「どうしよう」「どうしよう」という言葉ばかりが渦を巻いた。

兄上が、今度は依田さんの横にしゃがみ込んで、依田さんの手を見ている。

「大丈夫、大した傷じゃない。カネ、洗い桶を持ってこい――カネ！」

繰り返し兄上から呼ばれて、カネはようやく動き始めた。だが、甕から水を汲もうにも、手が震えて柄杓の水がこぼれてしまう。心臓は早鐘のように打っているし、何か分からない涙がこみ上げてきそうだった。

大変なことになった。

ああ、天主さま。

やっとの思いで水を満たした洗い桶を兄上のところへ持って行くと、兄上はもう依田さんの手を摑んで、その服の袖を押し上げている。依田さんの手の甲からは、驚くほど鮮やかな血が、すうっと線を引いて滴り落ちていた。その赤い色が桶の水に落ちては、ふわりと溶けて広がっていくのを、カネは見た。

「依田さん――」

「大丈夫だから」

依田さんではなく、兄上が答えた。そして、依田さんの手を持って、そっと洗い桶の水で傷口を洗い始める。その間、依田さんはほとんど表情を変えることもなく、ただ黙ってされるがままになっていた。他の男たちは立ち上がったまま、呆然とその様子を眺めている。

「カネ、膏薬《こうやく》があったろう。それと、綿紗があったら出してくれ。さらし布も」

「あ――ああ、はい。綿紗と、さらし、さらし」

言われるがまま、あたふたと動き回る。膏薬を出してきたとき、初二郎さんが、がっくりと座り込んだ。

「――俺のせいだら」

初二郎さんの声は震えていた。

「俺が、依田さんにあんなこと言って食ってかかったもんだからよう――勝さんは俺の肩を持とうと思って――」

兄上が、依田さんの手の傷を確かめながら、ゆっくり丁寧に、水を拭き取る。押さえても押さえても、後から新しい血が噴き出てくるようだ。その上から切り傷によく効く膏薬を塗りながら、兄上は「そんなことはないよ、初二郎さん」と言った。

「今日の勝は、妙だった。最初から、呑み方が普通ではないと思ったんだ。妙に一人でぐんぐん呑んでいるなあと思ったら」

皆の視線が勝の方に向けられた。利八が、勝に倒れかかっている襖を直している。それでも勝は、ぴくりともしなかった。

「眠っちまってるら」

その顔を覗き込んで、呆れたような声を出したのを合図に、彦太郎さんと勘五郎さんも、気が抜けたように腰を下ろした。それからは誰も口を利かないまま、兄上が依田さんの傷の手当てを終えるのを見つめていた。カネは、まだ胸の動悸が収まらず、震えも収まらないまま、それでも懸命に、ひっくり返った食器を片づけ、汚れた床を拭いた。

「大丈夫、かすり傷っていうところだ。傷口が塞がって出血さえ止まれば、二、三日で治るさ」

依田さんの手に白い布を巻き付け、端をしっかりと結わえたところで、兄上がほっとした表情になった。依田さんは静かな表情で「すまん」と頷き、それから大きく一つ、息を吐く。

「みんな、今日のことは、何も見なかったことにしてくれるな——酒の上での、ちょっとしたことだもんで」

依田さんの言葉に、誰もが神妙に俯いている。

「――銃太郎の言う通り、今日の勝の酔いっぷりは、普通じゃなかった。ずい分長いつきあいになるが、あんなのは初めて見たら」

「申し訳ありません！」

カネは、身体が折れ曲がるほどに深く頭を下げた。

「この程度の怪我《けが》で済んだからよかったようなものの、本当にうちの人は――何とお詫びすればいいのか――」

言いながら、安堵と恐怖と、悔しさが混ざって、どうしても涙がこみ上げてきた。カネは、何度も涙を飲み下しながら、肩で息をした。自分の声が震えているのは分かったが、それでも言わないわけにはいかなかった。

「うちの人は、このところずっとお酒をやめていたんです。自分でも呑みすぎだと思うことがあったらしくて、調子もよくないようでした――ですから今日は、皆さんと揃って久しぶりに呑めるのを、本当に楽しみにしていて――本当に、こんなことになるとは本人も思っていなかったはずなんです。それなのに、こんな――こんなことになってしまって」

依田さんの「いいんだ」という声に、ようやく頭を上げる。依田さんは、傷の痛みもあるだろうに、やはりいつもと変わらない表情のまま、「いいんだ」と繰り返した。

「俺も、きっと悪かったのだ。初二郎さんの倅のことまで言い出してな――初二郎さん、気を悪くせんでくれ」

軽く頭を下げられて、初二郎さんも身を縮めるようにしている。彦太郎さんも、勘五郎さんも、どうにも居心地の悪そうな顔だ。利八が、うずくまったまま眠っている勝を、そっと横にさせてくれた。

「精算書は、また改めてみんなに見てもらうことにするから。今年も苦しい思いをさせるがまあ、分かってくれや。俺も、本社の連中には、こっちの事情を分かってくれるように重ねて伝えるもんで」

ああ、こういうことになっても、譲歩はないのだなと思った。それが依田さんという人だ。ある意味で、あっぱれと言ってしまいたいほど、一貫している。

「とにかく、我らは晩成社だ。大器晩成。それを覚悟して、始めたことだ。だから、毎年毎年、この時期になれば、俺はやはり同じことを言い続けにゃあならん。みんなも、不作が続くなら毎年毎年、こうやって怒ればいいら。そうしてるうちに、五年が十年、十年が十五年になる。気がつけば、最後にはきっと全部、笑い話になるら」

それだけ言うと、依田さんは「どれ」と言って腰を上げた。

「ちょっと、疲れた。先に休ましてもらうわな――みんな、ゆっくりやっていきゃあ、いいら。せっかく勝の女房が用意したもんで」

草鞋を履く依田さんの手の、白い布が痛々しかった。後に残された男たちは、何とも言いがたい表情で、お互いに顔を見合わせ、すっかり眠ってしまっている勝の方を見て、一様に大きなため息をついた。

「勝さんの、本音が出たな」

利八が、ぽつりと呟く。

「俺ら、生まれついての百姓でさえ、こんな思いをしてるんだ。世が世なら裃《かみしも》でも着けてお城に上がってたかも分かんねえお人が、こんなとこまで来て、誰よりも汗水たらして暮らしてんだもんよう」

彦太郎さんも、改めて茶碗に酒を注ぎながら顔を歪めるようにして頷いた。

「いくら依田さんが金持ちで庄屋だからってよう、武士が首根っこ押さえられてるような、こんな生き方ぁ、したかぁなかっただろうからなぁ」

「刃傷沙汰まで起こしたからには、勝さんも、もうこれまで通りっていうわけには、いかねえかもな」

「依田くんは忘れてくれとは言ったが、当の依田くん本人が一番、忘れられないに違いないしな」

最後の兄上の言葉に、みんな何とも言えない表情になった。勝のいびきだけが、不気味なほど呑気に広がっている。カネの中には、「もうおしまいだ」という思いばかりが渦巻いていた。

終章

夏の草が生い茂り、周囲からは虫の音や鳥の声が身体の中まで染み込むほどに聞こえていた。カネは近くでヨモギを焚き、頭の上からすっぽり薄い綿紗を被った姿で、顎から汗を滴らせていた。今もマラリアが恐ろしいから、こうして蚊やブヨを除けている。

天主さま。

時折、耳元を蚊の羽音がかすめていくのを振り払うようにしながら、夏草を抜き、天主さまに語りかける。

どうか私をお叱り下さい。今日になってもまだ、母上の、あのひと言が頭から離れないのです。どれほど「ああいう人なのだから」と自分に言い聞かせても、やるせなくて、切なくて、どうしても恨めしい気持ちになってしまうのです。

天主さま。

どうすれば、私は寛容を身につけられるのでしょうか。そして、可哀想な母上の、目と心を開かせることが出来るのでしょう。私がこの七年間をどんな思いで、どのように過ごしてきたかを、少しでも察してくれる母上に、どうしたらなってもらえるのでしょう。

ああ、天主さま。

母上は、どうしてあんな方なのでしょう。

何度でも何度でも、頭の中を同じ思いが駆け巡る。母上が弟の定次郎を伴ってやってきたのは、ちょうど一週間前の八月八日のことだ。もともとは去年の五月に、単身で十勝に戻ってきた父上が、「やはり家族は一緒に暮らす方がいい」と言い、再三にわたって呼び寄せる便りを出し続けたことで、ようやく母上も「見るだけは見る」と、重たい腰を上げたのだった。

カネにしてみれば横浜で別れてから実に七年ぶりの再会だった。もしかすると、生きているうちはもう二度と会えないのではないかとさえ思っていたのだから、本当に母上との再会を心待ちにした。精一杯にもてなそうと、何日も前から家も「臨水亭」も念入りに掃除したし、寝床に敷いてもらおうと新しいアイヌ茣蓙も用意した。夏場はそれがいちばん気持ちよく眠れるからだ。そして、五歳になったせんと、二歳になったナカにも「お祖母《ばあ》様いらっしゃいませ」という挨拶を何度となく練習させた。どんな食事を出そう、何を話そうかと、そんなことばかり考えながら指折り数えて日を過ごした。

「おやまあ、カネ」

父上に伴われ、定次郎と共に小さな舟着場に降り立った母上は、七年の歳月が過ぎたとも思えないほど変わっていなかった。髪に白いものこそ増えてはいたが、それでも身のこなしもしっかりしていたし、顔つきも変わらず、老いなどというものもほとんど感じさせないことに、カネは心から安堵した。そして、思わず「いらっしゃい」と、母の手を取ろうとした。ところが母上は、カネと向き合うなり、すぐに続けてこう言った。

「あなたはまあ、そんなに日焼けをして」

差し出しかけていた手が、つい止まってしまった。すっかり荒れて節くれ立った手を見られたくないと、一瞬のうちに思ったのだ。

「お母さまは、変わっておられませんね」

「当たり前です。そう簡単に老いぼれるとでも思ったのですか」

口ぶりも変わらなかった。それでも、久しぶりに会えた嬉しさはひとしおのものがあったから、カネはいそいそと母上と定次郎とを、父上と一緒に我が家に案内して、まずは茶を淹れた。こういうときのためにと勝にも飲ませずに、ずっと隠してしまっておいた、本物の緑茶だ。

「囲炉裏で沸かしたお湯でお茶を淹れると、なぜだか美味しいのですよ」

ところが、カネが丁寧に淹れた茶を一口すすって、母上は首を傾げた。

「これは、何のお茶？」

母上の反応に、カネは自分の湯飲みにも同じ茶を注いで飲んで、はっとなった。緑茶の香りも味もしない替わりに、かび臭くなってしまっている。あまりにも大切にとっておきすぎて、すっかり味が変わってしまっていたのだと気づいたときには、背中から力が抜けるようだった。

「――では、野草茶を淹れましょうか。美味しいものですよ。母上もきっと気に入られると思うのだけれど」

気を取り直していつものよもぎ茶を出すと、母上は、今度は黙ってすすめられるままによもぎの茶を飲んだ。せんとナカも行儀よく進み出てきて、「お祖母様」と、教えた通りの挨拶が出来たし、勝も畑から戻ってきて、にこにこと愛想良く母上を出迎えた。

「遠いところを大変でしたね。まあ、ゆっくりしていってください」

去年、すべての土人世話係を辞任して、さらに大津から時折やって来る獣医さんから紹介してもらった「北海禁酒会」にも入った勝は、最近は胃の調子が悪くなることもなく、比較的穏やかに過ごしている。髭こそ伸びているし、着ている服もくたびれきってはいるものの、カネが清潔だけには気をつけているから、決して薄汚いというわけではないはずだった。

「渡辺さんは、よく働いているの？」

孫に向かって目を細め、一人一人に名前を聞いたり、年を聞いたりして笑って見せた母上は、勝が娘たちと定次郎を連れて外に出て行くと、改めて家の中をじろじろと見回しながら、カネに尋ねてきた。

「あの人のことだから、相変わらず、がぶがぶと呑んでいるのではないのですか？」

ここで母上を心配させてはならないから、カネは「近ごろはほとんど呑まないのですよ」と笑って見せた。やはり母上だ。相変わらず、鋭いところを突く。

二年前の暮れの夜、すっかり酩酊《めいてい》状態で依田さんに小刀で切りかかったことを、勝は記憶さえしていなかった。翌日になって自分が何をしでかしたかを知らされて、それこそ顔色を変えて依田さんに平身低頭詫びたときの勝の、打ちひしがれた表情といったらなかった。

「おまえ、好い加減、呑み方を考えろ」

依田さんは、許すとも許さないとも言わずに、静かにそれだけを言って、オイカマナイへと戻っていった。

その後も、依田さんはこれまでと変わることなく勝と接している。勝もまたしばらくは酒をやめていたものの、たとえばカムイノミに誘われれば断れないし、来客があれば、また呑んでしまう。そして、その後も度々泥酔することがあって、記憶を失ったり、またカムイノミの席で暴れ出した挙げ句に眠りこけて、セカチに背負われて帰ってくることなどがあった。その都度、カネは迷惑をかけた相手に頭を下げて回らなければならなかった。

「あなたという人は」

勝が酒で失敗するたびに、カネは全身からがっくりと力が抜けるような思いを味わわなければならなかった。勝は勝で「どうしてこうなっちまうんだろう」と頭を抱え、やがてずい分長い間、遠ざかっていた聖書をまた開くようになった。酒がやめられないのも、日によって異常なまでに酩酊するのも、これはおそらく病気に違いない。だから、天主さまのお導きで、どうにかして酒からの誘惑を断ち切ろうと考えたらしい。それで、すすめられて「禁酒会」に入ったりもしたのだ。それでも、やはりいつでもほんの小さなきっかけから、こつこつと積み重ねた努力は、いとも簡単に水の泡となった。

その辺りのことは、実は父上には話してある。去年、父上が戻ってきてすぐに、カネがすがりつく思いでかき口説いたし、兄上からも聞かされたらしく、父上は勝に懇々と説教をしてくれた。それでも父上は、母上にはそんな話は聞かせていないに決まっている。だからそのときも、父上はまるで素知らぬ顔をして、黙ってよもぎ茶を飲んでいた。そういえば、両親が並んでくつろいでいる姿を眺めるのもずい分と久しぶりのことだ。それだけでも、カネをしみじみとさせた。

「外の暑さに比べれば、中は案外しのぎやすいのですね」

「そうでしょう？　東京や横浜の夏とは湿気が違うのです」

「隙間風かしらね、意外と涼しい空気が流れるようだし」

母上の、こういうひと言多い癖も変わっていなかった。だが、以前のカネならすぐに「そうではなくて」と言い返すような場面でも、人の子の親となった今では、これくらいのことは聞き流しておけばいいのだと思えるようになった。それよりも今こうして、すぐ近くに母上を感じられることを喜ぶべきだ。そして、お互いに積もる話をしたい、一体どこから話そうかとカネがあれこれと考えていると、母上は「それでは」と、当たり前のような顔つきで茶碗を置いた。

「さあ、じゃあ次は、あなたがたの住んでいるところを、お見せなさいな」

「――え？」

「物置小屋は、もう結構。偽物のお茶の味も分かりましたから」

あの時、カネは思わず父上の方を見てしまった。父上はすぐに「おいおい」と、半ば咎《とが》めるような、または取り繕うような表情になった。

「物置小屋ではない。ここに、住んでおるのだ。一家四人で」

あの時の、母上の顔が忘れられない。まるで信じられないといった表情になり、眉をひそめて、母上は改めて家の中を眺め回し、それからまじまじとカネを見つめたものだ。

「あなたという子は。こんな、みすぼらしい暮らしをさせられているの。こんな、乞《こ》食《じき》小屋のようなところで」

乞食小屋。

そのひと言は、カネの胸に深く突き刺さった。「あんまりです」と言い返したかったのに、惨めさと恥ずかしさと、そして何とも言えない悲しみで、思わず涙がこみ上げたほどだ。これでも、最初に比べればずっとまともになったのだ。家の中にも雪が積もるほどの、粗末でみすぼらしかった掘っ立て小屋から七年かけて、ようやくここまでこぎ着けたというのに。それでも母上から見れば、単なる乞食小屋にしか見えないということか。

あの時の母上の顔。言葉つき。

今、思い出してもまた涙がこみ上げてきそうになる。

天主さま。

なぜ、頑張っているねとは言って下さらないのでしょうか。まったくの原野からここまで拓いたことを、母上はどうして分かって下さらないのですか。

だが分かっている。母上だって、気の毒なことは気の毒なのだ。夫と二人の子どもに北海道へ行かれてしまって、末の娘には早くに逝かれ、母上なりの苦しみが、きっとあったに違いないと思っている。それに、カネたちの家でしばらく過ごした後、母上は今度は兄上の家に行って、カネの家を見たとき以上の衝撃を受けたという。昨年の春、利八の一家と共に本格的にシブサラに居を移した兄上たちの家は、まだ新しく、必要最低限の造作しか出来ていない。母上は「カネの家よりもひどい」と言って、今度は泣いたらしい。

「鈴木家の嫡男が」

そう言ったきり、ただ涙を流していたと、数日前にやってきた定次郎から聞いたときには、カネもどんな顔をすればいいか分からなかった。

「母上には、開拓の現実は何もお分かりにならないのね」

兄上だってさぞ困ったろうし、面目ないと思ったことだろう。それより何より、常盤に対しては、母上はどうしただろうか。あの母上が、アイヌの娘を嫁として何もないままに受け入れてくれたかどうかが、気にかかった。定次郎は、今のところ母上は孫の勇一のことをしきりと「可愛い」とは言っているが、常盤のことは敢えて無視している状態だと教えてくれた。

天主さま。

私がこれ以上、母上を腹立たしく思わないように、母上に落胆してしまわないように、どうかお守り下さい。私に寛容の心をお与え下さい。

寛容を。

寛容を。

ひたすら天主さまに向かって語りかけ続けていたら、夏の虫の声をかき消すように、誰かが「カネさんはいるがい」と声を上げた。腰を伸ばすと、畑の向こうに鈴木源兵衛さんの姿が見えた。去年の冬、依田さんのオイカマナイ牧場からオベリベリに引っ越してきた人で、何しろ農機具でも馬具でも何でも直してしまう。その上、木の伐り出しも手伝うし、炭も焼けるし、手先が器用だからある程度の大工仕事までこなせるという、実に有り難い存在だ。ことに兄上と利八とがシブサラに越していって、村に残ったのは四軒だけになってしまっていたから、勝は源兵衛さんの転居をひどく喜び、それからは何かと行動を共にすることが多かった。

「リクさんから、便りさ預がってきたよ」

こちらに向かって白いものを振りながら、源兵衛さんは人のいい顔で笑っている。カネも仕事の手を休めて、頭から被っている綿紗を引き上げながら、源兵衛さんの方に歩いて行った。

「オイカマナイに行ってらしたんですか？」

「おう、彦太郎さんに頼まれでよう、届けるもんがあったんでな」

そうですか、と汗を拭いながら、源兵衛さんから便りを受け取ると、素朴だが丁寧な筆で「わたなべかねさま」と書かれているのが目に飛び込んできた。間違いなく、リクの文字だ。

〈キタロウとなかよくできません。どうしたらいいでしょう。どうしてもシュンスケとくらべます。うちのひとは、もうじぶんのこはほしくないのでしょうか。ワタシはキタロウをむすことよべません。うちのひとにせめられます。かなしいし、はらがたってなりません〉

短い文面に、リクの怒りと絶望がにじみ出ていた。カンカン照りの陽射しの下で、カネはしばらく、その手紙を見つめていた。

「何だい、悪いしらせがね」

「――知らせというか、まあ、女房同士の、井戸端会議ですよ」

「面白ぇなあ、読み書きが出来ると、そういうことも出来んだな」

源兵衛さんが、あっはっはと笑う声が、熱い空気に溶けていく。

「依田さんの奥さんは、外で働くとすぐにくたぶれちまうし、話し相手が一人もおらんから家にいでもつまらんと、いつも言っていなさるからな」

リクが伊豆から戻ってきたのは、ちょうど一年前の今ごろだ。佐二平さんが、またもや視察に来ることになって、それと一緒にやってきた。佐二平さんは他にもオイカマナイの牧場で働く予定の人を数人連れてきており、それに加えて、依田さんの養子にと、松平毅太郎《まつだいらきたろう》という若者も連れてきたということだった。依田さんの後継者となり、片腕となるようにとの、佐二平さんの配慮からだったという話だが、「養子」という響きが、リクには最初からどうしても受け入れがたいものだったらしい。

「つまり、何だあ、依田の奥さんは、また何か文句言ってんだべ？」

文字の読めない源兵衛さんなら、どんな便りを託しても盗み見られる心配がいらないからと、その辺りはリクも考えていて、源兵衛さんがオイカマナイに行く度に、こうして便りを託してくる。カネは曖昧に微笑みながら、リクからの便りを懐にしまい込んだ。

「今度、源兵衛さんが向こうに行くまでに、こっちからも返事を書いておきますね。そうしたら、届けてあげてくださいね」

「それがいいや。何だか最近、またあんまり身体の調子がよくねえようなことも言ってなさるし、顔色もよくながったよ」

「あら、そうですか――」

リクも気の毒な人だ。伊豆にいれば何不自由なく暮らせる家の人なのに、ようやく体調を戻してせっかく依田さんのもとに戻ってきても、待っているのは辛抱ばかりの貧しい暮らしでしかない。しかも、同じ牧場で働くのは雇い入れの小作人とアイヌたちばかりだから、親しく話せる相手の一人もいないのだ。依田さんはといえば、相も変わらず外を飛び回ってばかりいて、家にいるときは難しい顔で帳簿をつけたり役所へ出す書類を作ったりしているから、結局リクは一人で放っておかれているばかりだと書いてきたこともある。しかも、リクは今も依田さんを信じ切れていないようだ。あるときなど「そとにおんながいるのではないか」という便りを寄越したこともあって、あの時はカネの方がひやりとした。そういえば、大津の女とはどうなったのだろうかと、慌てて勝に尋ねたものだ。勝は、依田さんの女関係については、その後は何も知らないと首を振った。

とにかく、慰めて。励まして。

カネにだって、本当は打ち明けたい思いがある。ことに今は、母上のことで大きく気持ちを乱されているときだから、どれほどその思いを吐き出したいか分からなかった。だが、その相手はリクではない。リクには、カネの思いまで受け止めきれないだろうと分かっている。自分のことで手一杯な人に、それ以上何か求めることなど、出来るはずがなかった。

「そんで、今日は、渡辺の旦那は？」

「昨日からシカリベツ。今日は帰るって言っていましたけれど」

「何だい、じゃあ、おチビちゃんらは二人で家で留守番かい？」

「いいえ、父が来てくれているんです」

「おや、そうかい。そんじゃあ、俺も親長さんに挨拶だけしてから帰るとするか」

またな、と去っていく源兵衛さんの背中を少しの間見送ってから、カネは再び畑に入った。セミの声が、まるで辺り一面から降るようだ。足もとからは別の夏の虫の音も聞こえている。熱い風が吹くと、畑の作物がざわめいてそよいだ。今年はこのまま順調に収穫が迎えられるといい。今年こそ、何とかゆとりが欲しかった。綿紗を被り直して、また夏草を抜く。

天主さま。

やっぱり、私は天主さまに話しかけるより他にないのですね。そして、私がリクさんにしてあげられることとは、何なのでしょう。

天主さま。

綿紗はもちろん、首からかけている手拭いも、もう汗を吸ってぐっしょりだ。襦袢の上からじかに着ているアットゥシも、肩から背中が燃えるように熱いし、汗を吸って重たく感じる。ああ、このまま裏の川にでもざぶんと飛び込みたい。または頭のてっぺんから、真水を浴びてみたいものだなどと考えていたら、またどこからか何か違う物音が聞こえてきた。こうも暑くては、いちいち気にするのも嫌になる。あれは、馬のいななきだろうか。どこかの馬が逃げてきたのかしら。また、厄介なことにならなければいいけれど。

――ヘロゥ

思わず、手が止まった。空耳だろうかと、カネは一点を見据えて耳を澄ませた。

「ヘロゥ！」

腰を伸ばすと、今度は畑の向こうに馬に乗った男性の姿が見えた。つばの広い帽子を被り、長袖のシャツを着て、真っ直ぐにこちらを見ている。

「――ハロー」

つい、口をついて出ていた。すると、心の中の何かがはじけ飛んだように、カネの中に言葉が溢れかえった。

「ハロー、ハロー！」

男性は、首を傾げるようにして、こちらを見ている。カネは、首にかけた手拭いを取り、綿紗をたくし上げながら、男性の方へ向かって小走りで向かった。心臓が高鳴る。今、自分が発した言葉に、自分で驚いていた。近づいていくに連れ、男性の彫りの深い顔立ちが見えてきた。帽子の下から見えている髪の色も、はっきりと分かる。そして、肌の色。明らかに和人とも、ましてやアイヌとも違っていた。

「ハロー！　ウェア　ディドゥ　ユー　カム　フロム？　アー　ユー　ア　トラベラー？」

息を弾ませながら尋ねると、相手の表情が大きく変わった。

「ドゥ　ユー　アンダースタンド？」

カネは、思い切りの笑顔になって「オフコース」と頷いた。

ああ、何て嬉しいんだろう！

男性もこの上もなく嬉しそうな顔になって「ワオ」と、ため息とも何ともつかない声を発し、ゆっくりと馬から下りた。それから丁寧に帽子を脱いで、彼は改めて「イングリッシュ　オーケー？」と尋ねてきた。カネは大きく頷いた。心が弾んで、踊り出したいくらいだ。男性は、にっこりと感じの良い笑顔になって、自分はイギリス人のヘンリー・サーヴィジ・ランドーというものだと名乗った。二十五歳だという。

「私はイギリス人冒険家で、画家でもあるんです。それで今は北海道を、画を描きながら旅しているのです」

カネは、うん、うん、と頷きながら、自分が彼の言葉をきちんと理解していることに、改めて感動していた。女学校であれほど一生懸命に学んだ英語が、きちんと残っている。いや、染みついていることを、こんな形で確かめられるとは思ってもみなかった。

「それは、遠くからよく来て下さいました」

ランドーと名乗った若者は、灰色の、綺麗な瞳をしていた。髪の色は艶やかな栗色で、陽の光を受けて美しく輝き、ゆるく波打っている。

「失礼をお許しください。僕はいま、すごく驚いて、そして感動しているんです。まさかこんな場所で、英語で会話の出来る人と会えるとは思っていませんでした」

「私も、突然のお客さまに感動しています。ミスター・ランドー、私の家に立ち寄っていかれませんか？　よろしかったら、冷たいお水を差し上げましょう。お腹が空いていらっしゃるようなら、何か食べるものも用意しましょうか？」

カネの言葉に、若い白人画家はこの上もなく驚いたような、そして嬉しそうな顔で「サンキュー」と頷いた。カネは「ディスウェイ　プリーズ」と微笑みかけて、家に向かって歩き始めた。背後から馬の蹄の音が、かぽ、かぽ、とついてくる。さっきまでの重苦しい気持ちが、何もかも消し飛んでいた。

ああ、天主さま。

こうして贈り物を下さるのですね。

私がどうしようもなく苦しくて、身動きさえも出来ない気持ちになると、必ずこうして助けて下さるのですね。

そう。私には、こういう言葉を操る過去があった。祈りと教育だけに向かっていた時代があった。そして、すべての経験を背負って、今、このオベリベリにいる。

天主さま。

感謝をもって、この方をおもてなしします。

貧しい我が家が近づいてくる。家の前ではヘタルカが薪割りをしていた。今日は、ウプニはまた具合がよくないから、昼過ぎから別の小屋で休ませている。家の中からは、子どもたちの笑い声が聞こえていた。鶏が駆け回っている。暑さを除けて日陰に入り込んだ猫が、長く伸びをしているのが見えた。

「ここが、私の家です。まるで、乞食の小屋のようでしょう?」

振り返って青年を見上げると、ヘンリーという名の青年は、珍しそうに家を眺め回した上で、「ポエティック」と呟いた。

「後でぜひ、スケッチをさせてもらえないでしょうか」

カネは「オーケイ」と頷いてから、「さあ、お入り下さい。私の家族を紹介しましょう」と、また歩き始めた。家の中にいるはずの父上と娘たち、そして、これから帰ってくるはずの勝が、青年を見てどんな顔をするかと思うと、まるで自分が大変な見つけものをしたような気持ちにさえなった。

だから、やっていかれる。

天主さま。

これからも、きっと私は大丈夫ですね。

これからも、私はこうしてオベリベリで生きていくのですね。

家族が暮らす貧しい家の向こうには、果てしなく広がる青空に、目映《まばゆ》いばかりの白い夏雲が湧き上がっていた。

補遺

その後、英国人ランドーはカネの家に数日間滞在し、勝の案内で近くを見て回ったりして過ごした。そのときにカネの家をスケッチしたものは、後に油絵としてカネの家に送られている。また、他の旅先からインク壺を送るなど、交遊は続いたようだ。

大井上輝前典獄が帯広原野を分監予定地と決定するのは、さらに時がたった明治二十五年のことになる。そのときから初めて、帯広は本格的な開発・発展の端緒につく。

渡辺勝は明治二十六年、晩成社を去り然別《しかりべつ》方面の開拓を本格化。大正十年に脳溢血で倒れ、翌年六月、六十七歳で死去。豪放磊落《ごうほうらいらく》でアイヌにも慕われる性格で、五十代では第一期音更《おとふけ》村村議会議員に当選するが、晩年は酒に泥酔する姿を度々、目撃されることになる。

依田勉三は大正十四年、前年より患っていた中風が悪化し、帯広中心部で死去。七十二歳。一つの事業がうまくいかないと新たな事業を思いつくという繰り返しで、亜麻栽培、牛肉販売、製材工場、水田開発、酪農、バター・練乳の製造販売、薄板製造、椎茸《しいたけ》栽培、缶詰製造、い草栽培などに乗り出すが、結局ことごとく失敗する。その間、最初の妻リクとは離婚し、再婚するも、ようやく生まれた子は早世し、後妻にも先立たれ、本人の頑なな性格もあって晩年は孤独だった。

鈴木銃太郎は妻・常盤との間に七人の子をもうけ、大正十五年がんのため死去。七十歳。臨終間近のときはカネの家に移っていた。

渡辺カネは昭和二十年十二月、八十六歳で死去。晩成社として帯広開拓に乗り出した男たち三人の、それぞれの人生を最後まで見守り続け、さらに帯広の誕生と発展をつぶさに見てきた人生は、六人の子に恵まれ、晩年になっても人に教える、伝えるという意欲は衰えることなく、最後まで信仰と共にあった。

晩成社は開拓地が人手に渡ることなどもあったが、昭和七年、それまで残された集落ごとに農事組合が設立され、土地を小作人に解放することにより解散、五十年の歴史に幕を下ろした。

参考資料

『アイヌ植物誌』福岡イト子著、草風館
『十勝開拓史話』萩原実著、道南歴史研究協議会
『開拓者依田勉三』池田得太郎著、潮出版社
『拓聖依田勉三傳』田所武編著、拓聖依田勉三伝刊行会
『十勝開拓史』依田勉三著、萩原実編、名著出版
『明治の横浜 英語・キリスト教文学』小玉晃一・敏子著、笠間書院
『明治期キリスト教の研究』杉井六郎著、同朋舎出版
『焚火の焰一つ鍋 晩成社夜話』渡部哲雄著、柏李庵書房
『静かな大地 松浦武四郎とアイヌ民族』花崎皋平著、岩波書店
『鈴木銃太郎日記』田所武編著、柏李庵書房
『アイヌの昔話』萱野茂著、平凡社
『今こそ知りたいアイヌ』時空旅人別冊、三栄書房
『流転 依田勉三と晩成社の人々』吉田政勝著、モレウ書房
『十勝開拓の先駆者 依田勉三と晩成社』井上壽著、加藤公夫編、北海道出版企画センター
『凜として生きる 渡辺カネ・高田姉妹の生涯』加藤重著

『日本キリスト教会　函館相生教会創立一二〇年史』日本キリスト教会　函館相生教会
『渡辺勝・カネ日記』小林正雄編註、帯広市教育委員会
『函館の建物と街並みの変遷　都市再生のヒストリー』五稜郭タワー株式会社
『横浜共立学園の140年』学校法人横浜共立学園
『図説横浜外国人居留地』横浜開港資料館編、有隣堂
『日本キリスト教歴史大事典』教文館
『日本キリスト教会　上田教会歴史資料集　第二巻』上田教会歴史編纂委員会
『濱のともしび　横浜海岸教会初期史考』井上平三郎著、キリスト新聞社
『ヨコハマの女性宣教師　メアリー・P・プラインと「グランドママの手紙」』安部純子訳著、EXP
『エゾ地一周ひとり旅　思い出のアイヌ・カントリー』A・S・ランドー著、戸田祐子訳、未来社
『アイヌ語で自然かんさつ図鑑』帯広百年記念館友の会
『とかち奇談』渡辺洪著、辛夷発行所
『続・とかち奇談』渡辺洪著、辛夷発行所
『開校五拾年史』学校法人横浜共立学園
『幕末・明治の横浜　西洋文化事始め』斎藤多喜夫著、明石書店
『レンズが撮らえた　幕末明治日本紀行』小沢健志監修、岩下哲典編、山川出版社
『聖書』（新改訳　いのちのことば社）日本聖書刊行会

謝辞

晩成社の存在を知ったのは、確か二〇〇八年頃、初めて帯広を訪ねたときだったと思う。

以来、目の前の仕事を一つ一つ片づけながらも、晩成社への興味は失せることはなく、少しずつでも資料を探したり本を読んだりしていた。これまで数多く残されている資料や読み物は、大半が依田勉三に注目したものであるが、晩成社の中心的人物であった鈴木銃太郎・渡辺勝も、それぞれに没落士族の嫡男としての苦悩を抱えつつ、帯広の開拓に情熱を燃やした人物であることを描いておきたかったし、これらの男たちの陰には、常に女たちの存在があったことも忘れてはならないと考え、主人公は渡辺勝の妻であり、鈴木銃太郎の妹であるカネにした。

明治維新という大きな時代の変わり目を体験した上に、それまでとまったく異なる世界に身を投じる若者たちの姿は、今、世界的な新型コロナウイルスの流行により、またもや大きな時代の変わり目を経験しなければならない私たちに何を思わせ、感じさせることだろうか。

最後になったが、本書の執筆に当たっては実に多くの方々にお力添えをいただいた。以下に、その方々のお名前をあげ、心から感謝を申し上げる。中には既に故人になられた方もおいでになり、本書をお渡し出来ないことを残念に思う。また、郷土史研究家、依田家、鈴木家、渡辺家のそれぞれの子孫の方々には、皆さんが大切に思う存在や祖先に対して、筆者が心からの尊敬の念を抱いていることをお伝えしたいと共に、ご理解いただきたいと願っている。

内田祐一（文化庁調査官）、大和田努（帯広百年記念館学芸員）、小澤伸男（横浜共立学園中学校高等学校校長）、髙塚順子（同資料室長）、荒木美智子（同資料室）、上山修平（横浜海岸教会牧師）、金田聖治（上田教会牧師）、久野牧（函館相生教会牧師）、西惇夫（故人・中札内農村休暇村フェーリエンドルフ前社長）、吉田政勝（芽室町郷土史家）、高山雅信（同）、合山林太郎（慶應義塾大学文学部准教授）、森秀己（松崎町観光協会）、松本晴雄（依田勉三研究家）、安田文吉（南山大学名誉教授、東海学園大学客員教授）、石田美保（名古屋市観光文化交流局文化歴史まちづくり部文化振興室学芸員）、阿部弘道（秋田魁新報）　敬称略

二〇二〇年五月六日　　乃南アサ

解説

細谷正充（文芸評論家）

　北海道の近代史は、エンターテインメント・ノベルの宝の山である。吉村昭の『赤い人』『羆嵐』、山田風太郎の『地の果ての獄』、佐々木譲の『五稜郭残党伝』から始まる一連の北海道ウエスタン物や『エトロフ発緊急電』、半村良の『どさんこ大将』、浅田次郎の『終わらざる夏』、高城高の「函館水上警察」シリーズ……。ちょっと考えただけで、過去の名作のタイトルが頭に浮かぶ。また近年の作品でも、浮穴みみの『鳳凰の船』から始まる近代北海道三部作、葉真中顕の『凍てつく太陽』、川越宗一の『熱源』、岩井圭也の『竜血の山』など、面白い作品が次々と生まれているのだ。さらにいえば、野田サトルのコミック『ゴールデンカムイ』の大ヒットにより、近代の北海道やアイヌの存在が、あらためて注目されるようになった。

　ではなぜ、多くの作家が近代の北海道を物語の舞台として取り上げるのか。大きな理由は、史実の面白さだろう。幕末に箱館《はこだて》が開港したことで、流入してきた外国人がもたらし、やがて根付いていった新たな文化。榎本武揚《たけあき》たちが繰り広げた箱館戦争と、潰《つい》えた蝦夷《えぞ》共和国の夢。北海道に作られた集治監《しゅうちかん》（監獄）と、そこに収監された人々のドラマ。平民として国家に編入されたアイヌの歴史。開拓のためにやって来た、大勢の人たちの希望と絶望。まだまだ挙げられるが、これくらいにしておこう。とにかく、凄い物語になる題材がゴロゴロしているのだ。えっ、どれだけ凄いのか？　それは開拓を題材にした、乃南アサの『チーム・オベリベリ』を読めば、よく理解できるだろう。なお作者は本書以前に、やはり近代の北海道を舞台にした『地のはてから』を上梓している。第六回中央公論文芸賞を受賞した名作だ。この作品については、後で言及したい。

本書『チーム・オベリベリ』は、「群像」二〇一八年十二月号から二〇二〇年六月号まで連載。単行本は二〇二〇年六月、講談社から刊行された。その際に、一部改稿されている。連載終了から単行本の刊行まで間がないが、それでも改稿せずにいられなかったことから、どれだけ作品に力を込めたか分かろうというものだ。実際、読めば読むほど内容に圧倒されてしまうのである。

物語は文明開化華やかなりし、横浜から始まる。二十二歳の鈴木カネは、女学校の校費生だ。授業料や舎費、食費などすべてが免除されるが、その代わりに学校の事務の手伝いや、低学年の生徒の面倒を見ている。他の生徒と比べると大変だが、それでも没落士族の娘にしては恵まれた境遇だ。信州上田藩の藩校で教えていたこともあるカネの父である知識人の親長《ちかなが》は、明治の世になると商売を始めて失敗。その後、耶蘇《やそ》教の信徒になった。カネも信徒だ。また、カネの兄の銃太郎《じゅうたろう》は埼玉で牧師をしている。ところが訳あって、銃太郎が牧師を辞めさせられた。兄を心配するカネだが、銃太郎はある計画に邁進《まいしん》していた。伊豆の素封家《そほうか》の若旦那である依田勉三《よだべんぞう》と、没落士族だが優秀な渡辺勝《わたなべまさる》と組んで、北海道で開拓事業を始めようとしているのだ。開拓のため、めに、株式会社「晩成社《ばんせいしゃ》」を設立するという、本格的なものである。なお「晩成社」に興味を覚えた人は、まずネットで検索してほしい。いろいろな文章が出てくるので、おおまかなことは把握できるはずである。

勝を気に入った父のとりもちにより、見合いをしたカネ。開けっ広げな性格と、未知の世界に挑もうという姿勢に惹《ひ》かれて夫婦になった。やはり「晩成社」に参加するという父と共に北海道に向かおうとするが、なかなか渡航許可が下りないというアクシデントもあった。それでも開拓地にたどりついたカネは、伊豆から来た人々と共に、一所懸命に働く。だが現実は厳しく、「晩成社」には、さまざまな試練が襲いかかるのだった。

耶蘇教を信じ、英語を話すことのできるカネは、当時としては飛び抜けたインテリ女性である。しかも未知の世界に憧れる、フロンティア・スピリットの持ち主でもあった。だから勝と結婚し、オベリベリ（帯広）に乗り込むことができたのだろう。そんなカネの視点で、作者は「晩成社」の苦闘の軌跡を描き出す。

入植から始まり、何もない場所を、人々は一から切り拓いていく。しかし北の大地は非情だ。蝗害《こうがい》や早霜《はやじも》による不作。遅々として進まぬ県庁とのやり取り。開拓者たちの不平不満。「晩成社」幹部として勝や銃太郎も奔走するが、いつまで経っても暮らしは楽にならない。しかも「晩成社」の社則が開拓民を縛り、銭もなく、逃げることもできない。地を這《は》うように生きるカネたちの歩みは、読んでいて息苦しくなるほどだ。広大なオベリベリの地は、まさに〝檻《おり》〟のようである。

しかし、そのような環境でカネたちは前進していく。作中で、こんな描写がある。

「果てしなく広がる空には入道雲が湧き、辺りから夏の虫の音が波のように聞こえていた。踏み固めただけのような小道の先をきれいに光る小さなトカゲが横切っていく。遠くに見えるハルニレの木が、ゆったりと風に葉をそよがせているのが、いかにも心地よさそうだ。以前はひたすら蘆《あし》の原だった。それがこうして次第に風景を変えて、兄上の家も遠くから見渡せる。

これが、私たちのオベリベリ。私たちが拓いてきた景色」

この風景を美しいと思うカネの心に、熱いものがこみ上げてくる。オベリベリの生活に、喜びがないわけではないのだ。それでも予想以上に上手くいかず、極貧を強いられる日々により、強い絆で結ばれたチームであったはずの、勉三・銃太郎・勝の関係も変わっていく。「晩成社」の副社長で、開拓地の実質的なリーダーである勉三は、若旦那気分が抜けず、腰が落ち着かない。おまけに、他人の立場や心を慮《おもんぱか》ることができず、開拓民の反感を買うのだ。入植して四年目、やっと豊作になったときの勉三の言動は、読んでいるこちらが激怒したくなるほど酷《ひど》い。だがそれは、作者の小説技法の巧《うま》さでもある。開拓民の心をピンポイントで抉《えぐ》る言葉のチョイスに感心した。

そんな勉三を開拓初期から冷ややかに見ていたカネだが、ある出来事から不器用な人間性を知る。勉三を単純な悪者にしなかったことで、物語が奥深いものになっているのだ。ここも作者の巧さだろう。

一方、カネの兄の銃太郎は、アイヌのコカトアン（常盤《ときわ》）と結婚し、「晩成社」を離れる。しかしチームの三人の中では、もっとも筋を通した生き方をしたといっていい。そして勝だが、やはり厳しい生活の中で変わっていく。明るい酒が深酒になる。酔うとささいなことで怒り出す。「晩成社」の幹部でありながら、まるで小作人のような立場から抜け出せない勝が、鬱屈《うっくつ》を抱える気持ちはよく分かる。だがある意味、勝以上に頑張っているカネにとって夫の態度は、たまったものではない。自分の心を誤魔化すように、勝の善き部分を見るカネの姿に、胸が締めつけられるのだ。

もちろんカネ自身も変わる。開拓地で何度も味わう絶望。東京に残った母親に抱く、複雑な想い。入植直後から続けている、開拓者やアイヌの子供たちへの教育（教え子のひとりが学校に入学したことは、大きな喜びだ）。また娘を得て、しっかりと育てる。男たちの行動を見ながら、幾つもの体験を経たカネは、否応なく変わっていく。勝ともやり合う強さを身につけるようになるのだ。

これに関連して、注目したい文章がある。二〇〇〇年に刊行された作者の第一エッセイ集『好きだけど嫌い』に収録されている「女の選択」だ。作者は女性の生き方について、見聞きしたエピソードを披露しながら〝こうして考えてみると、人生の選択を迫られる機会というものは、男性よりも女性の方が断然多いことに気づかされる〟といい、

「選択を迫られる時というのは、自分の人生に対する価値観を改めて問い直し、自分の望む『幸福』を考え直す、絶好のチャンスだ。何でもかんでも抱え込むことが、そのまま幸福につながるとは限らないことを、しっかりと思い出す時である。そして、自分にとって大切な何かを得るためには、他の部分は切り捨て、犠牲にしなければな

らない潔さも身につける必要があると思う」

　と述べているのだ。エッセイと本書の執筆には、いささかの時間の隔《へだ》たりがある。少しは作者の考え方が、変わっているかもしれない。しかし基本的には同じはずだ。それならばカネが、自分にとって大切な何かを得るために、切り捨てたものは何か。それは夫の勝である。終盤、歯痛で苦しむカネを勝は気にすることなく、助けてくれたのは別の人物だった。そのときカネは勝のことを「もう、あてには出来ない」と思うのである。もちろんカネがその境地に至るまでには、積み重ねてきたものがある。その溜《た》まりに溜まったものが、心の中で静かに爆発したのだ。

　別に離婚をするわけではない。だがこの瞬間に、夫婦の関係は変わった。それでも彼女は、北の大地で生きていく。ラストの「補遺」を読むと、カネは晩年まで、人に教える、伝えるという意欲を持ち、信仰と共にあったという。最初から子供たちに学びを教えたいと考えていたカネは、生涯にわたり、信念を貫いたのである。横浜で得た知識と教養は、開拓地に埋もれることはなかった。本書の中で、もっとも初志貫徹したのは、男たちではなくカネなのである。ストーリーが進むにつれて、圧倒的な輝きを放つヒロインのキャラクターに、魅了されずにはいられない。

　理想が失われることがある。未来が見えないこともある。それでも人は、ささやかな喜びや希望を胸に、今いる場所で生きるしかない。実在の女性の苦難の時代を切り取った本書から、そんな作者のメッセージが伝わってくる。コロナ禍によって、まったく先が見えなくなった現代人にとって、カネの人生はひとつの指針となるだろう。

最後に『地のはてから』に触れたい。こちらは大正から昭和を背景に、北海道の知床で生きた、とわという女性の人生を描いた大作だ。さらにいえば、現代を舞台にした『ニサッタ、ニサッタ』に、主人公（こちらは男性）の祖母として、とわが登場する。本書と併せて読めば、女性による北海道の近代史が、より深く堪能できるだろう。

さて、こうして作品を並べてみると、第百十五回直木賞を受賞した『凍《こご》える牙』から始まる、音道貴子刑事を主人公にした警察小説のシリーズや、前科持ちの女性ふたりを主人公にした「マエ持ち女二人組」シリーズ、あるいは女性を主人公にした沢山のミステリーも、そこに加えたくなる。なぜならそれらの作品も、現代という歴史の中を生きる女性の物語なのだから。膨大な乃南作品によって、近代の女性史が構築されている。あくまで現時点（二〇二二年）の話であるが、その始まりの場所に、本書は屹《きつ》立《りつ》しているのである。

本書は二〇二〇年六月に小社より単行本として刊行されました。

この小説は実在の人物、史実を基にしたフィクションです。作中の記述に、今日から見て不適切と思われる箇所がありますが、それらは作品の時代背景と歴史的意義を考え、当時の文献資料などから忠実に表現したものです。

|著者| 乃南アサ　1960年東京生まれ。'88年『幸福な朝食』が第1回日本推理サスペンス大賞優秀作となる。'96年『凍える牙』で第115回直木賞、2011年『地のはてから』で第6回中央公論文芸賞、'16年『水曜日の凱歌』で第66回芸術選奨文部科学大臣賞をそれぞれ受賞。主な著書に、『ライン』『鍵』『鎖』『不発弾』『火のみち』『風の墓碑銘《エピタフ》』『ウツボカズラの夢』『ミャンマー 失われるアジアのふるさと』『犯意』『ニサッタ、ニサッタ』『自白 刑事・土門功太朗』『すれ違う背中を』『禁猟区』『いちばん長い夜に』『新釈 にっぽん昔話』『それは秘密の』『旅の闇にとける』『美麗島紀行』『ビジュアル年表 台湾統治五十年』『六月の雪』『犬棒日記』『続・犬棒日記』など多数。

チーム・オベリベリ(下)

乃南《のなみ》アサ

講談社文庫

定価はカバーに
表示してあります

2022年7月15日第1刷発行

発行者——鈴木章一
発行所——株式会社　講談社
東京都文京区音羽2-12-21　〒112-8001
電話 出版 (03) 5395-3510
販売 (03) 5395-5817
業務 (03) 5395-3615

KODANSHA

Printed in Japan

デザイン—菊地信義
本文データ制作—講談社デジタル製作
印刷———大日本印刷株式会社
製本———大日本印刷株式会社

ISBN978-4-06-528599-2

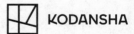

講談社文庫刊行の辞

二十一世紀の到来を目睫に望みながら、われわれはいま、人類史上かつて例を見ない巨大な転換期をむかえようとしている。

世界も、日本も、激動の予兆に対する期待とおののきを内に蔵して、未知の時代に歩み入ろうとしている。このときにあたり、創業の人野間清治の「ナショナル・エデュケイター」への志を現代に甦らせようと意図して、われわれはここに古今の文芸作品はいうまでもなく、ひろく人文・社会・自然の諸科学から東西の名著を網羅する、新しい綜合文庫の発刊を決意した。

激動の転換期はまた断絶の時代である。われわれは戦後二十五年間の出版文化のありかたへの深い反省をこめて、この断絶の時代にあえて人間的な持続を求めようとする。いたずらに浮薄な商業主義のあだ花を追い求めることなく、長期にわたって良書に生命をあたえようとつとめるところにしか、今後の出版文化の真の繁栄はあり得ないと信じるからである。

同時にわれわれはこの綜合文庫の刊行を通じて、人文・社会・自然の諸科学が、結局人間の学にほかならないことを立証しようと願っている。かつて知識とは、「汝自身を知る」ことにつきていた。現代社会の瑣末な情報の氾濫のなかから、力強い知識の源泉を掘り起し、技術文明のただなかに、生きた人間の姿を復活させること。それこそわれわれの切なる希求である。

われわれは権威に盲従せず、俗流に媚びることなく、渾然一体となって日本の「草の根」をかたちづくる若く新しい世代の人々に、心をこめてこの新しい綜合文庫をおくり届けたい。それは知識の泉であるとともに感受性のふるさとであり、もっとも有機的に組織され、社会に開かれた万人のための大学をめざしている。大方の支援と協力を衷心より切望してやまない。

一九七一年七月

野間省一